甘夏とオリオン

JN092204

増山 実

角川文庫
23043

目次

第一章　師匠失跡

1

師匠が失跡した。

出番の三十分前になっても現れなかったことで、楽屋に多少のざわつきはあった。普段ならその時間にはきっちりと入っている。

寄席は生き物だ。定席で週五日、同じ演者でやっていても、ネタと客が変われば空気は変わる。その日の客が重いとみれば、ほぐれやすいネタを選ぶ。爆笑で客が浮いてしまったあとで演《や》るネタと、客が沈んでしまった後に演るネタは、おのずと変わる。流れと空気を摑《つか》んだ上で、自分が演るネタを決める。それが常道だ。

それでも中堅以上の噺家《はなしか》たちが出番ギリギリになってから高座に飛び込むことはよく

あった。経験を積むとマクラで振る小噺の反応だけである程度、その日の客の「質」がわかる。

桂夏之助《かつらなつのすけ》はこの道三十年以上のベテランで当然その力はある。しかし常道を外さなかった。トリの出番であっても必ず一時間前に楽屋に入り、寄席の空気を読んだ。目に見えない「気」を何よりも大切にする師匠だった。それが出番の三十分前を切っても現れない。

さすがにおかしい、と色めきたった。

「おい、甘夏《あまなつ》。師匠は、まだか」

「へえ。すんません。もうそろそろお越しになるかと」

「来たらすぐに袖《そで》に知らせるんやで」

寄席小屋、南條亭《なんじょうてい》の席亭である高岡《たかおか》が、色を失った顔で桂甘夏に声をかけた。

桂甘夏は気が気でなかった。

桂夏之助門下の一番下っ端の三番弟子で、朝稽古《げいこ》の後、この日は一日、師匠の出番に付いて世話をしつつ、高座の袖で落語を見て勉強することになっていた。

時計を見る。出番まであと十五分を切っている。トリ前の高座に上がっている落語家の噺が終われば、次は師匠、夏之助の出番なのだ。しかし楽屋に飛び込みさえすれば、着替えは五分以内でできる。まだ間に合う……。

今、高座に上がっているのは桂竹傳《ちくでん》。三代目桂竹都《ちくと》の二番弟子で、万事器用なことで評判だった。

高座で竹傳がかけているネタは『上燗屋《じょうかんや》』。

上燗屋とは、今でいう居酒屋だ。酔っ払いが上燗屋の主人に絡んでいく噺だ。

竹傳演じる酔っ払いが主人にねちっこく絡んでいる間、甘夏は南條亭の入り口でひたすら師匠を待っていた。

南條亭は大阪天満宮《てんまんぐう》の境内にある。上方落語の定席の寄席小屋だ。十二年前に大阪市民の寄付によって建てられ、開館時にはおよそ半世紀ぶりに大阪に落語の定席が復活したと話題になった。今でも客は引きも切らない。

十一月の下旬。陽差しのある昼とはいえコートなしでは寒くなった境内に行き交う参拝客の人影に、甘夏は師匠の姿を追った。

師匠、桂夏之助の門を叩《たた》いて、三年あまり。

三年の内弟子の間、そして今でも、師匠の住まいの近くに部屋を借りて、ほぼ毎日、行動を共にしている。夏之助が歩いていれば百メートル先でも見つける自信があった。しかし、今はどんなに目を凝らしても、どこにも姿は見えない。

「甘夏ちゃんやないか。応援してるで」

リュックサックを片方の肩にかけた若い男が声をかけてきた。

女の噺家、ということもあるのだろう。最近は街を歩いていると、落語ファンだという男性から気軽に声をかけられることが多くなった。芸人である以上、ありがたいことだったが、今日はそんな応援の声も疎ましい。

あと十分。

着替えの時間を入れればもうギリギリだった。それでも師匠が来ないとは思えなかった。

甘夏は高座の袖に駆け込み、喋《しゃべ》る竹傳に向かって両掌《てのひら》を大きく横に開いた。噺を延ばせ、という合図である。

竹傳はすぐに察した。もとより夏之助がまだ楽屋入りしていないことは了解している。居酒屋の主人に、さらにしつこく絡み出した。本来のネタにはないアドリブだ。同じことをくどく、何度も繰り返す。しかし、本来、酔っ払いとは、そういうものだ。その繰り返しは客に全く違和感を抱かせず、笑いに変えていく。

「何回、言いまんねん！　しつこいでんな！」

客がどっと沸く。

さすがだ。甘夏は今自分が置かれている状況を一瞬忘れ、竹傳の機転に舌を巻いた。どや、これで。竹傳はチラと甘夏の顔を見る。

甘夏は首を振る。

まだかいな。そんな顔をして、さらに本来のネタにはないアドリブを入れ出した。

噺の中では酔っ払いが、鉢からこぼれた豆だとか、イワシにまぶしたオカラだけだとか、上に載せた紅生姜《しょうが》だけだとか、主人が金を取りにくいものばかりを頼んで、ただ食いしていく。

　それを竹傳はさらにアドリブでどんどんつないでいく。

「大将、赤飯の上のその赤い実は、なんや」

「南天でんがな。飾りでっせ」

「飾りやいうても、鳥は食うとるがな。わしも食いたい。なんぼや」

「それもお金はもらいにくいでんな」

「おまえんとこ、ただのもん、多いな！」

「あんたが選《よ》ったはりますねんがな！」

　アドリブは延々と続く。

　満員の客たちはダレるどころか肩を震わせて笑っている。

　しかし、それでも、もたない。

　師匠は、来ない。

「勘定、なんぼや？……おお、二十五銭とは、安いなあ！　なんぼか、まからんか」

「何、言うてなはんねん！」

　噺はいよいよサゲに近づいてくる。

　席亭の高岡は観念したようだ。

「あかん、師匠から、まだ連絡もない。電車が遅れて、出番に間に合わんかった。それで行こ。カンペ、用意せい」

師匠は普段から携帯を持たない主義だった。

もしもの緊急の時のために、持ってください。弟子たちが言っても、師匠はいつも涼しい顔で答えるのだった。

「僕らの仕事は、携帯なんかいる世界やないやろ」

そうして、こう続けるのだ。

「連絡つかんなら、つかんなりに、待っといたらええ。人には、誰かを、何かを待つ時間、ちゅうもんも、要るんと違うか。携帯電話は、人間から、その大切な時間を奪いよった」

時代錯誤も甚だしい。甘夏は、まだ五十二の師匠の考えに対してそう思う。師匠のそんなところが好きでもあるのだが、今日ばかりはたまらない。

何度自宅の固定電話に電話しても、

「ただいま、留守にしています」

アナウンスがそう繰り返すのが聞こえるばかりである。師匠には家族がない。身寄りもない。西成《にしなり》の玉出《たまで》の長屋に独りで住んでいる師匠に、連絡の取りようはなかった。

念のために兄弟子の小夏《こなつ》と若夏《わかなつ》にも楽屋から携帯電話で連絡を取った。

一番弟子の小夏は電話の向こうで吃《ども》った。

「え？ 師匠が？ ど、ど、どういう、ことや！」

高座はもちろん、普段の日常の会話でも吃ることなど一切なく流暢《りゅうちょう》に喋る小夏の声が事態のただならぬことを象徴しているような気がして、甘夏の背中には嫌な汗が流れた。

「ようわかりませんねん。もうちょっと待ってみます。来はったら連絡します。兄さんも、何かわかったら、連絡ください」

二番目の兄弟子、若夏に電話した。

「どないしたんや？」

全く気の無い返事である。

「今、忙しいんや。手短に頼むで」

「あの、師匠が、南條亭の出番に来やはれへんのです」

「来やはれへんって、今日はおまえが朝稽古から付いとったんと違うんかい！」

「すみません！　途中で離れまして……。兄さん、何か知らんかなと思いまして……」

「アホかボケッ！　カス！　なんで俺が知ってんねん！　甘夏、おまえは、ほんまに甘いのう！」

今まで、何度同じセリフをこの兄弟子から浴びせられたことだろう。

若夏は、自分より三ヶ月だけ先に入門した兄弟子だ。普段から何かにつけて甘夏に突っかかってくる。しかし、その日はいつも以上だった。猛烈な剣幕で電話を切られた。

「上燗屋〜〜ッ、おまえ、無礼なやっちゃ、叩き切ったる〜ッ」

「アホなこと、言いなはんな！　わあわあ、おなじみの、上燗屋でございます」

ついに竹傳がサゲを言って頭を下げた。

そして、高座に座ったまま、支配人が袖で出したカンペをちらりと見た。

「えー、本来でしたら、お後と交代し、トリでお待ちかねの桂夏之助師匠のお噺を聞いていただくところなんですが、実は夏之助師匠が、間《ま》の悪いことに、最近遅れっぱなしで有名なJRに乗っておりまして、架線事故の影響かなんかで、未《ま》だ電車の中やそうです。どうも出番に間に合わん、ということです」

客席が波立った。驚きと、微《かす》かな笑いと、落胆が入り混じった微妙な波だ。

そこからはまた竹傳のアドリブだった。

「えー、ということでございまして、誠に僭越《せんえつ》ではございますが、私がもう一席、務めさせていただきます」

そう言って『首提灯《くびぢょうちん》』を演じ始めた。

「どうぞ、ご贔屓《ひいき》に、と、この男、そのまま、家に帰ったんでございますが……」

『首提灯』は、『上燗屋』とつながったネタだ。本来は『首提灯』の前段の部分を膨らませて一つのネタにしたのが『上燗屋』なのだ。

拍手が沸いた。客はひとつながりの話を聞けて大喜びだ。

甘夏は竹傳に手を合わせて頭を下げた。

「甘夏、おまえというもんがついてながら、どういうことや」

客の側にさしたる混乱もなく、昼席が跳ねたあと、席亭の高岡が楽屋で甘夏をどやしつけた。

「すいません！　いつものように師匠の家に迎えに行って、玉出《たまで》駅から地下鉄乗って寄席に向《むこ》うたんですけど、師匠、途中の北浜《きたはま》駅で、急に降りる、言い出しまして」

「北浜駅で？　なんでや」

「なんや、今日は神農《しんのう》さんの祭りの日や、言わはりまして」

「神農さんの祭り？　ああ、今日はそうやな」

神農さんとは、道修町《どしょうまち》にある、薬の神様を祀《まつ》った少彦名《すくなひこな》神社の祭りだ。

毎年十一月二十二日と二十三日に行われ、道修町通一帯に屋台が百店以上も立ち並ぶという。大阪の祭りは「えべっさんに始まり、神農さんで終わる」と言われるように、「とめの祭り」とも呼ばれている。

「師匠、他に、なんか言うてはらへんかったか」

「子供の頃、少彦名神社の祭りに行った思い出があるんや、そんなこと、言うてはりました」

「なんでおまえも一緒についていかんかったんや」

「私もついていきます、言うたんですけど、いや、ふらっと一人で歩きたいんや、言わはりまして」

「北浜、言うたら、南條亭のある南森町《みなみもりまち》の一つ手前の駅やないか」

「はい。そうです」

「降りたんは、いつや」

「二時間半ほども前です」

「二時間半も前にひとつ手前の駅で降りた師匠が、たとえぶらぶら時間を潰《つぶ》したとしても、なんで南條亭の出番に間に合わんことがあるんや」

甘夏は泣きそうになった。

答えられないのだ。理由が分かれば自分が知りたい。

「まあ、とりあえず、様子を見よ。何があったかわからんが、大方そのうち、ふらっと姿を見せよるやろ。甘夏、おまえは師匠の家の前で待っとけ。帰ってきたら、すぐに連絡をよこせ」

「はい！　ほんまにすんませんでした！」

帰り際、竹傳がニヤリと笑って甘夏に言った。

「甘夏。今度、一杯、奢《おご》れよ」

「はい！　竹傳兄さん、今日はご迷惑、おかけしました。助かりました。ありがとうございました！」

甘夏は深々と頭を下げた。

高岡が口を挟んだ。

「ほんまに、竹傳がそのまま高座に上がって、夏之助が逐電《ちくでん》するとは、どういうこっちやねん」

楽屋に笑いが起こった。

そう、この時点では、ことの重大さにまだ誰も気づいていなかったのだ。

2

上方演芸協会の二階事務室は殺気立っていた。

夏之助は、次の日も、三日経っても、帰ってこなかった。

小夏、若夏、甘夏の前に、協会の会長、桂龍杏《りゅうきょう》が立っていた。

「甘夏！」

特有の甲高い声で龍杏が怒鳴る。

龍杏は桂夏之助と同じ桂龍之助《りゅうのすけ》一門の一番弟子だ。四番弟子である夏之助の兄弟子にあたる。昨年、上方落語の大名跡、五代目龍杏を継ぎ、演芸協会の会長に収まった。若い頃は「しくじり」も多かったそうだが、憎めない性格で人望は厚い。

「どこか師匠の様子に、おかしいとこはなかったんか」

早口で問いただす龍杏に、甘夏は答える。

「いえ。普段どおりです。ほんまに、普段となんも変わりませんでした」

「大きな荷物を背たろうてた、とか、いつもと服装が違《ちご》うてたとか」

「いつもと一緒です」

「小夏！　若夏！」

「はい！」

「ここ数日、師匠の様子に、何かおかしなとこはなかったか」

「いえ」

「特にないです」

「借金があったとか」

「ないです」

「おかしなとこに出入りしてたとか、コレがおったとか」

龍杏は左手の小指を立てた。

「ないです。僕ら、師匠におかしなとこがあったら、すぐにわかります。けど、何にもありませんでした」

それは甘夏も同じだった。内弟子として師匠に付いて三年あまりだが、機嫌がいいのか悪いのか、今、何を欲して何を欲していないのか、いつもそれを一番先に考えていた。「先繰り機転」という言葉がある。噺家の世界の金言だ。それが染み付いている。しかしあの日の師匠は、まったくいつもどおりの師匠だった。

「会長、これは警察に捜索願、出した方がええんちゃいますか」

夏之助の真上の兄弟子、昇之助《しょうのすけ》が言った。

「いや、それはやめとけ」

「なんででっか」

「ことを荒立てるなということや。下手にマスコミに嗅《か》ぎつけられたら、いろいろとややこしい」

「けどね。もしかしたら、事件に巻き込まれたんかもしれませんで。普段からちゃらんぽらんな奴でしたら、そら、二、三日、おらんようになることもおまっしゃろ。けど、あの律儀な夏之助でっせ。あの男に限って出番をすっぽかすやなんて、ただ事やあらへん」

それはその通りだった。

「ご存じのように、夏之助には家族がおらん。あの男には身寄りがおまへんねん。捜索願を出すのはわしらが判断せなあきません。それに、明日はまた、高津宮《こうづぐう》で、明後日《あさって》は京都の寄席で夏之助の出番があります。もう、電車が遅れたやなんて言い訳は通用しまへんで」

「わかってる。わかってるがな」

龍杏は早口で制した。

「けど、もうちょっと待て。明日と明後日は、病気療養、ということでなんとかしのぐんや」

甘夏はどうしたらいいのかわからなかった。ただ、龍杏が言ったのとは別の意味で、捜索願を出すことには反対だった。

師匠は、必ず帰ってくる。

そんな確信めいた予感があった。

「師匠が、私ら、弟子を置いて、そのまま消えるわけがないです」

そう言った。大きな声に自分でも驚いた。

昇之助が言った。

「そうや。その通りや。そやからこそ、事件に巻き込まれた可能性があると言うとるんや。あるいは、こんなことは言いたないけど、まあ、自殺とか」

「やめてください！」

甘夏はさっきよりも大きな声で叫んだ。

「いや、わしは、あくまでひとつの可能性として」

「私みたいなもんが差し出がましいこと言うてすんません。けど、もうちょっと待ってください！　師匠は、必ず帰ってきます！　私も捜します！　そやから、そやから、頼みます！　もうちょっとこのまま待ってください！」

「ぼ、僕も捜します！」

小夏も頭を下げた。

「僕も捜します！」

若夏が続いた。

夏之助の三人の弟子は、揃って頭を下げた。
深々と頭を下げたせいで、甘夏の目からこぼれた涙は誰にも見られなかった。
夏之助には、家族がおらん。
昇之助は言った。
いいや、家族は、いてる。
家族は、ここに、三人、いてる。
そう思うとまた涙が溢《あふ》れてきた。顔を上げられなかった。
「おう、よう来たなあ。こっちぃ、お入り」
突然、師匠の声が聞こえた。
甘夏は、はっとした。
しかし、それは空耳だった。
演芸協会の建物の軒下で、誰か若手の落語家が、稽古をしているのだった。

第二章　宿替え

1

バイクの音と郵便受けがコトンと鳴る音で、甘夏は目が覚めた。

時計を見る。午前五時三十分。いつもと同じ、新聞配達が朝刊を届ける時間。

窓の外を見る。真冬のこの時間はまだ真っ暗だ。

ああ、そうなのか、と甘夏はひとりごち、そして落胆する。

カレンダーを見る。十二月二十三日。

師匠が行方不明となったあの日から、まる一ヶ月が経ったのだ。

あの日から、甘夏は朝、目覚めるたびに混乱する。今日一日の師匠のスケジュールを思い出そうとする。弟子入りしてからもう三年あまり、毎日、朝起きるたびにやってきた頭の中の作業だ。そして、すぐに気づく。師匠は、いないのだ。

自分は、師匠がいない世界に目覚めたのだ、と。

打ちひしがれた気分になる。それでも一日は容赦無く始まる。

布団を蹴飛《けと》ばし、跳ね起きる。

窓ぎわの鳥かごの中にいる文鳥に餌をやる。

独り暮らしだった師匠の長屋で飼われていた文鳥だった。師匠が姿を消して二日経っても帰って来なかった時に、甘夏が引き取った。師匠は文鳥に「ピーコ」と名付けていた。

「ピーコ、おはよう」

餌をやったあと、パジャマ姿のまま化粧もせずに、部屋を出て古びた階段を下りる。きっかり十段ある木板を踏むとそこはボイラー室の前だ。

師匠が住む長屋のある玉出の銭湯、「松《まつ》の湯」の二階に居候するようになったのは、弟子入りしてすぐ、三年あまり前だ。

かつては落語家の弟子は、内弟子、つまり見習いの期間、師匠の家に寝泊まりするのが普通だった。しかし最近は師匠の家の近くから通わせる「通い弟子」にすることが多い。

住み込み修業はいい面もあるが、最近の師匠たちは家族の時間を大事にする。家族を慮《おもんぱか》って弟子とはいえ他人と同じ屋根の下に住むことを敬遠する師匠が増えたのだ。

夏之助の場合は、やや事情が違った。夏之助には家族がなく、噺家《はなしか》になってからもずっと独り暮らしだ。体一つの身や。自分のことは自分でできるさかいに、「通い」で、ええで。師匠は弟子にそう言うのだった。兄弟子の小夏と若夏も通い弟子だった。まして甘夏は女だ。師匠と弟子の関係とはいえ、独り者の男と一つ屋根の下で住むのははばかられた。

すぐ近くに夏之助が毎日行く、なじみの銭湯があった。

「おい、甘夏。『松の湯』の二階に従業員用の部屋があるそうやが、もうだいぶんと前に従業員が辞めて、ずっと空いてるそうや。朝と夜だけ銭湯の仕事を手伝《てつど》うてくれたら、家賃無し、風呂《ふろ》はいつでも入り放題で貸してくれると言うてはるが、どうや」

夏之助の住む長屋からは、歩いてわずか五分だ。

「家賃無しは申し訳ないです。いくらか、もろてください」

師匠と一緒に挨拶《あいさつ》に行ったとき、そう頼んだ。

「かめへん、かめへん。私は夏之助師匠の大ファンですねん。それぐらいはさせてください」と銭湯の主人の岡本《おかもと》さんは笑った。

銭湯の湿気のせいだろうか。二階にある甘夏の部屋は少しかび臭かった。しかし甘夏はどこか懐かしい感じのするその匂いが嫌いではなかった。六畳の部屋の天井にはボイラー室から繋《つな》がる換気用の太いダクトが貫通していたが、その風景もスチームパンクな感じがして甘夏は気に入っていた。ダクトにはちょっとした突起があって、洋服を吊《つ》るのにもちょうどよかった。

甘夏の朝の仕事は銭湯に併設されているコインランドリーの清掃をすることだ。

銭湯の営業時間は午前0時半までだが、コインランドリーは二十四時間営業だ。界隈《かいわい》にはミナミで深夜まで働く水商売や独身の人も多く、利用客は結構多かった。洗濯と乾燥が終わる間、コンビニで買ったものを飲み食いしたり雑誌や漫画を持ち込んで読んだものを捨てたりで、けっこうゴミが出る。

洗濯機や乾燥機の中の忘れ物もチェックする。それから飲み物の自動販売機のゴミ箱の掃除だ。アルミ缶だけは選《よ》り分けて別の袋に入れて置いておく。アルミ缶を集めて生活の糧にしている顔見知りのおっちゃんが近所にいるのだ。

いつもの作業を済ませると、銭湯のお客さん用の朝刊を取りに外へ出る。まだ外は真っ暗だ。

銭湯の入り口の郵便受けに差し込まれた朝刊を取り出す。かすかに新聞のインクの匂いがした。

見出しが目に入る。

『戦争のない平成に　心から安堵
沖縄　犠牲への思いこれからも』

今の天皇が、天皇として最後の誕生日を迎えられた、という記事だった。

政治や世の中の動きにさほど興味がある方ではなかった。

来年から、天皇誕生日はいつになるのだろう。

まず思ったのはそのことだった。

それでも、甘夏はかつて師匠に言われた言葉を思い出し、後で記事の見出しだけでも目を通そうと、朝刊を折りたたんで小脇に挟んだ。

空を見上げる。凛《りん》と空気が澄みわたった冬の気持ちのいい朝だった。

パリッと音がした。

玄関の前の、氷の張った水たまりを踏み抜いたのだ。

その日は、ことに寒かった。そういえば昨夜《ゆうべ》の天気予報で言っていた。明朝は大阪市内でも、ところによって氷点下となるでしょう。

甘夏は、踏み抜いた水たまりを見つめた。

割れた薄い氷の下に、冬の空が映っていた。

突然、幼い頃の記憶が蘇《よみがえ》った。

甘夏がまだ甘夏になる前、北野《きたの》恵美《えみ》という名前だった、あの頃の記憶だ。

2

放課後の公民館には子供たちがたくさんいた。

学年の区別はない。まだ幼稚園にいてもおかしくないような小さな子がいるかと思えば、大人びた子供もいる。

彼らは、ガクドーの子供たちだった。

ガクドーの、ほんとうの名前は、学童保育だ。手っ取り早く言うと、小学生のための保育園だ。共働きの親を持つ子供や、母子家庭や父子家庭の子供たちを校区内の公民館に集めて、学童専門の先生たちと宿題をしたり、おやつを食べたり、近くの公園で一緒に遊ぶ。

恵美もまたガクドーの子供だった。

放課後は、憂鬱《ゆううつ》な時間だった。

そこにはいろんな子供たちがいた。

じっとしていることができなくて部屋の中を走り回っている子、いつも両手で耳を塞《ふさ》いでいる子、ずっと同じ場所でくるくる回って遊んでいる子、どんな時もぬいぐるみを抱いて放さない子、やたらと他の子を棒で叩《たた》きまくる子。気に入らないことがあると、すぐに怒りを爆発させる子。

しかし憂鬱なのは、そんな子供たちのせいではなかった。

理由は、ガクドーの先生だった。

ガクドーの先生は、恵美の父親だったのだ。

公立の学校で、自分の親が担任になることは絶対にない。しかし、学童保育の先生は学校の先生ではないのでそれがあり得た。

恵美の「ガクドーの先生」は、とても人気があった。

走り回るのが好きな子供には、みんなにものを配らせたり用事を言いつけたりして、動き回ってもいい理由を見つけてあげていた。

いつも両手を耳で塞いでいる子には、「秘密基地を作ろうや」と言って部屋の隅に棚で区切って彼女の居場所を作ってあげた。ある日、上級生がタイミングをみて、彼女を遊びに誘った。「うるさくないから、大丈夫やで」彼女は秘密の居場所から出て遊びの輪の中に入るようになった。

くるくる回っている子には、側に立って一緒にくるくる回ってやった。いつもぬいぐるみを放さない子にもルール違反だからなどとは決して怒らなかった。

棒を持っては人を叩き続ける子には、「それは、いい剣やなあ、先生も作ろう」と棒で剣を作り、その子供と一緒になって戦いごっこをした。そうしたら男の子たちが、「僕も交ぜて」と集まってきた。剣を持っている子同士で戦いごっこを始めた。そのうち先生が言った。「ルールを作ろうやないか。剣を持ってない子は、叩いたら、あかん。どうや？ 守れるか？」その子は、うん、とうなずいた。ブームが過ぎ去ったころ、その男の子は剣を捨て、みんなと鬼ごっこをして遊ぶようになった。

新しい遊びを思いつくのも上手だった。掃き掃除をしながら集めた落ち葉で栞《しおり》を作ったり、どんぐりの実で独楽《こま》を作ったりして遊んだ。あるときは、棒切れを手に持って、こんなことを言った。「みんな、木になろうや。一番初めに、木の先っちょに、赤とんぼが止まった人が、勝ち！」みんなは夢中になって木になった。

しかし、恵美は、どうしても、そんな遊びの輪には加われなかった。

きっかけは、ガクドーに通い始めた小学校一年のある夏の日のことだった。

窓から見える校庭のポプラの樹が大きく揺れていた。

その日、沖縄に大きな台風が上陸し、強い勢力を保ったまま、夜には紀伊《きい》半島に上陸する、と天気予報が告げていた。

「よし、みんな、こんな日こそ、外で遊ぼう」と、ガクドーの先生は言った。

ええーっ！　と部屋中が沸いた。

みんなは先生の後について外に出た。

風が強く、雨も降り出している。しかし傘なんか差さない。

やってきたのは長居《ながい》公園という大きな公園の噴水広場だった。

先生は、靴を脱ぎ、靴下を脱いで、噴水の中にザブザブと入っていった。

みんなは驚いた。

「一緒に入ろうや。どうせ雨でずぶ濡《ぬ》れや。濡れたってかまへん。気持ちええぞ」

みんなも靴を脱ぎ出した。そして噴水の中に入った。水を掛け合いながら、はしゃいでいる。恵美にはそれがとても楽しそうに見えた。

靴を脱いだ。

思いきり目立ってやろうと思って、噴水に頭から突っ込んだ。

ざぶーん。

水から顔を出した。

みんなが恵美を見て大笑いしていた。やった！　と恵美は思った。

恵美は咄嗟《とっさ》に父親の方を見た。きっと笑っているはずだ。

しかし期待した顔はそこにはなかった。じっと、自分を見ているその目は、いつものガクドーの先生の目ではなかった。

冷たい、父親の目だった。

恵美は噴水の中で固まって動けなくなった。

「おまえは、一緒になってはしゃぐな」

冷ややかな目が、たしかに自分にそう告げていた。心臓がドキドキし、背筋が震えだした。どこかに逃げ出したかった。

あの時の心理は、自分でもよくわからない。

家の中では父は口数の多い方ではなかった。それでも普段は父親と普通にしゃべることができた。しかし、放課後には、家庭で見るのとは違う、いつもとは別人の父がそこにいた。

父親は父親で、我が子だから、他の子たちと同じように甘やかしてはならない、と無意識に考えたのかもしれない。

あの日以来、恵美は極力父親と目を合わせるのを避けた。父親と話すどころか、顔を見ることができなかった。それがいつもの憂鬱の原因だった。

こんなこともあった。

あれはとても寒い冬だった。

気温は氷点下で、放課後になっても、校庭の日陰の水たまりは氷が溶けなかった。

「ようし、みんなで長居公園の水たまりの氷を踏みつけて割ろう！」

みんな、喜び勇んで外に飛び出し、割り出した。

恵美も一緒になって割りたかった。

しかし、一枚も、割れなかった。

そこにも父親の視線があったのだ。

恵美は、いつの間にか人前ではしゃげない子供になった。

はしゃごうとすると、心のどこかに赤信号が灯《とも》る。そして体が固まる。

心の中の氷。恵美にとっては、決して割ることのできない、分厚い氷だった。

ついには目の前に父親がいなくても、恵美は人前で、はしゃがない人間になってしまった。小学校高学年になると、さらにその傾向がひどくなった。

人前で、声を出すのが怖い。声を出して、注目されるのが怖いのだ。

黙っていれば、何も問題はない。頭が勝手にそう考えた。

誰かに何か訊《き》かれても、ずっと黙っている。

最初は、クラスメイトが近づいてきて「なんで黙ってるの」と言ってきた。

時々は「おい、『あ』って言うてみろ」などとからかう奴もいた。それでもずっと黙っているのでみんな次第に離れていった。

最初は寂しかったが、そのうちそれが楽になった。

誰かと一緒にいるより、一人でいる方が楽。相手に自分の行動を見られて、反応されるのが嫌。

しかし心の中は違った。本当は、思い切りはしゃぎたかった。

何も喋《しゃべ》らない恵美の周りには誰も集まらなくなっていたが、そんな恵美に、ひとりだけいつも話しかけてくる子がいた。レイコという子だった。

「恵美、私な、明日、引っ越しするねん」

「恵美、私、昨日な、家族でテレビに出てん」

全部嘘だった。

レイコの言うことは全部嘘だと知っているクラスメイトはもう誰も彼女を相手にせず、黙って聞いている恵美のところにやってきては話しかけてくるのだった。

中学になっても、恵美の心の中の氷は、ずっと割れないままだった。

ある日のことだった。

休み時間、クラスメイトが学校の廊下をぎゃーっと大声をあげて、ふざけながら駆けていくのを見た。

それは校則違反だったが、恵美はそのクラスメイトが駆ける姿を羨望《せんぼう》の眼差《まなざ》しで追いかけた。羨《うらや》ましくて羨ましくて仕方なかった。

「自分もあんなふうに、大声をあげて廊下を走りたい。アホになりたい」

自分が廊下を思い切り駆けている夢をしょっちゅう見た。

しかし、現実の世界では絶対にできないことだった。

勉強も落ちこぼれ、通信簿には1や2が並んだ。

成績に反して、恵美に対する父の期待は大きかった。

「なんで、こんなことがわかれへんねん」

簡単な問題を間違っているテストの答案用紙を見てはそう言うのが父の口癖だった。

学校に行くのが嫌になった。

「あの、北野恵美の母親ですけど、今日は体調が悪いので、学校休ませてください」

母親の声色を使って学校に電話をかけ、一日中、家の近くの阪和《はんわ》線の線路沿いを南に歩いた。夕方になると電車に乗って家まで戻り、翌日、また学校に電話をかけて、電車に乗って昨日の駅まで行って、そこからまた南に歩いた。

そうしてどこまでも歩いていきたかった。

しかしさすがに三日目に嘘がバレ、学校と両親から大目玉を食って、恵美の小さな旅は終止符を打った。

なんとか私立の女子高校には行けたが、そこは落ちこぼれの集団だった。

それでも今まではずっと居心地は良かった。

ここには自分と同じ人間がいる。そう思うと気が楽だった。初めて、思ったことを口にできるようになった。ときどき、自虐的なことを言って友達を笑わせることもできた。それが嬉《うれ》しかった。ありもしない作り話を言って笑わそうとしたこともあった。どこか小学校の時にいたレイコに似てきた自分に気づいて、ハッとすることがあった。

何かが違う。

どこかが、まだ、ぎこちなかった。

鬱屈した気持ちは、いつも心の中に残っていた。

心の中の氷は、まだ割れなかった。

恵美のそんな十代が終わろうとしていた。

3

恵美は大学三年になっていた。

高校では今までにはなかったような良い点をテストで取れるようになり（と言っても四十点か五十点ぐらいなのだが）、それが励みになって学力が上がり、ダメもとで受けてみた、最近できたばかりの四年制の大学に合格したのだった。

朝早く、阪急千里《せんり》線の駅前の商店街を歩いていると、声をかけられた。

「にいちゃん」

恵美は振り向いた。

「なんや、ねえちゃんか」

　歩いているときに、男と間違えられることはよくあった。髪型もショートカットで、服装もボーイッシュなものが多かった。顔があどけなく見え、恵美自身はそれが嫌で、わざとボーイッシュにしているところもあった。

「まあ、ええわ」

　薄茶色のサングラスをかけた、パンチパーマの男が言った。サングラスの奥の目つきは鋭い。

「ねえちゃん、アルバイト、する気、ないか。日給で、一万円。夕方には必ず終わる」

　正直、お金には少々困っていた。

　大学は私学だった。家から通っていたので家賃や食費は必要ないのだが、極力、親の世話になりたくなかった。日頃の生活費はすべて自分で出すことにしていた。大学の学生課のアルバイト斡旋《あっせん》の掲示板で見つけてはアルバイトを探した。

　当時、働いていた居酒屋もそうして見つけた。平日の夜は週に五日。その日は日曜日で、いつものアルバイトは休みだった。

　しかし、と恵美は思い直した。

　路上で見ず知らずの若者に声をかけるのだ。どう考えても怪しいではないか。

　すぐに立ち去ろうとしたが、それも怖くて、恵美は少し緊張した声で訊いた。

「何の、バイトですか」

何のバイトか職種を聞いて、興味ないです、と断ろうと思ったのだ。

「引っ越しや」

「引っ越し？」

その言葉に拍子抜けした。もっとヤバい仕事を想像していたのだ。ヤクの運び人とか、ヤバいもんを捨てに行くとか、オレオレ詐欺の金銭の受け子とか、あやしいビデオに出演するとか。

「引っ越し」というのは、きっとオトリだ。そうやって安心させておいて、その向こうにヤバい仕事が待っているのだ。

「ああ。実はな、引っ越し要員が、一人、都合で来れんようになったんや。しかしどうしても、もう一人、人手が要る。どや、手《て》伝《つど》うてくれんか？」

「私、女ですよ。引っ越しって、男のバイト、ちゃいますか」

大学の求人に引っ越しのアルバイトはよくあった。しかしそれはすべて男子学生向けの求人であることを恵美は知っていた。やっぱり怪しい。

「たしかに他のもんはみんな男や。けどあんた、見たところ、女にしてはまあまあ上背もある。段ボール箱ぐらいなら、運べるやろ」

恵美はその言い方にカチンと来た。

男はそれに気づいたのか、言葉を継いだ。

「いや、まあ、日給は男と一緒やで。どや、人助けやと思うて手伝うてくれんか」

人を騙《だま》すのなら、もっと巧妙でうまい口実があるはずだ。もしかしたら、男の言葉に嘘はないのかもしれない。ヤバいと思えばそこで引き返せばいい。そんな気になって、恵美は男のあとをついて行った。

線路沿いの二階建ての事務所には、『仁兎興業』という看板が掛かっていた。

階段を上がると、中が見えないガラスをはめ込んだドアがあった。そこにも『仁兎興業』と書いてあった。

「兄貴、連れてきました」

「おお、ご苦労はん」

奥から角刈りの男が出てきた。

開いたドアから事務所の中をのぞいてみた。

鴨居には提灯《ちょうちん》がずらりと並び、絨毯《じゅうたん》には虎の皮が置かれ、壁には『任俠《にんきょう》』と書かれた額が掛けられていた。どう見てもヤクザの事務所だった。

やっぱり騙された！　だいたい、興業、なんて屋号自体が引っ越し業者にしては怪しいではないか。階段を上がる前に気付くべきだった。そこで引き返すべきだった。

用事を思い出しました、と言って帰ろうとした瞬間、角刈りの男が言った。

「にいちゃん、あ、ねえちゃんか。堪忍な。ほんま助かるわ。来てくれておおきに」

よく見ると男は作業服を着ており、胸には可愛いうさぎのワッペンが貼られていた。

そのワッペンが、男の風貌《ふうぼう》と全く似合わない。

「引っ越しはすぐ近くからすぐ近くですわ。マンションやけど向こうにはエレベーターがあるし、結構、楽やと思います。ほな、さっそくで悪いけど、作業服に着替えてもらえまっか。他のバイトさん二人は、もうワゴン車の中で待機してまっさかいに」

は？　本当の、引っ越しのアルバイト？

声をかけてきたパンチパーマの男が、すでに作業服に着替えていた。

そうか。ヤバい人間の、夜逃げか何かの手伝いか。だとすれば夜逃げというぐらいなんだからそんな引っ越しは深夜と相場が決まっている。今はまだお日さんがすっかり昇った午前九時だ。

一応、確認しておこうと思って、訊いてみた。

「あの、引っ越しする人は、なんか、ヤバい人ですか？」

ハハハハハ、と角刈りは笑った。

「バツイチ子連れの女の人ですわ。堅気の人です。一所懸命働いて、賃貸から分譲のマンションに引っ越しはるんです。ねえちゃん、なんか勘違いしてると思うけど、ほんで、まあ、勘違いされてもしゃあないと思うけど、うちは事務所こそ、こんなイカツイ感じですけど、れっきとした、うさぎさんマークの引っ越し業者、ぴょんちゃん運送です」

ぴょんちゃん運送て。恵美は思わず吹き出した。

「まあ、最近は、いろいろ締め付けがキツうて、我々も、いろんなシノギをしていかなあきまへん。おかげさんで、組のもんは皆働きもんなんで、けっこう、この部門のアガリはええんでっせ。まあ、人手不足はこの業界も世間と同じで、ねえちゃんらみたいな学生さんに手伝うてもらわなあきまへんねけど」

引っ越しは、ぴょんちゃん運送の正社員というか、組員が二人、学生アルバイトが三人だった。恵美以外の二人は大学の学生課からの斡旋で来たという。

角刈りの組員の働きぶりは実に丁寧で誠実だった。

「タンスを床に置くときは、そうっと置けよ。床の下には、別の人が住んではるんや」

そんな細かな気遣いができる。

「ちょっと引っ越し屋さん」

常盤貴子《ときわたかこ》にちょっと似た依頼主の女性が声をかける。

「この柱の上の方に、釘《くぎ》を一本打ってもらえませんか。柱時計を掛けたいんです。うち、男手がないもんで」

「へえ。お安いご用です」

そうして釘を打ち付けてやる。

額に汗して働くヤクザの組員って、どういうことだろう、と恵美は思った。

彼らは額に汗して働きたくないからヤクザになったのではないか。こうしてちゃんと働けるなら、ヤクザにならなくたっていいし、ヤクザをやめたっていいじゃないか。

「さあ、一区切りついたし、昼飯にしよか」

入ったのは近くにある「王将」だった。

組員たちは天津飯《てんしん》を頼んだ。

「にいちゃんら、遠慮せんでええで。好きなん頼み。定食でも、ええで」

恵美は酢豚定食を頼んだ。

餃子《ぎょうざ》を三人前、頼んでくれてみんなで分けて食べた。

恵美は思い切って、さっき抱いた疑問を、訊いてみた。

「あのう、なんか、こんなん訊いてええのかどうか、わからへんのですけど」

「なんや。なんでも訊いてみ」

「どうして、ヤクザ、やってはるんですか」

「ねえちゃんは、人が訊きにくいことを、ズバッと訊くなあ」

角刈りは目尻《めじり》にシワを寄せて笑った。

しばらく笑ったあと、下唇を軽く嚙《か》んでから、なにごとでもないようにさらりと答えた。

「どこにも行き場のなかったんを、拾うてくれたさかいにな」

引っ越しの作業は予定の午後五時に完了した。

「お世話になりました。これ、少ないんですけど」

美人の引っ越しの依頼主が、一人ずつに祝儀袋を渡した。

事務所に帰って報酬一万円を受け取り、恵美は階段を下りて駅へ向かった。

「ねえちゃん、よかったら、また来てや」

帰り際に角刈りが言った。

もう二度と来ないだろう。恵美は思った。

この人たちは、優しすぎる。どうかすると、その「優しさ」にはまってしまいそうな気がして、それが怖かった。

電車の中で祝儀袋の中身をのぞく。三千円が入っていた。

一日で、一万三千円。悪くないアルバイトだった。

阪急電車は天神橋筋《てんじんばしすじ》六丁目から地下鉄堺筋《さかいすじ》線に入る。

アルバイト代としてもらった一万円も嬉しかったが、ご祝儀でもらった三千円が恵美にはさらに嬉しかった。

この三千円は、好きに使おう。

そうだ。古着を買おう。

恵美は古着が好きだった。

ちょうどいま、大阪の天満宮で古着市をやっているはずだった。今から行けばまだ間に合うだろう。気分を変えて、たまには女らしいブラウスかカーディガン、それか、はきやすそうなサルエルパンツがあれば買おう。

恵美は大阪天満宮の最寄り駅、南森町で降りた。

天満宮に行くと、古着市はすでに店じまいを始めていた。

がっかりして仕方なく駅に戻ろうと北側の門を抜ける。

真新しい日本家屋風の、二階建ての建物があった。

明かりのついた白い提灯がずらりと並んで夕闇に浮かび上がっていた。

その下の看板に『天満天神《てんまてんじん》　南條亭』とある。

脇に木札がかかっており、黒字で名前が書いてあった。その黒い字が、恵美には妙に艶《つや》っぽく見えた。知った名前はひとつもなかったが、どうやら、落語をやる演芸場のようだった。

入り口を覗《のぞ》く。大きな赤い人力車が置いてあった。

『南條亭』と染め抜いた赤い提灯が両側にふたつ並んでいる。

ふと、今日アルバイトした、事務所の提灯を思い出した。

落語には、まったく興味がなかった。

というより、落語そのものをよく知らなかった。よく考えれば、落語というものを、最初から最後まで、一度もちゃんと聞いたことがなかった。

入場料を見る。三千円とある。

今日もらった祝儀と同じ額だ。

どうやらちょうど始まる時間のようだ。棚ぼた式に手に入ったお金を、まったく自分の生活と関係のないことに使うのもいいな。

そんな考えがふと浮かんだ。

恵美は窓口で切符を買い、南條亭の木戸をくぐった。

4

恵美は一番後ろの列の席を選んで座った。

客は八分ぐらいの入りだった。年配の人ばかりだと思ったらかなり若い人が多くてそのことにまず驚いた。最初は客席ばかりに目が行ったが、途中から恵美の心は完全に噺家が語る世界に浸りきった。

登場する落語家たちが語る噺の中に、子供の頃、自分が憧《あこが》れた「突き抜けたアホたち」がいたのだ。

長屋の大家さんに教えられた鶴の名の由来を鵜《う》呑《の》みにして、みんなに吹聴してやろうとしてしくじるアホ。

芝居の話を本当の話と勘違いして、喧嘩《けんか》の仲裁に出向くお人好《よ》しのアホ。

天狗《てんぐ》のすき焼きを作って儲《もう》けようと思いつき、京都の鞍馬山《くらまやま》まで乗り込んで天狗を捕まえに行くアホ。

ここには、正真正銘のアホがいる。愛すべきアホたちがいる。

恵美は夢中になった。

落語家が演じるアホが登場するごとに、恵美の心の中の氷が一枚ずつ割れていった。

気がつくと、恵美は一番前の席にいた。

舞台の脇にある、演じている落語家の名前が書かれた紙がめくられた。

『桂夏之助』と書いてあった。

今までで一番大きな拍手が起こった。

どうやらこの人が、今日のメインの人なのだろう。

ニコニコ笑いながら男が舞台に出てきて、座った。

端整な顔立ちの人だ。恵美はそれに驚いた。

落語家というと、漫画みたいな面白い顔をした人、という印象が漠然とあった。現に今まで出てきた若い三人の落語家の風貌も、どこかコミカルだった。しかし、この人は違う。

「ええー、ようこそのお運び、ありがとうございます」

伸びやかな声だ。前に出た落語家たちとは声の艶が違う。ズブの素人でもそれは判った。

「早いもんで三月も、もう半ばとなりましたな。三月といいますと、世間では、卒業式のシーズン、そして、引っ越しのシーズンと決まっております。結婚式、葬式は、重なる時には重なるといいますが、引っ越しも、重なる時には、重なりますな」

今、自分は引っ越しのアルバイトをしてきたばかりではないか。

重なる時には、重なる。その通りだ。恵美は身を乗り出した。

「えー、昔は引っ越しのことを、『宿替え』てなことを申しまして……長屋の引っ越しということになりますと、荷物は少のうございますが、その分、口数が多うございまして……ヤイヤイ言うな、ヤイヤイ。ヤイヤイ言うなちゅうねん！」

いきなり口調が変わった。

端整な男が、その瞬間、別の男に見えてきた。

長屋の亭主が、引っ越しをする。小言を言う女房に、「おまえら、口ばっかりやないか。力仕事の一つもできんやないか」と言う本人が、ことごとく失敗をする。

彼の言うこと、為《な》すことが爆笑の連続だった。

慌て者の亭主が、引っ越し先の長屋の壁に、箒《ほうき》をかける釘を打つ。

話に夢中になって、亭主が打った釘は、壁を打ち抜いてしまう。

女房に怒られた亭主は釘を打ち抜いてしまったことを隣の家に謝りに行く。

「なんでんねん」

「いやあ、大したことは、ないんです。かというて、これは、言わなんだら、命に関わることでして」

「えらい、藪《やぶ》から棒でんな」

「いえ、壁から釘でんねんけど」

釘はその家の仏壇のなかの、阿弥陀《あみだ》さんの喉《のど》の奥から突き抜けていた。

「ほう、あそこから抜けると、ここへ出ますか」

「路地みたいに言いなはんな！」

「しかし、困ったなあ」

「何がでんねん」

「毎日、ここまで、箒をかけにくるのは、めんどくさい」

「アホなことを！」

恵美は横っ腹が痛くなるほど笑った。夏之助が演じる噺の中のアホが、これまで登場した誰よりもとびきり素敵だった。

出口で、南條亭の法被《はっぴ》を着ている人に訊いた。

「あの、最後に出はった落語家の人がやった噺、あれ、なんていう噺ですか」

「ああ、あれは、『宿替え』でんな」

よりによって、引っ越しのアルバイトをした日に、たまたま入った寄席で、引っ越しの噺を聞くなんて。

恵美の心に、今まで考えたこともなかった、ある考えが浮かんだ。

そうか。世の中には、噺家っていう仕事があるんや。

噺家になったら、心置きなく、アホを演じられる。しかも、誰かと一緒にやるんやのうて、一人でできる。私がこれまでずっと憧れてて、ようなれんかった、アホになれる。

誰にはばかることなく、噴水の中にじゃぶじゃぶ入っていくことができる。
水たまりの氷を、なんぼでも割って歩ける。
それにしても、と恵美は思う。
世の中は、壁一枚隔てて、意外なところにつながっている。
つながっているのだが、みんなそれに気づかず生きている。
しかし、ふとした拍子に気づくことがある。
釘を打ち抜いた時だ。
恵美は「壁の向こう」に、釘を打ち抜いた。
打ち抜いた壁の向こうは、「落語の世界」だった。

第三章　泣き虫甘夏

1

「違う違う。なんべん、言うたらわかるんや」

師匠の叱る声が甘夏の耳を突き刺す。

「つー、と飛んできて、の、後の間《ま》は、空けるんや。ここはお客さんに考える間を与えんとあかんとこや言うたやろ。もういっぺん」

「はい！　つー、と飛んできて……る、と、止まった」

「空けすぎや。そない空けたら違和感が立ってしまう。もういっぺん」

甘夏が師匠に稽古《けいこ》をつけてもらっているネタは、『つる』だ。

何度も同じところでダメ出しを食らう。

十二月だというのに甘夏の背中は汗でぐっしょりだ。

そうだった。あの日も、大汗をかいていた。

四月、親を説得して大学を中退した。退路を断つつもりだった。父は当然のように猛反対したが、「やりたい仕事が見つかった」と理由を言った。落語家だ、と言うと、それ以後、父は自分と口をきかなくなった。

すでに新学年度の授業料を親に支払ってもらっていた。

落語の世界に飛び込めばしばらくは稼ぎなどないのはわかっていたので、毎日必死にアルバイトをして全額親に返した。それから夏之助の門を叩《たた》いた。出番のあった南條亭の入り口で師匠が出てくるのを待った。八月の暑い盛りだった。

一番真面目に見えそうな服を、と二時間かけて選んだ白いブラウスの背中が汗で濡《ぬ》れていた。

「もし学校に行ってんねやったら、卒業するまでゆっくり考えてからもういっぺん来なさい」

「もう、辞めてきました」

「無茶すんなあ、きみ」

それが師匠と最初に交わした言葉だった。

「今日はこのあと、打ち上げがあるんでな。悪いけど、帰ってくれるか」

何日かして、もう一度行った。同じ理由で断られた。

三回目。今度ははっきりと断られた。

「悪いなあ。女の弟子は、取らんことにしてるねん」

一ヶ月して、もう一度行った。師匠は目を見開いて少し驚いた表情を見せた。

しばらく無言だった。

「いっぺん、ご両親を連れてきなさい」

父親は来ず、母親と二人だけで玉出の長屋を訪ねた。

地下鉄の駅を出てから、母はずっとうつむいて歩いていた。師匠の家の玄関の前に立ったとき、母は初めてキッと顎《あご》を上げた。

聞いていた苗字《みょうじ》が小さな表札に刻まれていた。

「報われることの少ない仕事です。それでも、覚悟はええんですな」

鳥かごの中の文鳥が首を傾げてこちらを見ていた。

「よろしゅうお願いいたします」

外に出ると路地にはもう秋風が吹いていた。良い匂いが漂った。金木犀《きんもくせい》の香りだった。

胸いっぱいに吸い込んだ。新しい世界の匂いがした。

初めて稽古をつけてもらったネタは、『東の旅　発端』という噺《はなし》だった。上方落語では、入門したての弟子は、どの一門でも、まず間違いなくこのネタから教えられる。ハリ扇《おうぎ》と小拍子を左右の手に持って、見台と呼ばれる台を叩きながら演《や》る。

師匠の稽古のスタイルは、いわゆる「三べん稽古」。師匠がまず、ネタの、ある程度のところまでを、三べん、繰り返してやる。師匠が三べんやるうちに、弟子はその部分を覚えねばならない。

「ようようあがりましたわたくしがしょせきいちばんそうでございまして、おあとにばんそうにさんばそう、よばんそうにはごばんそう、ごばんそうにおじゅうじにはたにてんがい、どらににょうはち、かげどうろうにしらはり、と、こないもうしますと、こらまあそうれんのほうで……」

師匠は、そう、三べん繰り返したあと、弟子に言う。

「やってみ」

覚えられない。覚えられるものでない。そもそも、言ってる意味がまったくわからない。

まるで外国語だ。

これが、落語なのか。あの、アホが出てくる、と憧《あこが》れた、落語なのか。

甘夏は、目の前が真っ暗になった。

アホを演じたくて落語の世界に入ったのだ。アホが出てこない、ただの呪文《じゅもん》みたいな噺は、甘夏には苦痛でしかなかった。それでも必死になって覚えようとした。しかし、やはり覚えられない。

「ようようあがりましたわたくしが、しょ、しょ、しょ、えーっと」

「えーっとは要らん！　そんな初っ端《ぱな》から覚えられんでどないすんねん！」

師匠の怒号が飛ぶ。

ほとんどワンフレーズごとにつっかえる。五分、十分、二十分と経っても稽古が前に進まない。師匠の怒鳴り声が続く。どうしようもなく情けない気持ちになる。甘夏の目から頬に一筋伝った涙が、ついにはぼろぼろと濁流になって溢《あふ》れ出る。

「泣いてどないすんねん！」

最初のうちは怒鳴っていた師匠も、そのうちに甘夏が泣くと、何も言わずに目をつぶり、腕組みして黙ってしまうようになった。

甘夏の後ろで自分の稽古の番を待っている若夏はいつも呆《あき》れ顔だ。

三ヶ月入門が早い若夏は、甘夏が泣いて稽古が中断するのが、じれったくてたまらない。

「師匠、もう、こんな奴、後回しにして、先に私の方、教えとくなはれ」

その度に、師匠は言った。

「若夏、まあ、そう言うな。気がすむまで泣かしたらええ。甘夏が泣き止むまで、ちいと待ったれ」

師匠のその言葉に、甘夏はまた泣いてしまうのだった。

そんな日が毎日続いた。

それでもなんとか食らいついた。意味などわからず、とにかく師匠の言葉を完全コピーする。そうして覚えていくうちに、二ヶ月ほどすると、言葉のリズムが自分の口に合うようになってきた。そうなると、言葉の覚えも早くなる。なるほどこの噺は落語の発声と間とリズムを身につけるためのものなのだと、遅まきながらようやく悟った。

師匠は稽古を始める最初の日に言った。

「このネタを最初に覚えるのはな。これから自分なりの落語という壮大な建物をこしらえていく上での、いわば基礎工事のようなもんや。基礎工事がちゃんとできてないのに、建物に壁を塗ったり畳を敷いたりはできんやろ」

二ヶ月ほど経って、ようやくその意味が朧《おぼろ》げながらわかってきた。

ただ、そうとはわかってきても、面白くないものは、やはり面白くない。

つっかえながらも、なんとかようやく最後まで覚え、次に教えてもらったネタが、『つる』だった。

甘夏は喜んだ。この噺には、アホが出てくる。

初めて南條亭で落語を聞いたとき、名前は忘れたが、誰かが『つる』を演っていた。大笑いしたが、同時に、こんなんやったら自分でもできる、と思った。

ところが大違いだった。

噺自体は単純なものである。

横町の物知り、甚兵衛《じんべえ》さんから「つる」の名前の由来をアホが聞く。「つる」は昔、「つる」とは言わず「首長鳥」と言った。それがなんで「つる」と呼ばれるようになったかというと、はるか唐土《もろこし》の彼方《かなた》から、まずは、首長鳥のオスが「つー」と飛んできて、浜辺の松にポイと止まった。そのあと、メスが「るー」と飛んできた。それで「つる」だという。これはおもろい、とばかりにアホは町内に吹聴しに行くが、うろ覚えのために、最初は、「オスが、つるーっと飛んできて」と言ってしまって後が続かず絶句し、失敗する。甚兵衛さんに確認に戻って出直すが、今度はオスが「つー」と飛んできて、「る」と止まった、と言ってしまい、ほな、メスはどないしたんや、と突っ込まれて、またまた往生する。

それだけの話だ。

『つる』を初めて習うという日、師匠はまず、甘夏の前で『つる』をひと通り演ったあと、こう言った。

「無邪気な噺やろ。けど、この短い噺にはな、落語の大事な要素が、全部入ってんねんで。話術の、ほとんどのエッセンスが入ってるんや。説いて聞かせる、軽く流す、相手の言葉にかぶせる、外す、戸惑う、話を運ぶ、強く押し出す、声の調子で空気を変える……。それにサゲのバカバカしさ。まあ、これから一つずつ、追い追い教えていくけど、この噺を上手に演れたら、大抵のネタはできる。こんな噺は前座噺やとバカにする者もおるけどな、大ネタは、噺の力で、かえって演りやすい。こんなネタこそ、難しい。落語はな、『つる』に始まり、『つる』に終わるんや。これをしっかりできるようになりなさい」

「はい!」

『つる』は全体で十五分ほどの噺だ。師匠はそれをいつも通りの「三べん稽古」で少しずつ区切って丁寧に教えてくれる。師匠が三回続けて演った後に、甘夏が演ってみる。その都度、細かく厳しいダメ出しがある。

叱られまくりながら、なんとか「前半」「中盤」と来て、今日、ようやく「終盤」のサゲまで来た。

兄弟子の若夏は今日はいない。のびのびと集中してできる。一緒に稽古する方が、相手が教えてもらっている間に覚えることもできていいのだが、甘夏は師匠と一対一で稽古をつけてもらう方が好きだった。

師匠は言った。

「ええか、甘夏、このネタの、肝心なところは、サゲやで。やってみなさい」

甘夏はサゲの部分を、師匠が今、目の前でやった通りに演ってみた。

「後へさしてメスがやで、おまえ」

「メスが、どないしたんやねん」

「黙《だま》ーって、飛んできたんや」

アホが、答えに窮して、苦し紛れにこぼすのだ。

「うん、まあ、そんなとこやな」

師匠が意外にもすんなりオーケーを出したので、甘夏は逆に不安になった。

「え？　今ので、ええんですか？」

「なんでや」

「なんか、ダメ出ししてもらわんと、頼りのうて……」

夏之助が笑った。

「そうか。頼りないか」

「い、いいえ、師匠の稽古が頼りないっていう意味やないんです！　私の気持ちが、頼りないっていう……」

「わかってる、わかってる」

師匠はさらに目を細めて頰を緩めた。

「うん。おまえがそう言うんやったら、普段はやらんが、今日は、もうちょっと深いとこまで、一緒に考えよか」

一緒に考える？　師匠と一緒に考える？　どういうことだ？

「サゲの『黙ーって、飛んできたんや』。ここは、今みたいに、答えに窮して、苦し紛れに言う。まあ、これが模範解答としよか。けどな、他にも、言い方があるんやないか。たとえば、照れながら言う、というのはどうや。それから、悲しそうに言う、というのも、ないことはないんちゃうか。甘夏、おまえなら、どう言うのがええと思う？」

どう言うのがええと思う？　突然師匠に質問されて、甘夏は戸惑った。

「あの……、すんません、わかりません。師匠が演りはったんが、一番……」

「甘夏、これを、今、おまえに言うのは、まだ早い。けど、あとあとのために、覚えとき。落語には、笑いを取るために外したらいかん約束事がある。けどな、同時に落語は、一から十まで師匠に教えてもろうた通りに演ったらええというもんでもない。もしおまえがこの先、『夏之助師匠にそっくりやなあ』と言われたとしたら、それは褒め言葉やないで。落語に、これが絶対不変の正解、というのは、あらへんのや。ただ、演るときには、自分なりの正解は持っとかな、あかん。どう演るにせよ、自分の中で筋がちゃんと通ってたら、それでええんや。まだ入りたての者に、本来やったら、そこまでは言わん。まずは師匠の言う通りにできるようになるのが何よりも先や。けど、おまえは、そのままは頼りない、と言うた。そう思うのは、大事なことや。忘れんとき」

師匠の言葉は意外だった。落語に、絶対不変の正解は、ない……。それは、大きな自由を与えられたような気がした一方で、広い野原に突然放り出されたようで、甘夏はとてつもなく不安になった。

「師匠、わかりません。どうしたら一番ええか、教えてください」

「これは、宿題にしとこか。もうちょっと、自分で考えてみ。この『つる』の噺を、どう収めるか。つー、と飛んできて、る、と、止まるように、この話を、うまいこと、松の枝に、止まらしてみ。さあ、今日の稽古は、このへんにしとこ」

甘夏は、答えがわからない。甘夏の頭の中で、つるは着地できる場所を見つけられずに、ずっと飛び続けているのだった。

「甘夏、おまえは、ほんまに名前の通りや。考えが、甘いんや」

2

玉出駅の近くの喫茶店で、甘夏は二番弟子の兄弟子、若夏と向かい合っていた。

師匠と二人、差し向かいで『つる』の稽古をつけてもらった数日後のことだった。

ちょっと昼寝するさかい、今日はこの辺にしとこか、と師匠はその日、若夏と甘夏の稽古を早めに切り上げた。

二人で師匠の家を出た後、若夏が甘夏に、「ちょっと、お茶飲んで行こか」と誘ったのだった。

そんなことは初めてだった。

若夏は、甘夏が入門してきた当初、ほとんど甘夏と口をきかなかった。「おはようございます」の挨拶《あいさつ》と、あとは師匠の世話に関する事務的な用件をひと言ふた言で交わす。それも甘夏が必要に迫られて訊《き》いた時に限られた。若夏は明らかに甘夏に対して「おまえとは会話したくない」というバリアを張っていた。ようやく一ヶ月を過ぎたあたりから、若夏の方から言葉をかけてくるようになった。それもごく事務的な用件か、先輩風を吹かした小言だった。

若夏は甘夏より一歳年下だが、入門は若夏の方が三ヶ月だけ早い。わずか三ヶ月。しかし噺家の世界において、この三ヶ月は大きい。十年でも、たとえ一日でも、兄弟子は兄弟子だ。

しかし喫茶店の椅子に座るなり、面と向かって考えが甘い、と言われて、甘夏はカチンときた。

「すみません、けど、師匠ならともかく、あんたに言われたないですわ」

「あんた⁉　あんた⁉　おまえ、誰にもの言うてんねん！　俺は、おまえの兄弟子やぞ！　ちゃんと兄《にい》さんって言え！　ボケカス！」

若夏がそんな感情をあらわにした言葉を投げかけてきたのも初めてだった。

甘夏は心のバリアを外してきた若夏に乗った。

「兄さん、私の、どこが甘いんですか？　教えてください」

「そうか。わからんのなら、言うたろ。そうかて、そうやないか。おまえなあ、たった一回、南條亭で夏之助師匠の落語聞いただけで、弟子入りして来たらしいやないか。それが甘いっちゅうねん。どういう了見しとんねん」

「たった一回やないです。他でも、聞いてます」

「おお、そうか。どこで聞いたんや」

「ユーチューブで」

「ユーチューブ⁉　ユーチューブかい！」

「はい」

「あのなあ、落語っちゅうのは、暇つぶしとちゃうぞ。いや、聞いてくれるお客さんは暇つぶしでもかまへん。けどなあ、俺らは、演る方やぞ。生身のお客さんの前に出て、演る方やぞ。ユーチューブで何がわかるねん。俺なんか、師匠に弟子入りする前、どれだけ寄席に通うたと思てんねん」

「どれだけですか」

「天満《てんま》の南條亭、夕陽丘《ゆうひがおか》の遊戯丘《ゆうぎがおか》寄席、大正《たいしょう》の相楽《さがら》寄席、神戸《こうべ》新開地《しんかいち》の沖楽館《おきらくかん》、動物園《どうぶつえん》前《まえ》の憧楽亭《どうらくてい》、阿倍野《あべの》の春香州《はるかす》寄席、田辺《たなべ》の桃ケ《ももが》池《いけ》寄席、島之内《しまのうち》の三津寺《みつてら》寄席、清荒神《きよしこうじん》の紲亭《きずなてい》、宇治《うじ》の金時亭《きんときてい》、高槻《たかつき》の南平《なんぺい》寄席、京都四条《しじょう》の錦松亭《きんしょうてい》、明石《あかし》の多幸之《たこの》寄席……、まだまだあるけど息切れてきたからこのへんにしといたろ。とにかく俺はな、寄席に一年間、通いまくった。通いまくって、落語を聞いた。あらゆる師匠の落語を聞いた。その中から、俺は夏之助師匠を選んだんや。ところが、おまえはどうや？　たった一回、初めて入った南條亭で、たまたま聞いた夏之助師匠に弟子入りやなんて。安直すぎるやろ。甘すぎるやろ」

「けど、そのときに聞いた師匠の落語が面白かったから」

「師匠、何を演ってはったんや」

「『宿替え』」

「おお、『宿替え』は、師匠の十八番《おはこ》のひとつや。で、まあ、ユーチューブでもええわ。その後、ユーチューブで、師匠の落語は、聞きまくったんやろな」

「はい。師匠の落語、聞きまくりました」

「何を聞いたんや」

「『宿替え』」

「それはわかった。他には？」

「『宿替え』。もう一本、師匠が演ってる別のヴァージョンの『宿替え』があったんで」

「おまえ、『宿替え』しか聞いてないやないか！」

若夏が頭から湯気を出しそうな勢いで怒った。

「師匠の面白さは、『宿替え』、一回聞いたら、わかります」

「おまえ、それやったら、まるで山ほど聞いた俺が、アホみたいやないか！」

「アホとは言うてません」

「ほんまムカつくな。だいたいな。うちの師匠はな、今まで、女性の弟子は取らん主義やったんや。なんでかと言うと、夏之助師匠の師匠の龍之助師匠が、女の弟子を取らん主義やったからや。女性は、落語家に、向かん。それがうちの一門の考えや」

「けど、女性の落語家は、ぎょうさん、いてはります」

「ああ、いてるな。今、上方演芸協会に属してる落語家は、ざっと二百七十人。そのうち、女性の落語家は、まあ、二十人ぐらいか。少ないっちゃあ少ないけど、多いっちゃあ、多い。おまえの言う通りや。なんでかいうと、女性の落語家が初めて生まれたんは、まだ今から四、五十年ほど前のことや。おまえも知ってるやろ。月地《つきじ》亭桔梗《ていききょう》師匠や。それまでは一人もおらんかったことを考えたら、ずいぶんと増えたことはたしかやな。それでも、たかだか全体の一割弱や。はっきり言うたろ。その中で、男の師匠に匹敵するだけの師匠になった女性落語家は、一人もおらん」

「ちょっと待ってください。それは、今いてはる女性の師匠たちにあまりにも失礼です」

「たしかに、男の下手くそな落語家よりずっと上手《うま》い女性の師匠はいてはるで。弟子をぎょうさん取ってはる女性の師匠も、いてはる。けど、その弟子は、全員、女性や。女性の師匠の門を叩く、男の弟子は、一人もおらん。これは、何を意味してる？」

「わかりません。兄さん、何が言いたいんですか？」

「つまりは、はっきり言お。女は、落語には向いてない、ということや」

「けど、師匠は私を弟子に取りました。今までは断ってはったか知りませんけど、私を弟子に取りました」

「魔が、差したんやろなあ」

「魔が差したんでも、なんでも構いません。私は、師匠の弟子なんです。兄さん、何が気に入らんのですか？　もしかして、せっかく、師匠の弟子になれたのに、たった三ヶ月ばかりで新しい弟子ができて、師匠の愛情が自分だけに向かんようになった。それが、妬《ねた》ましいんですか？」

「ア、アホなこと言うな！　俺はな、そんな了見の狭い人間と違うぞ！　俺はな、ただ、兄弟子として、おまえの考えの、その、甘さば、いや、甘さを……」

「甘さば？」

「い、いや、なんでもない。ちょっと噛《か》んだぐらいで、いちいち兄弟子にツッコむな！　そういうとこが、おまえのあかんとこや。とにかくな、おまえはまず、なんでもズケズケと言う、その物言いを直せ。女はな、可愛げや。可愛げのない女は嫌われるんや」

「可愛げ？」

「そうや。おまえが、もしこの落語の世界で生きていこと思うんなら、大事なんは、可愛げや。女を使え。女であることを最大限、利用せえ。おまえが、うちの師匠に取り入ったようにな」

「取り入った？　取り入った、て、どういう意味ですか？」

「いちいちツッコむな。ついでやから、言うといたる。おまえの『甘夏』いう名前のことや」

「私の名前が、どうかしたんですか」

「最初、師匠はな、俺に『甘夏』とつけようとしはったんや。けど俺は、『甘夏』いう名前は、どうしても嫌です、勘弁してください、他の名前やったら、なんでもええです、言うて断ったんや。師匠は納得してくれはってな。それで、おまえは、『お兄ちゃんのお下がり』の名前をつけてもろうた、というわけや」

「それ、ほんまですか」

　嘘ついてどないすんねん、と、若夏は意地悪な近所の悪ガキのような顔で笑った。

「とにかく、これだけは覚えとけ。俺は、おまえの兄弟子や。絶対、服従や。わかったな、ボケカス！」

若夏は喫茶店のテーブルを立った。レジまで行って、戻ってきた。そしてテーブルの上の伝票を取った。

「今日は奢《おご》っといたる」

「割り勘でええです」

「兄弟子に、恥かかすな」

若夏はそう言って、ぷいと店を出て行った。

3

地下鉄を降りて玉出駅1番出口の階段をのぼろうとすると、地上から強い風が吹きおろした。

「ここはなあ、いつもこんな風が吹いてるんや。『風の階段』やな」

風の階段。

師匠らしい物言いだ、と甘夏は思った。

風の階段をのぼった先に、師匠の夏之助が住んでいる「玉出」の町がある。

玉出は大阪の南西部、西成区にある。甘夏はここからさほど遠くはない東住吉《ひがしすみよし》区の出身だが、師匠に弟子入りするまでは足を踏み入れたことのない町だった。

今日は師匠の南條亭の出番に付き添った後、稽古をつけてもらうために、師匠と一緒に二人で玉出に戻ってきたのだ。兄弟子たちも今日はいない。

「今日はずいぶん温《ぬく》いさかいに、ちょっと遠回りして帰ろか」

歩きたい気分なんや、と師匠は言った。

「玉出は、今では『スーパー玉出』の発祥の地として知られてるけど、ここは昔から庶民が普段着で生活する下町や。芸人もぎょうさん住んではったんやで。売れていない頃のかしまし娘《むすめ》、芦屋雁之助《あしやがんのすけ》の師匠、芦乃家雁玉《あしのやがんぎょく》も住んではった。漫才師、落語家はもちろん、歌舞伎役者や文楽の人形師もおったで。うまい店もいっぱいある。『とり栓』、『赤のれん』『風流亭』『八宝亭』。どこも安いから芸人にはありがたい。そや、エンタツ・アチャコも常連やった玉出のぼてじゅう屋、今度皆で一緒に行こか」

今日の師匠は、妙に饒舌《じょうぜつ》だ。甘夏は夏之助の話に聞き入った。一言も聞き漏らしたくなかった。

「けど、この町も、ずいぶん変わってしもたな」

夏之助と玉出の町とのつきあいも古いらしい。

「この町には、弟子時代から住んでるからなあ」

地下鉄1番出口を出ると、大きな道路の前に出る。国道26号線だ。

「この道の先をずっと行くと、難波《なんば》や。この道はな、『世界』につながってる道や」

世界につながってるって、大袈裟《おおげさ》やな。そう思ったが、師匠のそんな言い方が、甘夏にはおもしろかった。

「玉出に住んでた芸人は、電車賃を惜しんでこの26号線を五キロ先の難波まで歩いた。難波、千日前《せんにちまえ》、道頓堀《どうとんぼり》には劇場があった。噺家なら、ネタを繰りながら歩くのにちょうどよかった。僕もそうして歩いて通うたもんや。落語のリズムが、歩くリズムと、ちょうど合うんやな。今でも気ィ向いたら、歩いて難波まで行くんや」

夏之助はそこで急に歌を口ずさみ出した。英語の歌詞で、知らない歌だった。

落語家の師匠が、洋楽を口ずさむのが意外だった。

「師匠、その歌、なんですか」

「サイモンとガーファンクルや」

「ガイモンとサーファンクル？」

「テレコ（あべこべ）やがな。ようそんなスカタン聞くな。知らんのか」

「知りません」

「まあ、落語で言うと、『喜六《きろく》』と『清八《せいはち》』と思え。名コンビや」

「芸人ですか」

「違う。アメリカのフォークデュオや。今、僕が歌《うと》うたんはな、『明日に架ける橋』いう歌や。二人はな、売れん頃、ニューヨークの下町に住んでた。まあ、言うてみたら、ニューヨークの玉出みたいなとこやと思え。その町には、大きな橋が架かってた。クイーンズボロ橋、いう橋や。橋の向こうは、摩天楼のマンハッタンや。二人は、いつも、その橋を見ながら、こう思うてた。いつか、あの橋を渡って、『世界』へと飛び出したい。そんな若い頃の気持ちを思い出して作ったんが、この歌や。この道を歩いてるとな、僕はいつもこの歌が、ふっと口をついて出るんや」

国道26号線は、大阪の芸人にとっての『明日に架ける橋』。そういうことか。

自分も今度、難波まで歩いてみよう。

「この国道26号線を西に入った先に、神社がある。生根《いくね》神社や。夏と冬に、大きな祭りがある。冬至の日には『こつまなんきん祭り』いうのが行われて、えらい賑《にぎ》わいになる」

「こつまなんきんって、なんですか？」

「この玉出界隈《かいわい》は、昔は『こつま』という地名やった」

「『こつま』？」

「そうや。漢字で書くと、勝ち負けの〝勝〟とあいだの〝間〟で『勝間《こつま》』と読む。なんきん、というのは、かぼちゃのことや。この界隈はかぼちゃの名産地やったらしいな。それが『こつまなんきん』や。小ぶりなかぼちゃやけど、身がキュッとしまっててな。昔から大阪では、『こつまなんきん』というと、ええ女の代名詞やった。小柄やけど、キュッとしまってる、というわけや。噺家になるんなら、そういう古い大阪のことも、ぼちぼち覚えていかんとあかんで」

こつまなんきん。小ぶりなかぼちゃ。それが、いい女の代名詞。甘夏はその美的感覚を面白いと思った。自分はとてもこつまなんきんにはなれないが、これから噺家になってどんどん売れて、みんなに愛される『こつまの甘夏』になってやろうと思った。

やがて商店街のアーケードが見えてきた。

玉出本通《たまでほんどおり》商店街だ。

入ってすぐに「スーパー玉出」の黄色いテントが見えた。ここがスーパー玉出の発祥の地なのか。その横に広大な空き地があった。

「ここにはな、映画館があったんや。昔は超満員やったらしいけど、最後の方は、もうお客も、そない入らんようになってたな。僕が弟子入りしてた頃、ここで『エイリアン』のリバイバル上映やっててな。お客は、僕を入れてたった五人や。で、映画の中で、宇宙船の乗組員が、一人ずつ殺されていく。僕は最前列で映画を観るのが好きでな。映画の中で、一人殺されたとき、ふっと振り返ったんや。そしたら、客が一人減って、四人になっとる。映画の中で、もう一人、死んだ。また振り返った。客は三人になっとる。あの時は、怖かったでえ。思わず映画館から飛び出してしもた。そやから、『エイリアン』の結末、知らんねん」

甘夏は大笑いした。

「師匠、それ、ほんまですか。ネタですか」

「ほんまやがな！」

ちょっと寄り道しよか、と、本通を左に曲がる。そこもまた小さな商店街で、アーケードには『玉二商店街《たまにしょうてんがい》』とあった。入ってすぐに漬け物屋と肌着屋が店を開けているほかは、どの店もシャッターをおろしている。

「今はこんなんやけど、ここが、ここらの商店街の始まりやそうや。えらい賑《にぎ》やかな公設市場があったんや」

公設市場。甘夏はそんな言葉をはじめて聞いた。

玉出北《たまできた》商店街に出て、かつての公設市場をぐるりとまわる形で再び本通商店街に戻る。映画館の跡地の傍らに、二階建ての古びた木造家屋があった。

「あれ見てみ」

夏之助は急な傾斜のある、とんがり屋根を指差す。

「今はトタンで塞《ふさ》がれてるけど、北側に窓の跡があるやろ。そして東側にも。ここは昔、写真館やったんや。あの窓は自然光を取り入れるための明かり採りやな」

写真館。写真といえばスマホで撮るものだ。そんなものが街にあったことさえ、甘夏は知らなかった。

「ここらに住んでた人たちが撮ってもろた写真が店の前の飾り窓の中に置いてあった。家族で撮った写真とかもあってな。この家族は、どんな事情があって、この写真を撮ったんかなあって、よう想像してみたりしたたな」

師匠には家族も身寄りもなく、子供の頃から施設で育ったと聞いたことがある。そんな師匠が他人の家族の写真を見て、いったい何を思ったのだろう。

映画館の跡地の南側には、いままで歩いてきた風景にはそぐわない、三階建てのお洒《しゃ》落《れ》な一戸建住宅が並んでいた。

「このへんが、一番変わったな。僕が住んでた頃は、古い長屋がいっぱい並んでたけど。お金のないミュージシャンが、たくさんこのあたりに住んでたんやで」

積み木のようにこぎれいな住宅の北には、映画館の跡地をはさんで商店街のアーケードが延びていた。冬の空が切り取られたようにそこだけぽっかりと広がって見えた。

新興の住宅地の並びを一本南に入る。車が一台通れるかどうかの狭い路地の両側に長屋が並んでいる。

「この長屋に、うちの師匠が住んではった。このへんは、かろうじて、あの頃の玉出の風景を残してるな。昔は長屋の軒先に、三味線や小唄《こうた》や踊りの看板が出てたそうや。芸能は、いつもこういう、『地べた』から生まれるんやで」

路地を抜けると、そこが喫茶店「アルルカン」だった。

こぢんまりとした喫茶店だ。入り口は狭いが上に大きな明かり採りの窓がある。周りの風景になじみ、ずいぶん前からここで店を出していることがわかる。

その向かいにあるのが、今、甘夏が居候している銭湯だ。

「歩いたら、喉《のど》が渇いてきたな。今日は稽古はやめにして、コーヒーでも飲もか」

師匠はアルルカンの扉を押す。甘夏が後に続く。

中は意外に広い。前にテーブル席が四つ。その先に一枚板のカウンターが延びている。

店の奥の扉は開け放たれ、光が漏れる。

風が吹き抜けた。

流れている音楽は、ジャズらしい。

よく見ると棚にはLPレコードがずらりと並んでいる。

「ユーちゃん、まいど。今日は温いな」

夏之助はマスターにあいさつし、カウンターの一番奥の席に座る。

甘夏は隣の席に座る。

「この店にはじめて来たのは、僕が、ちょうど師匠に弟子入りした頃や。今は天井が吹き抜けになってるけど、昔は二階に四畳ほどの部屋があった。僕はそこに住んで、すぐ近くの師匠の家に通うてたんや」

そうだったのか、まるで銭湯に居候している今の自分と同じじゃないか。

「うちの師匠は、アルルカンの常連でな。僕も、弟子時代に、よう連れてきてもろた。師匠は、僕が今、座っている、このカウンターの一番奥に、いつも座っててね」

ユーちゃんが補足する。

「師匠の家の向かいが、私の家なんです。向かいのぼんが喫茶店始めたいうんで、最初はのぞいてくれたんでしょう。一九七三年の開店ですから、その頃ですね」

ユーちゃんはサイホンでコーヒーを淹《い》れる。

「最初は軽い気持ちやったんでしょう。けど師匠はこの店を気に入ってくれてね。毎日来ては、カウンターの一番奥に座ってました。いつも夕方ごろに来て、ビールを飲みながら、ジャズを聴いてはりました」

落語家が、ジャズ？　しかも夏之助師匠の、そのまた師匠の、桂龍之助が。桂龍之助といえば、上方落語界の重鎮だ。甘夏が入門する前に亡くなっており、甘夏は入門するまで名前も知らなかったが、入門してからは誰もが龍之助師匠の芸の大きさを言う。龍之助の落語は、弟子入りしてからユーチューブやDVDで観たことがある。陽気な落語だった。

甘夏は、さっき道を歩きながら洋楽を口ずさんだ夏之助を思い出した。桂龍之助と桂夏之助。二人の共通点。そんなことは入門したての甘夏にわかるはずもなかったが、二人の底流には、音楽があるのかもしれない。漠然とそう思った。

「龍之助師匠とはいろんな話をしましたけど、お店では、落語の話は、ほとんどしませんでしたね」

ユーちゃんがコーヒーをカップに注ぎながら言った。

「師匠は、ひとりになりたいときにふらっとこの店に来てはったんとちゃうかなあ。今日は話しかけてほしないんやな、というときは、すぐにわかりました。そういうときは、僕も、そっとしとくんです。そういう距離感も、師匠にとっては居心地がよかったんとちゃうかな」

龍之助師匠の話をしている時のユーちゃんは、楽しそうだ。

「龍之助師匠は、優しかったんですか」

甘夏が夏之助に訊いた。訊いた途端、我ながらアホな質問だと思った。

「優しい、というのとは、違う」

夏之助はきっぱりと言った。

「厳しい、というのとも違う」

夏之助はコーヒーカップを口に運んだ。一口飲んだあと、こう言った。

「もちろん師匠の稽古は厳しかったで。落語には、厳しかった。けどな、同時に、弟子たちの個性も大事にしはった。おまえらは、おまえらの色の落語をしたらええんや。よう、そう言われたな。噺を、自分なりにアレンジして演ることにも寛容やった。落語は、ジャズやで。そう言うてはった。人によっては、龍之助師匠は放任主義や、って言う人もおった。けど、そうやない。いうてみたら、龍之助師匠と弟子たちは、長い長い、鎖で繫《つな》がれてるんや。その鎖は、長すぎて、多少離れても、鎖で繫がれてることに気がつかへん。けど、ずっと離れたときに、気づくんや。師匠と弟子は、長い長い鎖で、たしかに繫がってるって。そんな感覚かなあ」

夏之助師匠は、きっと龍之助師匠のＤＮＡを受け継いではる。甘夏はそう思ったが、もちろん口には出さなかった。

「世間からはみ出したような人間が龍之助師匠のもとにぎょうさん集まったんは、皆、師匠のそういうところに惹《ひ》かれたからとちがうかな」

「師匠は、なんで龍之助師匠の弟子になりはったんですか」

「落語なんか、あんまりよう知らんかった。けどたまたま入った寄席で、師匠の落語を聞いてから、虜《とりこ》になって、師匠の弟子になったんや」

そこも自分と同じじゃないか。

「噺の中に、狐の親子が出てきてなあ。僕は、師匠が演じる狐の母親に、惚《ほ》れ込んだ。あの狐の母親をどないしても自分で演ってみとうなって、噺家になったんや」

「師匠、それは何ていう噺ですか」

「『天神山《てんじんやま》』いう噺や」

聞いたことのない噺だった。

「師匠、その噺を、教えてください」

「おまえにはこの噺を知る前に、まだまだ知らなあかんこと、覚えなあかんことが山ほどある。甘夏、もっと稽古を積め。稽古を積んで積んで、なんとか一人前になったなあ、と思うたときに、教えたる」

夏之助師匠の、人生の壁を打ち抜いた「釘《くぎ》」を知りたかった。いつか、その噺を演じる夏之助師匠を見たい。そして、できることなら、いつか自分が、演じてみたい。

ユーちゃんが話を変える。

「このへんのお客さんの会話聞いてたら、ほんまおもろいよ。この間もおばちゃん同士が話してたんや。『この前な、玉出の商店街で服、買《こ》うてん。ユニクロちゃうで。張り込んだやろ。けどな、袖《そで》付け悪かったから、お店に持って行って、思い切りプレミアつけたってん！』『プレミアつけてどないすんねん。クレームやがな』

『この前、奮発してな、フランス料理屋行って、フェラガモ食べてん』『フェラガモ⁉ どんな鴨や！　たしかにおいしそうやけど』」

甘夏は笑った。夏之助がそれを受けて続ける。

「人と人がぶつかりあって、芸ができる。芸能は、必ず町から生まれるんや。師匠が住んでた長屋の近くには、僕も含めた師匠の弟子たちが部屋を借りて住んでた。夜中に酔っぱらって帰ってきて、しょっちゅう長屋の軒先の植木の花をひきちぎってた奴もおった。近所の散髪屋さんの人妻に、本気で恋した奴もおった。路地には、古い芸人さんもぎょうさん住んでた。三味線や、踊りで板の間を踏みならす音がいつも聞こえてた。誰もうるさいとは言わず、にぎやかでかえって用心がいいと喜んでた。そんな町から芸が生まれる。芸人が生まれる。音楽が生まれるんや。ずいぶん変わったけど、今もこの町には、そんな匂いが残ってる。そやからこそ、今も僕は、この町に住んでる」

ジャズのレコードが終わり、ユーちゃんが、ターンテーブルに別のレコードを置いた。

甘夏が聞いたことのないダミ声が聞こえてきた。しかしそのメロディは美しく、歌声は力強く、優しかった。

「ルイ・アームストロングの『ワット・ア・ワンダフル・ワールド』。龍之助師匠はこの歌が好きでね。二十代の中頃に重病を患《わずろ》うて、二年ほど入院生活を送ってはったことがあったそうです。その頃に、よう聴いた曲やて言うてはりました。聴いているときは、寝てはるのか、起きてはるのか、眼をつむってね。なにか、大切な思い出があるんでしょうね」

ユーちゃんの目が、どこか遠い場所を見つめる目になる。

「ええ歌やな。僕も好きや」

夏之助がぽつりと言う。

「僕はな、ときどき、考えるんや」

誰に言うともなく、自分に呟《つぶや》くような声だった。

「落語の、エッセンスって、なんやろな、って。そんなん、とても一言で言えるもんやない。わかってる。けどあえて一言で言うとすると、これやないかなって」

夏之助はきょとんとしている甘夏の方を向いた。

「『ワット・ア・ワンダフル・ワールド』。もっと嚙み砕いて言おか。『この世界も、捨てたもんやない』。そういう意味や」

「この世界も、捨てたもんやない？」

「ああ。現実の世界は、厳しいもんや。血の滲《にじ》むような努力をしたって、報われんこともある。理想と現実の狭間《はざま》で、いつももがいてる。分かり合えそうで、分かり合えん。煩悩を抱えて、あがきながら日々を生きてる。汚い部分も、醜い部分もある。何回も同じ失敗を繰り返す。それが人間や。落語の中にも、そんな人物がぎょうさん、登場する。

けどな、そういうことも全部ひっくるめて、それでもなお、この世の中は、捨てたもんやない。厳しい現実を認めた上で、人生を、肯定する。そう思える瞬間がある。落語の底流には、そういう考えが流れてる。これが、僕の思う、落語のエッセンスや。それを聞いてる人に伝えるのが、僕の役目や。そんな気がするんや」

この世の中も、捨てたもんやない。

甘夏は、その言葉を、心の中で反芻《はんすう》した。

「龍之助師匠は、僕にいろんなことを教えてくれはった。けど、教えてくれはったことで一番大切なことは、そのことと違うかなあ、と思うんや」

十分にわかったとは言えなかった。ただ、師匠のことが、そして落語が、またひとつ、好きになったような気がした。

「師匠、ひとつ、訊いていいですか」

「なんや」

「若夏兄さんが言うてはったんですけど、龍之助師匠は、女の弟子は取れへんかったって聞きました」

「それはそうやなあ。あれだけ自由な考え方をする龍之助師匠も、女の弟子は、みんな断ってはった」

「それで、うちの一門は、女の弟子は、取らへんのや、と」

「まあ、今でこそ、女の落語家は増えたけど、龍之助師匠の時代は、ほんまにおらんかったからなあ」

「若夏兄さんも、言うてはりました。女の落語家が誕生したんは、今から四、五十年前や、月地亭桔梗師匠やって」

「ほう」

「こと、女の落語家に関しては、龍之助一門は認めてこんかったし、夏之助師匠も、最初は、私を断らはりました。それは、なんでですか。けどそんな一門の中で、夏之助師匠は、私を弟子に取らはりました。なんで、私を弟子に取らはったんですか」

「魔が、差したんやろうなあ」

「ええっ」

「そない、びっくりせんでもええがな」

「いえ、若夏兄さんが言うたんと、同じ答えやったから。まさか、と思って」

「ははは。若夏もそう言うてたか」

師匠は声を出して笑い、こう続けた。

「ところでな、若夏の言うたことには、ひとつ間違いがあるで。女の落語家が初めて誕生したんは、月地亭桔梗師匠やって言うてるな。桔梗師匠が入門したんは、一九七四年や。まあ、一般には、桔梗師匠が最初や、ということになってる。けど、その前にも、女の落語家は、おった」

「そうなんですか」

「あれは、僕が小学校に上がったばっかりの年やから、一九七三年や。僕は、知っての通り、施設の出身でな。母親は家のことはほったらかしで別の男と逃げてどこかに消えたし、父親は酒乱で僕を育てる能力がなかった。親父は僕にずいぶん暴力をふるうたらしいけど、僕には、その頃の記憶がない。すっぽりと抜け落ちてるんや。ただわずかに覚えてる父親との記憶がある。小学校に入ったばっかりの僕を連れて梅田《うめだ》に出て、寄席に入ったんや」

「寄席？」

「そうや。今、梅田に、ヘップ・ナビオっていうビルがあるやろ。当時、あそこは北野《きたの》劇場いう、でかい劇場やった。あの近くに小さな演芸場があった。漫才や落語の他に、なんや、今の吉本《よしもと》新喜劇みたいな喜劇もやってた記憶もうっすらとある。どんな芸人が出てたか、ほとんど覚えてないけど、一人だけ鮮明に覚えてる。女の落語家さんやった。その人は舞台の上にちょこんと座って、落語をやってはった。どんな落語やったかも覚えてない。その時の父親の反応も覚えてない。僕がその人のことを鮮明に覚えてるのは、演芸場を出て、北野劇場との間の細い道を父親と歩いてる時に、ばったり、その女の人と会《お》うたからや。洋服に着替えてたから、最初は誰かわからんかった。向こうから声をかけてきたんや。

『あら、僕、一番前で観ててくれた子やね』

さっき、落語をしてたお姉ちゃんや。それはすぐにわかったけど、急に話しかけられて戸惑うた。

『お姉ちゃんの落語、面白かった？』

何も答えられへんかった。正直、面白かった、っていう記憶もない。

黙ったままの僕に、その人はとびきりの笑顔で言うた。

『これからも、お姉ちゃんの落語、応援してな』

そう言うて、頭を撫《な》ぜてくれて、不二家のキャンディをくれた。

落語家になってから、古いことをよう知ってる先輩に、何気なくそのことを話したら、その女の落語家は、『小鳩家《こばとや》みき』っていう人やって、教えてくれた。当時、小鳩家染《そめ》吾《ご》っていう、ちょっと変わった落語家がおってな。その人は、演芸協会にも属さんと、阿倍野のてんのじ村で、『演芸教室』みたいなことをやってはった。そこに通うてた生徒で、のちに正式に弟子入りしたんが、その人やと」

「その、みきさんは、どうなったんですか」

「当時大御所やったある落語家の師匠に、『女になんか落語ができるわけない』と罵倒《ばとう》されて、えらいイビられて、それでも一年ほどは辛抱して頑張ってたけど、結局、やめはったらしいわ。今は、どないしてはるか知らんけど」

「みきさんって、どんな人やったんですか」

「僕が覚えてるみきさんは、背筋がまっすぐで、シュッとしてたな。笑うと八重歯が見えて可愛い人やった。それでな、甘夏、おまえが僕のところに弟子入りしたいと来た時、僕は、最初は断ろうと思うた。現に何度も断った。そして、あれは、何回目やったかな。『やめときなさい』と言おうとしたそのとき、どういうわけか、ふっと、みきさんのことを思い出したんや。なんでやろな。そないに、おまえと顔が似てるわけでも、ないんやけどな。それで、積極的に弟子に取ろう、とも思わんかったが、帰すのが惜しい気がした。うん。帰すのが惜しい。それが一番あの時の気持ちに近いな。まあ、そんな気持ちを別の言葉で言い表すと、『魔が差した』ということやな」

甘夏は、『小鳩家みき』に感謝した。みきさんが、私を落語の世界に入れてくれた。

今、みきさんは、どこで何をしているのだろう。

みきさんのためにも、この世界で頑張ろう。きっと、立派な落語家になってやろう。みきさんを罵倒した大御所の落語家を見返してやろう。

そう誓った。

「師匠、私、やります。頑張ります。みきさんのためにも」

「そうや、その意気や」

「師匠、落語のエッセンスは、『ワット・ア・ワンダフル・ワールド』やって、さっき言うてはりましたね。『この世界も捨てたもんやない』。それを聞いてる人に伝えるのが、落語やって」

「ああ。他の噺家は知らん。それぞれの目指すところがあるやろう。けど僕は、その気でやってるで。そんな落語を演りたいんや」

「師匠、私も演りたいです。そんな落語を演りたいです。それを聞いてる人に伝えたいです。男がそれを伝えられて、女がそれを伝えられん道理は、ないと思います」

「そうか。ただな、後の苦労を先に言うといたる。道は厳しいぞ」

「わかってます」

「いいや。おまえは、まだわかってない。女が落語を演るのは、おまえが思うてる以上に大変なことや。新しい芸能をひとつ作るぐらい、大変なことや。これからおまえには、山ほど辛いこと、苦しいことがある。それをひとつひとつ乗り越えていかなあかん。並大抵の道やない。甘夏、おまえは、僕の『宿替え』を聞いただけで弟子入りしてきたらしいな。それはかまへん。僕も同じや。ただな、これからはそれではあかん。僕に教えてもらうだけでは足らん。僕にもおまえにどれほどええアドバイスができるか、自信はない。けど、これだけは言える。おまえが壁にぶつかったときに救いになるのは、落語や。落語を聞いて聞いて、聞きまくれ。ＣＤやユーチューブなんかで聞いたってあかんで。それは陸《おか》にあがった魚と一緒で死んだ落語や。死んだ落語をなんべん聞いたかてそこからは死んだ落語しか生まれへん。今、川の中を泳いでる、生きてる落語を聞け。いろんな師匠に直《じか》に稽古をつけてもらえ。舞台の袖で先輩たちの落語を観ろ。そして、落語を知れ。覚えるのやない。知ることや。八方塞がりに陥ったとき、もうどうしようもないと思ったときにも、必ず突破口はある。答えは、落語の中にある」

喫茶アルルカンを出ると、日はすでに沈んで路地は闇に包まれていた。

「師匠、コーヒーごちそうさまでした。今日はありがとうございました」

師匠がぶるっと身を震わせた。

「昼は温かったけど、夜は、冷えるなあ。『会津屋《あいづ》』のたこ焼きでも、食うて帰ろか」

会津屋というのは玉出にあるたこ焼き屋で、なんでも福島県の会津出身の初代がたこ焼き屋を始めたのが、大阪のたこ焼きの発祥だという。出汁《だし》がよく利いていて、熱々でも冷めても美味《おい》しいと評判だった。

会津屋でたこ焼きを買い、玉出《たまで》公園のベンチに座って二人で熱々のたこ焼きを食べた。

「師匠、ごちそうさんでした」

「甘夏、空を見上げてみい」

そう言ってから、師匠は空を見上げた。

「はい」

甘夏も空を見上げた。

「オリオン座が、きれいやないか」

師匠の言葉に、甘夏は返事ができなかった。

「師匠、オリオン座って、なんですか」

その瞬間、師匠の目が漫画みたいに点になったのがはっきりわかった。

「甘夏、おまえ、オリオン座、知らんのか」

「すいません。知りません」

甘夏は頭を下げて謝った。

「星座は、星占いに出てくる星座しか知りません」

「甘夏、それは、あかんぞ」

師匠は星空を指差した。

「あの南の空の、四角の星の中に、星が三つ並んでるやろ。あれがオリオン座や。オリオンというのは、ギリシャ神話に出てくる勇者の名前や。三つの星はオリオンのベルトや。昔の人は、あの星の並びを、勇者の姿に見立てたんや。そういうことは、ちゃんと知っとかんとあかん」

「けど、落語の中に、オリオン座、出てきますか」

「ドアホ！」

今まで聞いたことのない、師匠の大きな怒鳴り声だった。

「そういうことやないんや！」

あまりの声の大きさに、甘夏は息を呑《の》んだ。

「ええか。勘違いすな。落語家は、落語のことだけ知ってたらええんと違う。常識を知らん奴が、人を笑わすことなんか、できん。人に笑われることはあってもな。甘夏、これは大事なことや。落語のネタをひとつ覚えるよりも、ずっとずっと大事なことや。知らんことは恥やと思う心を持て。世界は、そこから広がるんや。空を見上げるだけやない。『地べた』も見つめろ。甘夏、おまえの知ってる世界はまだまだ狭い。常識を知れ。世の中のことを、もっと知れ。人間にとって、無知は罪やで」

人間にとって、無知は罪……。

きつい言葉だった。胸ぐらをぐっとつかまれて揺さぶられているような気がした。

「ついでやから、あと、もうひとつ、大事なことを言うとこか。あれは、オリオン座や、と今、言うた。けどな、あれは、実際はただの星の集まりや。ひとつひとつの星同士は、何百光年と離れてる。それを人間が勝手に結びつけて、空に絵を描いて、オリオンの形に見立ててるんや。そう見立てることで、ただの星が、そんなふうに見えるやろ。文化とか芸能というのは、実は全部、そういうもんや。本来は見えへんもんを、見えるようにすることとや。落語もそうや。落語家は語る。星がある。花がある。長屋がある。路地がある。障子がある。火鉢がある。しかし、そんなもんは、お客さんの前に、何もない。それを、そこにあるように感じさせる。見えへんもんを、あたかもそこにあるがごとく見えるようにする。男が女を演じて、女が見える。女に見えるんやない。女が見えるんや。甘夏、おまえは女や。女が男を演じて、男が見える。男に見えるんやない。男が見えるんや。そんな落語を、演ってみい」

なぜだか涙がぼろぼろこぼれてきた。

甘夏はもう一度、夜空を見上げた。滲んで何も見えなかった。

師匠の言っていることが、はっきりと理解できたとは言い難かった。

ただ、心に誓った。

この夜のことを、絶対に忘れないでおこう。

忘れそうになったら、またあのオリオン座を見上げよう。

「師匠、私、ここで失礼します」

「おお、ご苦労さん。松の湯に帰るんか」

「はい」

「僕も十二時前に行くわ」

松の湯の閉店時間は、午前0時半だ。

この辺りは今も長屋が多く、銭湯を利用する人は多い。水商売で夜遅い人も多く、遅くまで開けている。とはいえ日付が変わる頃になると客はまばらになる。師匠は決まって、そんな時間にやってくるのだ。

甘夏は訊いてみた。

「師匠、なんでいつも、銭湯に入るの、そんな遅いんですか」

師匠は笑いながら答えた。

「僕はな、仕舞い湯が好きなんや。誰もおらんようになった湯船で一人、ゆうたりと湯に浸《つ》かるのがな」

甘夏は、想像した。深夜、一人でゆっくり銭湯の湯船に浸かっている、夏之助師匠。

そこで師匠は鼻歌を歌っているのだ。さっき、アルルカンで聴いた、『ワット・ア・ワンダフル・ワールド』を。

午前0時前に、師匠は約束通りに松の湯にやってきた。

湯船で『ワット・ア・ワンダフル・ワールド』を歌ったかどうかはわからないが、その日の最後の客として、師匠は機嫌よく暖簾《のれん》をはねのけた。

「師匠、お疲れ様でした！」

「お疲れ様やないやろ。僕は、客やで」

「ありがとうございました！　またのお越しを！」

4

銭湯の清掃は、最後の客が出て、表の暖簾を下ろしたときから始まる。

主人の岡本さん夫婦と息子さん、そして甘夏の四人の共同作業だ。タンクトップとショートパンツに着替えた甘夏は女湯の脱衣場のロッカーの奥にある物置から洗剤とスポンジの入ったバケツ、そしてデッキブラシを取り出し、「吸い取り」と呼ばれる二メートルほどのチューブを肩にかけ、女湯の洗い場に飛び込む。そしてまず散らかった洗面器と椅子をまとめ、ひとつずつ手にとってスポンジで丁寧に洗う。甘夏はこの作業が好きだった。さっきまでお客さんの体を綺麗《きれい》にしてあげた道具たちを、今度は自分の手で綺麗にしてあげるのだ。

道具たちの清掃が終わると洗い場の清掃だ。洗面台に置かれたままの使い捨ての石鹸《せっけん》やカミソリを片付ける。鏡と壁面をスポンジで洗う。デッキブラシで床や浴槽の縁や腰掛け台を洗う。排水口に溜《た》まった髪の毛を、特殊なブラシと自分の指で取り除く。女湯では誰かが断髪したんじゃないかと思えるほど、一日でたくさんの毛が溜まっている。浴槽の水は抜かない。ろ過装置を使って循環しているので毎日抜かなくても大丈夫なのだ。ただ底にはタオルの繊維や髪の毛が沈んでいるので、これを「吸い取り」と呼ばれるチューブで取り除く。女湯と男湯で同じ作業を繰り返す。

女湯の清掃が終わった後に男湯の浴室に入ると、どっと汗が出る。女湯のお湯の設定温度は42度。男湯のお湯の設定温度は42・5度で、わずかながら男湯の方が高いのだ。わずか0・5度の違いなのだが、体感ではまったく違う。

排水口に絡んだ髪の毛も女湯よりずっと少ない。代わりに脂によるヌメリは男湯の方がずっと多い。甘夏は最初、排水口の髪の毛やヌメリを自分の指で取り除くのが気持ち悪くて仕方なかった。今でも好きだとは言い難い。しかし最近は考えが変わってきた。客はその日一日、自分にまとわりついたあらゆるものを、ここで洗い落とす。排水口に絡んでいるのは、そんな女たちや男たちの、哀しみや怒りや、逡巡《しゅんじゅん》や、悔恨や、諦《あきら》めやらの残骸《ざんがい》だ。そう思うと、抜けた髪の毛や脂のヌメリもどこか愛《いと》しく思える。それは、たしかにこの町に人間たちが生きているという証《あかし》だった。

壁や床の洗剤を浴槽の湯で流して作業は終わる。汗だくの体を水シャワーで洗い流すと、もう午前一時を回っている。

その夜、甘夏は思い立ち、自分の洗濯物を持って銭湯の隣に併設されたコインランドリーに行った。深夜のコインランドリーは闇に沈んだ町の中で、そこだけ別世界のように煌々《こうこう》と明かりがついている。

そこにいると、不思議な安堵《あんど》感があった。

甘夏は洗濯物を洗濯乾燥機に投げ入れ、コインを入れた。

洗濯と乾燥を合わせて三十分。

先客が一人いた。ずいぶん太った女の人だ。女性週刊誌を読んでいる。

甘夏が服を入れた洗濯乾燥機と別にもう一台、稼働していた。

女が利用しているものだろう。

チラと機械の表示を見る。

赤い文字が「十六分」と表示していた。

あと十六分。

甘夏は、あることを思いついた。

「あの、すみません」

甘夏が話しかけると、女はきょとんとした顔で週刊誌から顔を上げた。

「はい？」

今度は甘夏がきょとんとした。

女だと思っていたその人物は、男だった。いや、このような人をなんと呼んだらいいのか。

髪をアップにして、サンゴのイヤリングをつけている。テーブルの上に置いたコンビニの袋の中に、冷蔵庫の脱臭剤が入っているのが見えた。

甘夏はその人をキムコと勝手に心の中で名付けた。

「何よ」

キムコがぶっきらぼうに訊く。

「あの……もし良かったらでいいんですけど」

「だから、何よ」

「今から、私の落語、聞いてもらえませんでしょうか」

「はあ？」

「申し遅れました。私、落語家の卵の、桂甘夏、います。この銭湯で居候して、落語家の修業してます」

「ふん」

キムコの視線が甘夏の頭からつま先までを舐《な》め回す。

「もうすぐ、初舞台なんですけど、私、師匠以外の人前で、ネタをやったことないんです」

キムコは黙って聞いている。

「なので、もし良かったら、私の噺、聞いてもらえたら、嬉《うれ》しいなって」

キムコは甘夏の顔をじっと見ている。甘夏もキムコの目をじっと見た。

洗濯乾燥機が回る機械音だけが狭い店内に響いていた。

「あの、そんな時間、かかりません。ちょうど、今、キムコさんが待ってはる洗濯もんが乾いた頃に終わります」

「キムコ?」

「あ、いえ、その……」

「私はミヤコよ」

「あ、ミヤコさんですか」

甘夏は、もう一度洗濯乾燥機の残り時間の表示を見た。十五分。

「ちょうど、あと、十五分で終わります」

ミヤコさんもチラと表示を見た。

手に持っていた週刊誌をテーブルの上に置いた。

「演ってみなさいよ」

「ありがとうございます!」

甘夏は、テーブルの上にちょこんと乗って正座した。

「こんにちは。おお、よう来たな、こっちィ入り。今日は、なんぞ用事があって来たんか」

「洗濯しに来たのよ！」

「あ、ミヤコさんは答えなくていいんです。落語ですから。私、ひとりで演りますから」

「冗談よ。早く演んなさい」


甘夏は『つる』を語る。

ミヤコさんは一度も笑わずに聞いている。

しかしちゃんと聞いてくれている。顔の表情でわかる。手応《てごた》えがあった。

いよいよサゲだ。

「後へさしてメスがやで、おまえ」

「メスが、どないしたんやねん」

「黙《だま》ーって、飛んできたんや」

その時、チーンと洗濯乾燥機の機械音が鳴った。

第四章　うなぎや

1

入門五ヶ月後の初舞台は、散々だった。

場所は、天王寺《てんのうじ》の一心寺《いっしんじ》。夏之助師匠が定期的に行っている一門の落語会だった。

演題は、『つる』。

師匠は最初、甘夏に『東の旅　発端』を演《や》りなさいと命じた。上方落語の弟子入り後の初舞台はそれと相場が決まっていた。甘夏ももちろんそのつもりだった。

ところが初舞台の一週間前のことだ。

師匠の玉出の家から、初めて国道26号線を難波まで歩いてみた。『東の旅　発端』を繰りながら歩いたのだが、天下茶屋を過ぎて通天閣《つうてんかく》が見えてきたあたりでネタが終わってしまった。そこで続いて『つる』を繰りながら歩いたのだが、いよいよ難波の髙島屋に着こうかというあたりで、サゲに差し掛かった。

「後へさしてメスがやで、おまえ」

「メスが、どないしたんやねん」

「黙《だま》ーって、飛んできたんや」

初めて稽古をつけてもらったとき、師匠は言った。

「黙《だま》ーって、飛んできたんや」

このサゲをどのように演じるか、自分なりに考えてみろ、と。困って言う。照れながら言う。悲しそうに言う。いろんな言い方ができるが、自分なりの正解を見つけてみろ、と。

そのときだった。

突然、ひらめいたのだ。

師匠はこのサゲを、答えに窮して困りながら、苦しまぎれに言う、と教えてくれた。それが模範解答だと。

しかし、と甘夏は考えた。この男は、アホである。アホが言ったこの答えは、アホなりに考えて出した結論としては、悪くはないのではないか。だとすれば、この答えを言うとき、苦しまぎれに言うのではなく、良い答えを思いついた、とばかりに、嬉《うれ》しそうに言ってみてもいいのではないか。

「あっ！　黙《だま》ーって、飛んできたんや！」

実際に、口に出して演ってみる。

いい感じだ。

思いつくと客の前で演ってみたくてたまらなくなった。

「師匠、初舞台は、『つる』で演らしてください」

その日に夏之助に直訴した。

「なんでや」

「こっちの方が、自信あります」

それだけ言った。

サゲを自分なりに工夫したことは言わなかった、初舞台の日に、高座で初めて演ったものを師匠に見てもらいたかった。そのとき師匠がどう反応するか、それが楽しみだった。

「そうか。おまえがそうしたいんやったら、『つる』にしとけ」

師匠はあっさりと許可をくれた。

一週間、何度も稽古《けいこ》を繰り返し、完璧《かんぺき》に覚えたつもりだった。

『つる』の稽古に熱心になるあまり、マクラに何を喋《しゃべ》ろうか、何も考えていなかったことに、前日になって気づいた。そこから散々考えたが、何も思いつかず、結局、自己紹介をすることにした。

「どうも！　桂甘夏です！　東住吉区出身！　二十二歳！　好きな食べ物、マクドのてりやきバーガー！　三人家族で、独身！　天秤《てんびん》座で、O型です！　よろしゅうお願いいいたします！」

これが結構ウケた。

「甘夏ちゃん、かわいい！」

見知らぬ若い男の人の声が飛んだ。

「ありがとうございます！」

愛想笑いを浮かべて礼を言った。すっと肩の力が抜けて楽になった。

いよいよ本題だ。

「こんにちは」

「おお、よう来たな、こっちィ入り」

声はちゃんと出ている。甘夏は安心した。

「今日は、なんぞ用事があって来たんか」

「え？ 用事？ 用事があったら、こんなとこ来てまへんがな。用事してまんがな。用事がないから来たんでんがな」

「えらい言いようやな」

ここは最初の笑いどころだ。

しかし誰も、笑わない。

一瞬、何か言い間違えたのかと思った。稽古の通り演ったはずだった。

そこで頭に血が上った。

その後も、まったく、ウケない。

ウケないことで、焦ってしまって、言葉を噛《か》む。言い間違える。言うべきことを飛ばしてしまう。そして焦る。自分でもはっきりと分かるぐらいに早口になった。

甚兵衛さんに教えてもらった「つる」の由来を大工の徳《とく》さんに言ってやろうと勇んでやってきた喜《き》ぃ公が、言い間違えて甚兵衛さんのところへ戻ってくる。「ああ、そうやった」と再度、徳さんのところにやってくるのだが、喜ぃ公はそこでまた言い間違える。

「さいならー」

「おいおいおいおい、なんやねん」

「甚兵衛はん！　あれ、なんで、つるというように」

そこで、段取りの間違いに気づいた。

本来は、二度目に言い間違えたときに、サゲなのだ。

二度目は甚兵衛のところに帰ってはいけないのだ。

それを、もう一度甚兵衛のところに戻ってきてしまった。

噺《はなし》がループしてしまったのだ。

ループを気にせず、そのまま素知らぬ顔で話を続けて甚兵衛に前と同じ台詞《せりふ》を言わせれば、あるいは客はそれほど気にならず、なんとかしのげたかもしれない。

しかし、気づいた瞬間、完全に舞い上がってしまってその機転が利かなかった。

頭の中を支配しているのは、段取りを間違ってしまったという事実だけだ。

戻ることも行くこともできず、甘夏の頭は真っ白になって甚兵衛の前で立ち往生した。

「甚兵衛はん……」

次の言葉が出てこない。

喉《のど》がカラカラになる。全身から汗が噴き出る。

「まんま続けろ！」

舞台の袖《そで》にいた兄弟子の小夏が、小声で囁《ささや》く。

しかし甘夏にはそれがどういう意味かわからなかった。

頭に分厚い霧がかかったように、何も浮かばない。

とうとう、絶句してしまった。

どどーんと太鼓が鳴る。

強制終了。

「申し訳ありませんでした！　出直して来ます！」

深々と頭を下げて、高座を降りた。


師匠は楽屋に座っていた。

楽屋に備え付けてあるモニターで甘夏の舞台を見ていたのだろう。

「不細工なことして申し訳ありません！」

師匠は座ったまま眉《まゆ》一つ動かさず、

「はい。ごくろうさん」

とだけ言った。

甘夏はもう一度深々と頭を下げた。

「すみません。一から出直します」

先ほどよりも和らいだ声で、師匠が言った。

「黙って飛んでくるサゲまで言わんと、おまえが黙って降りてきて、どないすんねん」

甘夏は何も言い返さず、ただ頭を下げていた。

「ええ経験になったやろ。客がおらんときに演るのと、客がおるときに演るのとは、全然違う。今日は、それがわかったことで、よし」

「師匠、『つる』で演らしてくれやなんて偉そうなこと言うて、ほんま恥ずかしいです。お客さんに申し訳ないです、すみませんでした！」

そう言うと涙が止まらなくなった。

泣きじゃくる甘夏に師匠が言った。

「泣かいでもええ。我々の商売はな、まちごうたところでどうということはあらへん。医者やと、そうはいかんで。まちごうたら命にかかわる。けど落語は違う、お客さんは、間違いよったなあ、途中で忘れよったなあ、と思うだけや。お客さんの人生に何ら支障はない。それでもこんな思い二度としたない、と思うんやったら、稽古、稽古。ネタを繰ること。それしかないで。明日からまた精進したらええことや。そして、何より大事なんは、百回の稽古より、人前で一回喋ること。それが、今日はようわかったやろ」

「人前でも、稽古しました」

「ほう、そうか。どこでや」

「松の湯の隣のコインランドリーで」

「コインランドリーと寄席は、違うなあ」

夏之助は笑った。

「今日は兄弟子たちの噺をじっくり聞いて勉強しなさい」

甘夏は師匠の言葉にもう一度、深く頭を下げた。

高座には、すでに二番弟子の若夏が上がっている。

若夏は三ヶ月前にすでに初舞台を済ませている。

その初舞台を甘夏も聞いていた。

若夏の初舞台は師匠の言いつけ通り『東の旅　発端』を演っていた。

笑いのほとんどない話にもかかわらず、要所要所でウケていた。

だからこそ、今日の自分の舞台は情けなかった。

正直、兄弟子の若夏より自分の方がうまい、と思っていたのだ。

『東の旅　発端』よりも笑いの多い『つる』を演って、いつも突っかかってくる若夏の鼻をあかしてやろう、と思っていたのだ。

とんでもない間違いだった。

何が違うのだろう。

甘夏は舞台の袖で若夏の落語を聞いた。

『みかん屋』だった。仕事もせずにぶらぶらしているアホに、みかんを売りにやらせる噺だ。アホがスカタンを繰り返すたびにウケていた。

甘夏はまた絶望的な気分になった。途中から、若夏の話は頭に入らなかった。

若夏はサゲを言って楽屋に戻ってきた。

高座を無難に終えてほっとしているかと思いきや、憮然《ぶぜん》とした表情だ。

甘夏と目が合った若夏は、

「甘夏、おまえの落語はバナナの皮や。滑りまくりや。桂ばななに改名せい」

そんな嫌味を一言言ったきり、表情を崩さなかった。

続いて、一番弟子の、小夏が高座に上がった。

演題は『時うどん』だった。

笑いの多いネタだが、客は静かだった。

口調に淀《よど》みはない。

これまで何度も小夏の噺は聞いている。

しかし小夏の噺は、いつもなぜかウケない。

それでも小夏は飄々《ひょうひょう》とした顔で舞台を降りてきた。

舞台袖にいた師匠に頭を下げた。

「お先に勉強させていただきました」

トリに、師匠が高座に上がる。

「えー、今日は、私の三番弟子の、甘夏の初舞台でして……」

マクラでいきなり自分のことを話し出し、甘夏は全身の毛穴から汗が噴き出した。

そこで師匠は、大きく間を空けたあと、

「私の、初恋はと申しますと、まあ、ようある話ですが、小学校の先生でして」

まったく関係のない話を始めた。

「岡田《おかだ》先生、言いましてね。それは綺麗《きれい》な先生でした。今でも、はっきりと覚えてます。私はあかん子やったんで、よう怒られました。怒られた記憶しかないぐらいです。けど、私を怒るために、先生が私に近づくたびに、先生から、香水の、ええ匂いがしますねん。その匂いを嗅《か》ぐと、頭が、ぼうっとしましてね。

あのいい匂いを嗅ぎたいがために、わざと怒られるようなことをしたりしまして。

小学校を卒業した後も、ふと街を歩いてる時に、あの香水の匂いが、どこからか、漂うことがありましてね。あ、これ、岡田先生のつけてた香水や。すぐわかりますねん。人間というのは、おかしなもんですなあ。何年たっても、匂いと結びついた記憶というものは、忘れんもんです。その匂いを嗅いだ途端に、幼い頃の甘酸っぱい思い出が、サーっと全部、よみがえるんです。まあ、私は、ちょっとませてたんかもしれませんな。

そして私が桂龍之助師匠に弟子入りしましたんが、一九八五年。十九歳でした。で、初舞台は、入門からちょうど半年後、ネタは『つる』でした」

甘夏は息を呑《の》んだ。

師匠が、自分の初舞台の話をし出した。今まで、聞いたことのない話だ。

甘夏は耳を傾けた。

「今日の甘夏と一緒ですなあ。最初は、調子良かったんですわ。ところが、途中で、あの、懐かしい香水の匂いが、私の鼻に届いたんです。ドキッとして、客席を見ますと、なんと、客席の前の列の端に、あの岡田先生が、観にきてますやないか！　私が落語家になって初舞台を踏む、いうことを、どこかから聞きつけて来はったんですやろなあ。そこからは、急に頭に血が上ってしもて、何を喋ってるかわかりません。舌は噛む。順序がひっくり返る。言うべきことを飛ばしてしまう。焦りに焦って早口になって、十五分のネタを、十分で切り上げて、舞台を降りました」

そこでまたひと呼吸置き、師匠は言った。

「どうも、今夜は、甘夏の初恋の人が、舞台を観にきてはったようですな」

客がどっと笑った。

「あるいは、甘夏の、めちゃめちゃ好みのイケメンが、観に来てた、とか。まあざっとお見受けしましたところ、それはないようですが」

客はまた笑う。

「昔から、恋は盲目、てなことを申しますが、これが、通りすがりの『一目惚《ぼ》れ』やと、一層、恋煩いが募るようでして……」

そこから『崇徳院《すとくいん》』のネタに入った。

商家の若旦那《だんな》が、偶然、高津神社で見かけた娘に一目惚れし、出入りの職人の熊五郎《くまごろう》が、若旦那が逢《あ》った時に娘が短冊にしたためた和歌の上の句を頼りに、娘捜しに奔走する、という噺だ。

自分の初恋の話から、恋煩いの噺へ。

観客はもう夏之助の噺に夢中である。

甘夏は、師匠に救われた。舞台袖から、師匠に深々と頭を下げた。


師匠の高座が爆笑のうちに終わって、舞台がハネた。

出口で師匠と弟子三人がお客さんを見送る。

「ありがとうございました！　またのご来場をお待ちしております。アンケートはこちらでいただきます！」

アンケートの束は甘夏が回収した。

アンケートの感想欄には、なんと書いてあるのだろう。自分が絶句したあの舞台を観て、みんなどう思ったのだろう。甘夏はそれが気になって仕方なかった。

早く読みたい。

「お疲れ様」

どこかで聞いたことのある野太い声がした。

ミヤコさんだった。

初舞台を観に来てくれたのだ。

「ミヤコさん、不細工なとこ、見せて、すみませんでした」

「気にするコトないわよ。最初は誰だってうまくイカないもんよ」

ミヤコさんは笑顔で言った。

「また夜中にいつでもあそこに来なさいよ。聞いてあげるわよ」

そう言って帰る後ろ姿に甘夏はやはり頭を下げた。

客を全員見送り、師匠と寺の主催者に礼を言ったあと、甘夏は、廊下の隅に駆け込んだ。

そこで素早くアンケートを繰って目を走らせた。

今日の自分の落語の感想を確認しておきたかった。

どんな酷《ひど》いことが書いてあっても、今日の出来なら仕方ない。

しかし、まず誰よりも先に、自分で確認しておきたかったのだ。

「甘夏ちゃんの落語が、初々しくてよかったです」

「甘夏ちゃん、応援します！」

「甘夏ちゃんのマクラの自己紹介が面白かった」

「甘夏さん、緊張してたけど、好感が持てました。これからも応援します！」

意外にも、好意的な感想が多かった。

甘夏は、涙が出そうになった。

そして最後の一枚。

丁寧な文字で書かれたその一行に、甘夏の視線が固まった。

「女の落語家では、笑える噺も、笑えません」

ハンマーで後頭部を殴られたようだった。

喫茶アルルカンで師匠に聞いた、みきさんという落語家のことを思い出した。

甘夏は、咄嗟《とっさ》にその一枚を抜き取って、着物の袖《そで》に隠した。

2

「うなぎ、食いにいこか」

と、初舞台の翌日、稽古の終わりに誘ってくれたのは、夏之助の一番弟子の小夏だった。

「玉出で食うてもええけど、たまには張り込んで、ミナミに出よか」

同じ兄弟子であっても若夏とは違い、小夏には気が許せた。真上の兄弟子でなく、一つ飛んだ兄弟子、というのも大きいのだろう。若夏とは一歳違いだが、小夏とは七つも歳が離れている。何かを言われても素直に聞けたし、わからないことがあっても素直に問える。同年代だとそうはいかない。いい意味で「目線」が違う。小夏は甘夏にとって、もうひとりの「師匠」と言ってもよかった。小夏にとっては若夏も甘夏も同じ年恰好《かっこう》の「弟弟子」なのだが、やはり「一番」と「三番」という、一つ飛ばしの関係で、甘夏に対して同様の気安さを感じているようだった。

地下鉄で難波まで出て、戎橋筋《えびすばしすじ》を北に歩く。戎橋まで来たところで東に折れると道頓堀だ。日曜日の昼下がりは芋の子を洗うような賑《にぎ》わいだった。巨大なカニの看板が甘夏を見下ろしている。堺筋《さかいすじ》の一本手前の筋を南へ下ったところに「うなぎや」の暖簾《のれん》がかかっていた。甘夏は小夏の後について店に入った。

「うな重、二つ。ええっと……梅、いや、竹で」

そう注文して、甘夏に言った。

「今日は、おまえの、初舞台の祝いや。僕にご馳走《ちそう》させてや」

「兄さん、ありがとうございます」

「しかし、昨日の師匠の、『崇徳院』は、良かったなあ」

小夏がお手拭《てふ》きで首をぬぐった。

「昨日、師匠は、春らしいネタがええな、言うて、『貧乏花見』を演りはる予定やったんや。それを急遽《きゅうきょ》、『崇徳院』に変えた。甘夏、おまえのダダ滑りを、救うためや。僕はな、師匠の、ああいうとこが好きやねん」

「ほんまに救われました。私が高座降りた時も、楽屋で優しい言葉かけてもらいました」

「楽屋でなあ」

小夏が言った。

「師匠はな、楽屋にはおらんかった。おまえが高座に上がってる間、ずっと舞台の袖で聞いてはったで。おまえが絶句してから、師匠は慌てて楽屋に戻りはったんや」

そうだったのか。わざわざ楽屋に戻ったのは、甘夏の前で平静を装おうとしてくれたのだろう。

「甘夏、弟子が師匠に気ぃ遣わせてどないすんねん」

まったく、兄弟子の言う通りだった。

「師匠が演りはった『崇徳院』、私、昨日、初めて聞きましたけど」

「おお、そうか」

「あれ、ええ噺ですね。私、好きです」

「そうか」

「若旦那の恋煩いを解決するために、手伝いの熊五郎が奔走するでしょ。若旦那が一目惚れした娘さんを捜し出すために大阪の街を駆け回るけど、手がかりさえ、摑《つか》めへん。人が集まるところやったらと、大阪じゅうの風呂《ふろ》屋と床屋を何十軒と訪ねるんやけど、やっぱりわからん。熊五郎はそこで、もうあかんと絶望的な気分になってしもて、くたびれ果てて一軒の床屋に入ったところ、ひょんなことから手がかりを摑んで、無事、娘さんが見つかる。そんな噺ですよね」

「その通りやな」

「私ね、前に師匠に言われたことがあるんです。『八方塞《ふさ》がりに陥ったとき、もうどうしようもないと思ったときにも、必ず突破口はある。答えは、落語の中にある』って。師匠の『崇徳院』を聞いたとき、私、その言葉を思い出したんです。師匠が昨日、『崇徳院』を演りはったんは、落ち込んでる私に、もう一回、それを伝えるためやったんかなあ、って」

「なるほど。そうかもしれんなあ」

「昨日の私は最低でしたけど、またひとつ、落語が好きになりました」

「おまえ、ほんま、師匠に気ぃ遣わせてばっかりやなあ」

「ほんまです。それに、若夏兄さんにも、悪いことしました。きっと、私のあとで、めっちゃ、演りにくかったと思います」

「たしかに空気がちょっと変わってしもたんで、演りにくかったかもしれんなあ」

甘夏は言おうかどうか迷ったが、結局言うことにした。

「正直、私、入門したての時に若夏兄さんの初舞台観た時は、同じぐらいにはできると思てたんです。あれぐらいは自分でもできると。とんでもなかったです」

「そやなあ。僕も、入門したての頃、師匠にこんなこと言われたことあるで。『芸人いうのはな、おまえが聞いて、こいつ、下手やな、と思たら、そいつの実力は、おまえと同程度や。こいつ、俺と同じぐらいやな、と思たら、そいつはおまえより数段、上を行ってる。こいつは上手《うま》いなあ、と思たら、もう、手の届かんぐらいのとこに行ってる。自惚《うぬぼ》れたら、あかん』とな」

小夏から聞いた師匠の言葉は身に沁《し》みた。自分は今までなんと自惚れていたんだろう。

「そういうたら」

甘夏は思い出したように言った。

「若夏兄さん、高座降りてきたとき、ちょっと機嫌悪かったですね。あんなにウケてたのに」

「ちょい、訛《なま》りが出たからなあ」

「訛《なま》り？　出てましたか？」

「三箇所、訛ってた。『前のカゴ』の『前』、『声はすれども姿は見えず』の『声』、『そこにあるやろ』の『そこ』。大阪弁やとアクセントは後ろやけど、前につけてた」

なるほど言われてみれば、その通りだった。しかし、十五分ほどのネタの中の、わずか三箇所だ。それも甘夏の耳にはほとんど違和感はなく、聞き過ごしてしまった。

「けど、私、そないに気になりませんでした」

「うん。お客さんも、気づいた人の方が少なかったやろうな。けど、厳密には、間違《まちご》うてる。若夏自身が、言うた後に、それに気づいた。そやからこそ、あの高座は、彼にと

って は不本意やった」

　甘夏は思い出した。入門したての頃だ。若夏と一緒に稽古をつけてもらっているとき、師匠は若夏のアクセントやイントネーションの間違いをよく注意していた。たった今、小夏が言ったようなことを、若夏が間違うたびに指摘して、根気よく、丁寧に、直していた。

「師匠、訛りにはうるさい人なんですね」

「師匠の師匠が、弟子には自由にさせる人やったけど、訛りにはものすごいうるさい人でな。あれだけぎょうさん弟子を取りはったのに、訛りのある弟子は取らんかった。『無理して噺家になっても、訛りがあったらしんどいからやめとき』って言うてな。それぐらい、訛りを直すのは難しい。他所《よそ》の一門の、ある九州出身のお弟子さんの話やけど、『つる』の中の『首長鳥』というたったひとつの言葉を大阪弁のイントネーションで言えるようになるのに、半年かかったそうや」

　その話は甘夏も聞いたことがあった。

「若夏はな、師匠のとこに弟子入り志願に来た時に、大阪生まれで大阪育ちやと言うたらしい。けど、そんなもんはちょっと話したらわかるもんや。君、ほんまはどこの育ちやって訊《き》いたら、子供の頃、九州におったことがあるて答えよったらしい」

「地方出身やったら、弟子入り断られる、と思いはったんですかね」

「まあ、そんなとこやろ。それでも夏之助師匠は、弟子に取りはった。さほど気にするほどの訛りやなかったから、これぐらいやったら克服できるやろうと思いはったんやと思う。現に、入門してから、あいつは、そこまでやらんでも、と思うぐらいに徹底的に訛りを直すことに努力しよった。寝るとき以外は、ずっと、師匠の落語の録音をパートごとに、何回もリピートしながら聴いてな。そこから半年ほどで、だいぶ直ってきた。入門してわずか半年で、あれだけ直るというのは、驚異的や。そやのにあいつの場合、自分で気ィ回して、側《はた》から見てたら、自意識過剰やないかと思うぐらい、今でもものすごい気にしとるんや。あいつにとって、方言や訛りが出ることは、ものすごい大きなコンプレックスなんやろな」

大阪の噺家の中にも、九州出身の噺家は何人かいるし、四国や中国地方になればもっとたくさんいる。彼らの高座を聞くと、ときどきアクセントやイントネーションのおかしさに気づくことがある。そんな地方出身の噺家たちに比べれば、若夏の訛りははるかにマシだった。

「今は、地方の出身やということを売る芸人もぎょうさんいますし、訛りはそんな気にすることないと思うんですけど。漫才には、訛りのある芸人や、逆に方言を武器にする芸人も、ぎょうさんいてはりますし」

「たしかにな。けど、落語の場合は、漫才と、ちと事情が違うんやな。やっぱり、おかしな訛りは、マイナスに働く。大阪弁、それも、船場《せんば》あたりの上方言葉をきちんと話せんことには、どもならんとこがある。近畿《きんき》二府四県出身ならまだなんとかなるけど、それ以外の地方出身者は弟子に取らん、とはっきり決めてる師匠の方が、今でも多いと思うで」

「若夏兄さんがそこまでこだわって訛りを直そうとするのは、そんな自分を弟子に取ってくれたっていう、師匠への恩返しの意味もあるのかな」

「もちろん、それはあるやろう。僕はいっぺん、あいつに訊いたことがあるんや。なんで、夏之助師匠に弟子入りしようと思うたんやって。そしたら、こう答えよった。夏之助師匠の大阪弁が好きなんです、と。彼の頑張りは、単純な、大阪弁に対する憧《あこが》れなんかもしれんな。甘夏、おまえの生まれは、どこやったかな」

「東住吉です」

「おお、それは大阪のど真ん中や。純正の大阪人やな。若夏がおまえに何かと突っかかって来る理由は、そこにもあるかもしれんな。羨《うらや》ましいんかもしれん。おまえがなんの努力もせんと大阪弁を喋れることが。まあ、純正言うても、何をもって純正とするか、やけどな。大阪人いうたかて、何代か遡《さかのぼ》ったら、みんなほとんどどこからか出て来て、今、大阪に居てるんやからな」

「純正かどうかはわかりませんけど、あんなにトチったら、意味ありません。おまけに、サゲまでたどり着かんと絶句するやなんて。私こそ恥ずかしいです」

「そうか。僕はな、ある意味、おまえのトチリが羨ましいで」

小夏の言葉に甘夏は驚いた。トチるのが羨ましいなんて、どういうことだろう。

「なんでですか」

「僕の落語にはな、トチリがない。言い間違いも、噛むこともない。けどな、ウケへん。師匠に、言われたことがあるねん。トチらんということは、気持ちがお客さんの方へ行ってない。ネタが自分の中で充足してしもうてるということでもある。話が自分の周り半径三メートルにしか届いてない。落語というのは端正に演った時よりも、むしろトチった落語をした時の方が、お客さんの心をぐっと摑んだ気になる時があるんやって。それが、気持ちがお客さんの方に行ってるっていうことなんやって」

「小夏兄さん、普段の師匠の世話でも、トチったことないんですか」

「ないなあ」

　小夏が師匠に弟子入りしたのは、六年前。大学の落研にいて、卒業と同時に弟子入りしたという。若夏や甘夏よりずいぶん先輩だ。それでも一度もトチったことがないなんて、すごいことだと甘夏は思った。

「入門したての頃、こんなことがあったんや。毎朝、八時半に、師匠の家に行くことになってた。僕はいつも八時ちょうどには、玉出の駅に着いてて、時間が来るまで、師匠の家の周りをぐるぐる歩いて、ちょうど八時二十七分になったら、師匠の家のチャイムを鳴らした。これを毎日続けた。八時二十七分から一分たりとも遅れたことはなかった。そしたら、ちょうど二ヶ月ぐらいした頃かな、師匠が、家に入ってきた僕の顔を見るなり、言うたんや」

「なんて、言いはったんですか？」

「小夏、おまえはおもろない。いっぺんぐらい、トチれ」

「そんなこと言われたんですか」

「それから、師匠に、こう言われた。小夏、おまえは、ええ弟子になろうとしすぎや。ええ噺家になりたいんやったら、ええ弟子になったらあかん。たまにはトチって、あいつ、何しよんねん、と周りに言われるぐらいの迷惑のひとつもかけてみい。それぐらいの人間の方が、ええ噺家になるんや、とな」

「ほんで、どうしはったんですか」

「これは師匠の言うこと聞かないかん、と思うて、こう言うた。師匠、わかりました、これから、毎週木曜日は、トチります。それがあかんねや！　って、思い切り怒られたわ」

甘夏は笑った。

「トチろうと思ってトチることは、難しいで。あとな、僕が演るネタに関しても、師匠は言いはった。物事というのは、肌で覚えるもんや。肌で覚えてこそ、頭がついてきよる。けどおまえは、頭だけが落語してる。落語の『胴切り』と同じや、と」

「『胴切り』って何ですか」

「そういう噺があるんや。ある男が夜道を歩いてると、お侍さんの辻斬《つじぎ》りに遭《お》うて、胴体から下をスパッと切られる。切り離された胴体と足が、別々に暮らすっちゅう、ナンセンスな噺や。おまえの噺は、頭だけで、頭から下がついていっとらん。そう言われたんや」

甘夏にも共感する部分があった。

稽古の時、「そこはそんな気張らんと、自然にやったらええねん」と師匠に言われることがあった。

そのたびに戸惑った。自然にやろうって努力するって、なんて難しいんだろう。自然にやろうと考えている時点で、もうそれは自然ではないのだ。

女である、という自意識が邪魔することもあった。甚兵衛さんや喜ぃ公や徳さんという男を女が演じるには、どうすればいいんだろう、と。そこで、気張って無理に男っぽく演ってしまう。そんな時、師匠は決まってそう言うのだった。そこは、自然にやったらええねん。どうしたら、そこを乗り越えられるんだろう。いや、そう考えている時点で、もう自然じゃない。やっぱり、難しい……。

「けどな、師匠は、こうも言うた」

小夏が話を続ける。

「小夏。おまえは、真面目や。その真面目は、噺家には向いてない真面目かもしれん。けどな、おまえに向いた落語の型が、必ずあるはずや。それを見つけてみ。おまえはそれを目指したらええんや、とな」

「さすが、師匠、ええこと言わはりますね」

「けど、僕はそれを聞いた時に、思うた。師匠は、矛盾したことを言うてはる、と」

「矛盾したこと？」

「そうや。師匠は、たまにはトチれ。おまえは頭だけで、体がついていきてない。そう言うときながら、真面目なおまえには、真面目なおまえに向いた落語があるはずやって言う。それって、矛盾してないか。僕は師匠の言葉を聞いて、ますます混乱した。どっちやねん、と。まさに、頭と胴体が切り離された、『胴切り』状態や。ああ、これが僕の悪いところなんかな。つまり、考え過ぎてしまうんや」

今、兄弟子が抱え込んでいる悩みを、甘夏が理解できているとは思えなかった。

ただ、師匠が兄弟子に言ったという、「おまえに向いた落語」という言葉は心に刺さった。

おまえに向いた落語……。

女性である自分に向いた落語って、なんやろう。そんな落語は、あるんやろうか。

甘夏は、昨日、こっそりと隠したアンケートのことを小夏に言おうかどうか、迷った。迷った挙句、アンケートのことは言わず、若夏をダシにした。

「私、若夏兄さんに言われたことがあるんです。女は落語に向かへんって。それ、ほんまかな。小夏兄さんは、どう思わはります？」

「うーん」

小夏は腕組みして、天を仰いだ。

「一つには、落語というもんの成り立ちを考えなあかんやろな」

「どういうことですか」

「伝統芸能はすべて、女の役を男が演じるやろ。落語には、そこからのノウハウが流れ込んでる。だいたい、男が女を表現するときは、肩の線と膝《ひざ》の動きやな。襟元へ手をやるときなんかの指の使い方もあるな。指は大事やで。銚子《ちょうし》を持っても、筆を持っても、指の働きひとつで、女に見える。着物の帯の位置も男と違う。頭にはかんざしをさしてると意識するだけで、女らしく演じることができる」

小夏は実際にやってみる。

なるほど、と甘夏は思った。

「知っての通り、歌舞伎の世界では、女方のノウハウが、ものすごい発達してる。そのノウハウを、落語が学んだわけや。噺家の素養として日本舞踊が大事、と言われるのも、それやな。夏之助師匠の師匠である龍之助師匠が演じる女が色っぽいのは、龍之助師匠に、日本舞踊の素養があるからや」

甘夏は、いつか夏之助師匠が言っていた言葉を思い出した。龍之助師匠の、あの色っぽさは、真似できん。

「つまり、落語の歴史はざっと三百年近くあるけど、その間、ずっと男が演ってきた。あらゆるノウハウは、全部、男が演じるためのもんや。女の噺家が男を演じると違和感があるのは、女が男を演じるノウハウが一切伝わってないからや」

しかし、と甘夏は思った。

「けど、ないんやったら、作ったらええんちゃいますか」

「まあ、理屈としては、そうやけどな。それはそんな簡単なことやないで」

甘夏は、いったんは心にしまったことを、やはり言うことにした。

「実は、初舞台のあの日、アンケートで、こんなこと書いてはった人がいてたんです。女の落語家では、笑える噺も、笑えませんって」

「ほう。キツイこと書くなあ」

「私、恥ずかしいのとショックで、そのアンケートは誰にも見せんと隠したんですけど」

小夏は、少し言葉を選ぶ様子を見せてから、口を開いた。

「男のアホは許せても、女のアホは、許せん。そういうことがあるかもしれんなあ」

甘夏は、中学生の時の、廊下を走るクラスメイトのことを思い出した。大声を出して全速力ではしゃいで走るのは、みんな男だった。もし女が同じことをすれば、引かれるだろう。けど、自分も、大声を出して全速力で走りたいのだ。そのために、落語の世界に入った。しかし……。男のアホは許せても、女のアホは、許せん。

小夏の口から出たその言葉に、甘夏はショックを受けた。

「まあ、その話は、いつかまた、ゆっくりしようや」

小夏は話を変えた。

「どや、ここのうなぎ、うまいやろ」

「はい。美味《おい》しいです」

「落語にな、『うなぎや』ていうネタがあるねん。師匠も時々、演らはるで。うなぎ屋がくねくね逃げるうなぎ摑もうと、町じゅう走り回った挙句に、逃げるうなぎを追いかけて電車まで乗りよるねん。それで、道行く人に訊かれる。あんた、どこまで行きまんねん。そしたら男が、『それは、前に回って、うなぎに訊いてくれ』」

「うわあ、私、そんな、アホな噺、大好きです！」

「その、うなぎ屋、が、ここや」

「え！　マジですか！」

「と、言いたいところやが、そうやない。その噺には、『いづもや』や『柴藤』ていう、昔、ほんまに道頓堀にあったうなぎ屋が出てくるんやけど、今はもう、無《の》うなってしもた。『いづもや』があった相合橋《あいあう》の南詰の東側は、今は、『金龍ラーメン』や。『柴藤』も、もう移転して、道頓堀にはない」

「兄さん、詳しいですね」

「僕は、落語の中に出てくる場所をいろいろ調べて訪ねて歩くんが好きなんや。こしらえもんの落語の中にも、ほんまの場所が埋め込まれてる。そんなんを見つけた時に、なんや『落語の国』に一歩踏み込んだような気になってなあ。それが楽しいんや」

「『落語の国』って、面白い言い方ですね」

「そうや。『落語の国』っていうのは、ちゃんとあるねんで。落語の登場人物は、みんな落語の国の、住人やで。今度、一緒についてくるか」

「連れてってください」

「どこに行きたい？」

「どこに行きたい、言われても、皆目……」

「よっしゃ、ほな、今から北浜に行こか」

「北浜？」

「そうや。南條亭のある、南森町の、ひとつ手前の駅や。あの界隈《かいわい》は、船場、いうて、それこそ落語の舞台にぎょうさんなってるところやで。落語の舞台は、主に二つ。長屋が並ぶ下町と、商売人の住んでる船場。昨日師匠が演った『崇徳院』に出てくる若旦那も、船場の若旦那や」

「行きたいです、連れてってください」

3

北浜は不思議な場所だった。

地下鉄堺筋線の北浜駅から地上に出ると、いきなり目の前に五十階ほどもあるタワーマンションがそびえ立っていた。そして道を挟んだそのすぐ南に、まるで百年も前からそこにあるような、黒塀で囲まれた土蔵造りの商家風の建物があった。漆黒の壁と重厚な瓦葺《かわらぶ》きが周囲のビジネス街の街並みの中で、圧倒的な存在感を放っている。

五十階建てのタワーマンションと、二階建ての土蔵造り。メリハリが利きすぎている。

なんというコントラストだと甘夏は思った。

「これは、昔の小《こ》西儀《にしぎ》助《すけ》商店。明治時代からここにある。今はコニシっていう、接着剤を作ってはる会社やけど、戦前までは薬問屋やった。この通りは道修町ていうてな、江《え》戸《ど》時代から、ぎょうさんの薬問屋が集まる街として有名やったんや。徳川吉宗《とくがわよしむね》公が旅の途中で病に倒れた際、この道修町の薬で快癒したもんやから、薬を独占的に取り扱う特権を幕府から与えられたんがきっかけや。田辺三菱製薬や塩野義製薬、武田薬品工業、聞いたことあるやろ」

もちろんだった。甘夏でも知っている日本を代表する大きな薬の会社ばかりだ。

「みんなこの道修町から興した会社や。今も本社は、この道修町やで」

へえ、と甘夏はあらためて街を見回した。

小夏は旧小西儀助商店を見上げながら言った。

「それにしても、これだけの規模の商家は、当時でも珍しかったやろうなあ。ここの暮らしが谷崎潤一郎《たにざきじゅんいちろう》の小説『春琴抄《しゅんきんしょう》』のモデルにもなってる。サントリーの創業者の鳥井《とりい》信治郎《しんじろう》も、かつてここで丁稚《でっち》奉公してたんや。当時の薬問屋は洋酒も扱《あつこ》うてたから、鳥井はここで酒の扱いを学んだそうや」

小夏の小鼻が膨らんだ。

「昔は、船場じゅうにこんな商家が軒を並べてたんや。そんな船場の大旦那、若旦那、大旦那の奥さんの御寮《ごりょん》さん、おばあさんのお家《いえ》はん、番頭、丁稚、女中、女子衆《おなごし》が、落語の登場人物や。まさにこの界隈が、かつての『落語の国』や。ちょっと、道修町を、歩いてみよか」

『目には…八ツ目鰻キモの油　八ツ目製薬』と書かれた大看板の角を曲がると、そこが道修町通だった。

続いて目に入ってきたのが、『神農さん』と書かれた看板だ。黄色い張り子の虎の絵が描かれている。

「あれが、少彦名神社や。神農さん、とも呼ばれるな。薬の神さんや」

神社はビルとビルの狭間《はざま》にあった。境内は極めて狭い。うなぎの寝床のような神社だ。通りから神社の正面に向かって立つと、天を衝《つ》く巨大な樹が目の前に迫ってきた。

「クスノキや。樹齢は、二百年近くは経ってるんと違うかな」

しめ縄が巻かれたクスノキの奥に、拝殿があった。甘夏は財布から五円玉を取り出し、それから思い直して五十円玉を取り出して賽銭《さいせん》箱に投げ入れた。鈴を鳴らして手を合わせた。

「一人前の落語家になれますように」

参拝を終えて小夏と甘夏は再び道修町の通りに出た。

「この道修町は、僕にとっても、思い出深い街でなあ」

小夏が懐かしそうな顔で話した。

「僕が夏之助師匠に弟子入りしたんは、六年前や。入門して、一ヶ月ほど経った頃かなあ。師匠に初めて、『うなぎ、食いにいこか』と誘われた。それが、この道修町沿いの、うなぎ屋やった。北浜は、株の街やろ？　株価が『うなぎのぼり』になるようにっていう験《げん》担ぎで、うなぎ屋が多いんや。もちろん師匠は株なんかやらんけど、こぢんまりとして古びた感じが好きで、ちょいちょい一人でも行ってはったみたいや。その店で、僕は、師匠から『小夏』いう名前をもろうたんや。そのとき、ふっと思いつきはったらしい。君はこれから、『小夏』で行きなさいって」

「へえ。私もその店、行きたなりました」

「残念ながら、もう何年前になるかな。一人で行ってみたら、店を閉めてはった。昔の面影が残ってるこの界隈も、ちょっとずつ、変わっていくんやな」

自分の名前をつけてもらった店が、今ないのは寂しい、と小夏はぽつりと言った。

「ところで、甘夏、おまえはなんで、甘夏、いう名前を師匠からもろうたんや」

「それが、若夏兄さんから聞いたんですけど、ムカつくんです」

「ムカつく？」

「はい。最初ね、師匠は若夏兄さんに、『甘夏』ってつけよと思いはったらしいんです。そしたら、兄さんが、『甘夏』は勘弁してくださいって、師匠に言うたらしいんです」

「ほう。師匠がつけた名前にダメ出しするとは、あいつ、ええ根性しとるな」

「で、そのあとに私が弟子入りして来たんで、私を『甘夏』にしはったそうです。なんか、兄さんが蹴《け》った名前や思うたら、お下がりみたいで、ムカつくんです」

「そうか。僕は、『甘夏』いうのは、ええ名前やと思うで。それに、いったんは下げた名前を、もう一回次の弟子につけはったんや。師匠も、『甘夏』は、よっぽど気に入ってる名前なんやで」

「そうですね。そう思うことにします」

実は、甘夏自身、「甘夏」という名前は気に入っているのだった。若夏に、「名前の通り、おまえは甘い」とからかわれること以外は。

「ちょっと、川、見に行こか」

小夏がそう言って、二人は再び堺筋に戻り、さらに東へ進んだ。

通りは突き当たり、南北に分かれた道を北に折れた。そこに橋があった。

『こうらいばし』とひらがなで書いてある。

「高麗橋《こうらい》。昔、朝鮮使節が大坂城《おおさか》に入門する際に通った橋やから、この名前がある。この橋に通じる道が昔の船場のメインストリートや。そしてこの川が、東横堀川《ひがしよこぼり》や」

川は淀《よど》んでいた。川の上に阪神高速道路が走っている。道路に遮られて、陽の光が川《かわ》面《も》に届かない。淀んで見えるのはそのせいだろう。

南には水門が見えた。水門の上には首の長い鳥がとまっていた。

「あ、首長鳥」

「アオサギやがな」

小夏は笑った。

「ところで甘夏」

小夏は川面を眺めながら甘夏に訊いた。

「おまえは、師匠の落語の、どこが好きで入門したんや」

咄嗟には答えられない質問だった。

自分は、師匠のどこに惹《ひ》かれたのだろう。

あの日、自分が思ったことを素直に答えた。

「正真正銘の、アホがおるなあ、って、師匠の落語を観て、思えたんです。アホが、アホのままおるってことに、なんか、それ観て、救われたような気がして……すんません、うまいこと言えませんけど」

「うん。たしかにな」

小夏はうなずいた。

「師匠の『アホ』は天下一品や。しかも、あのイケメンで、アホを演るんやから、大したもんやなあ」

「小夏兄さんは、師匠のどこが好きで入門しはったんですか」

「師匠の好きなとこは、いっぱいある。けど、ひとつだけ言うとしたら、あの人の噺は、情景が目に浮かぶ。そこが、好きなんや」

「どういうことですか」

「たとえば、船場の商家が舞台の噺を演る時や。あの人の噺を聞いてると、その商家の様子が、目に浮かぶんや」

「ああ」と甘夏は相槌《あいづち》を打った。

「と言うてもな、いちいち、部屋の間取りを説明するわけやないで。そうやのうて、ちょっとした目線ひとつで、今いてる部屋の広さがどれぐらいか、わかるんやなあ」

なるほど、と甘夏は思った。

「師匠が演じるあのアホの裏側に、そういうちょっとした表現のリアリティがある。そやからこそ、目に浮かぶんや」

だからこそ、あのアホが生きるのだろう。

「それからな、夏之助師匠は、自然の描写を語るのもうまい。春夏秋冬、四季折々の自然を感じさせる描写がな。もともとの落語の中にも、季節の自然描写はある。そこに、夏之助師匠は、独自の描写を加えてはって、僕は、そこが好きでなあ」

小夏の表情が引き締まった。

「たとえば、『次の御用日』っていう噺がある。ちょうど船場の、この東横堀川界隈を舞台にした噺や。昔はこの川べりの道には商家が立ち並んでて、なんとも風情のある場所やったらしい。この噺の中に、この界隈の、夏の昼下がりの描写が出てくる。こんな感じや」

そこで小夏は、『次の御用日』の一節を演った。

「夏のこってございます。昼下がり、人通りの途絶えた道。往来の砂が陽の光を受けて、キラキラキラキラ光っております」

「……まあ、ここらあたりが、誰もが演る、定番の描写やな。これだけでも、十分、美しい描写や。目に浮かぶやないか。やっぱり、落語はすごい。けど、僕が高座で夏之助師匠の『次の御用日』を聞いた時、師匠は、そこを、こう演らはったんや」

「夏のこってございます。昼下がり、人通りの途絶えた道。往来の砂がキラキラキラキラ、小さな光の鼓笛隊が今まさに横切った、そんな不思議な心持ちのする昼下がりです」

はあ、と甘夏は思わずため息が漏れた。

「夏の昼下がり、何かの拍子で町角に自分以外の人間がおらん状態になって、一瞬、白日夢、というか、幻を見たような気になるときがあるやろ。師匠の、この描写が、そんな感じを絶妙に表現してて、見たこともない川べりの風景が、ぱあっと目に浮かぶんや」

その通りだと甘夏は思った。

「僕はな、そのとき、夏之助師匠に、こう聞いたんや。よう、そんな表現できますな、となあ。そしたら、師匠は、こう答えはった。『あれはな、子供の頃に見た風景を、そのまま言うただけやで』って」

「子供の頃に見た風景……ということは、師匠、子供の頃、光の鼓笛隊が、道を行進してるのを、見たことがある、いうことですか」

「そういうことに、なるなあ」

「陽の光のきらめきが鼓笛隊に見えるって、師匠、いったいどんな子供やったんやろう」

「ほんまやなあ。きっと、自分だけの世界を持ってる子やったんやろうなあ」

ただ、甘夏は、こうも思った。

師匠はある夜、オリオン座を眺めながら、自分にこう言ったことがある。

「見えへんもんを見えるようにする。それが、落語家の仕事やで」

夏の昼下がりの描写もまた、「見えへんもんを見えるようにする」夏之助の工夫だったのかもしれない。

川べりの遊歩道に、犬を散歩させている人がいた。

犬は水門にとまっているアオサギにワン、と吠《ほ》えた。

アオサギは驚いて飛び立った。

小夏が言った。

「もうちょっとだけ、歩こか」

高麗橋から二つ北の通りが今橋通《いまばしどおり》だった。堺筋を再び西に越えた郵便局の向かいの角に黒御影《みかげ》の石で『旧鴻池《こうのいけ》家 本宅跡』という碑が立っていた。

「このへんは、江戸時代、両替商が並ぶ通りやった。今でいう銀行や。中でも鴻池はんは群を抜く存在や。鴻池善右衛門《ぜんえもん》。江戸時代から明治にかけての大豪商や。おっきな家やったんやな。ここに飼われてた犬を主人公にした噺が、『鴻池の犬』や」

「『鴻池の犬』？　犬が主人公なんですか？」

「そうや。船場では犬でさえ、落語の主人公になるんやで。うちの師匠は、『鴻池の犬』を演るのが好きやからなあ」

「なんでですか」

「その理由は」

小夏は何か言いかけたが、言葉を呑《の》んだ。

「いつか、師匠の『鴻池の犬』を聞いたら、わかる。楽しみにしといたらええ」

第五章　鴻池の犬

あの日、小夏と、この街を初めて歩いてから二年と半年余りが過ぎた。

街は、何も変わっていなかった。

弟子入りして三年余りの間に落語はずいぶん覚え、北浜のある船場界隈《かいわい》が上方落語にとってどれほど重要な街かは、あの頃よりはずっとわかっている。船場が舞台となっている落語もずいぶん聞いた。『鴻池の犬』も、あれから何度も師匠が高座にかけているのを聞いた。

夏之助の『鴻池の犬』を聞くたびに、甘夏は泣いてしまうのだった。

『鴻池の犬』とは、こんな噺《はなし》だ。

船場の商家の前に捨てられた三匹の子犬の兄弟。一番上の「黒犬」は、船場一、いや日本一の大金持ちの鴻池さんにもらわれていった。二番目の「ぶち」は元気者で、表へ駆け出した途端に車にはねられて命を落とす。末っ子の「白犬」は船場の丁稚《でっち》に拾われ、店で飼われていたが、悪い友達に誘われて拾い食いなどをしているうちに病気になって捨てられてしまい、野良犬になって放浪する。そしてある日、船場に迷い込んだ白犬は偶然、鴻池にもらわれていった兄と再会するという噺だ。

夏之助が演じる『鴻池の犬』の犬たちは可愛かった。軽く握った両手を座布団の前について犬を演じる。そんな犬を演じている夏之助を見て、甘夏はまず泣いてしまう。

とりわけ涙が最高潮に達するのは、丁稚に拾われた一番下の白犬が、自転車の荷台に乗せられて遠いところまで連れていかれるシーンだ。白犬は、なんでこんな遠いところまで連れてきてくれはったんやろ、なんか見物に連れてきてくれはったんかな、と思っている。と、丁稚はぴゃっと白犬を荷台から下ろして走り去ってしまう。一日がかりでなんとか家を捜して帰り着くと、ピシャッと戸を閉められてしまう。「病犬《やまいいぬ》、汚いわい！　あっち行け！」そのとき、初めて「ああ、そうか、昨日は、私を、捨てに行かはったんやな」と気づく。

白犬の境遇と、親から見放され、施設に入れられて子供時代を過ごした夏之助の境遇が、ダブってしまうのだ。

夏之助の『鴻池の犬』には、北浜の風景がくっきりと刻み込まれていた。

今、甘夏は再び北浜の街に立っている。

師匠が消えた日から、すでに四日が経っていた。

この三日間、夏之助師匠の居所がわかりそうな心当たりにはすべて連絡を取った。馴《な》染《じ》みの店、贔屓《ひいき》客、念の為、夏之助が入所していたという児童養護施設も訪ねてみた。もちろん何の手がかりもなかった。

甘夏は、思い立って、いや、思い詰めて、と言った方が正確だろう。何か手がかりがつかめないかと師匠が消息を絶ったこの街に、一人で来たのだ。

師匠が四日前、この街に降り立ったあの日は、道修町にある少彦名神社の祭りだと言っていた。今は祭りの余韻すらなく普段通りの街に戻っている。

お昼どきらしく、背広姿のサラリーマンや制服姿のOLたちがランチの店やお弁当の路上販売の店を求めて通りを歩いていた。

行くあてもないが、まずは道修町の少彦名神社に行った。

小夏と一緒に来たことがあったので場所はすぐにわかった。

境内はひっそりとして、参拝客はまばらだった。天を衝《つ》くようなクスノキの古木のある境内はあの頃と何も変わっていないが、拝殿の向こうの空には建設中の高層ホテルが見えた。インバウンドとやらで、この界隈も、外国人の観光客が押し寄せているのだろう。境内から聞こえてくるのは中国語だった。

神社にいても埒《らち》は明かない。

道修町通に出て、目に付く店に入ろうと思った。

「ゼー六」という名の喫茶店があった。看板に『手づくりアイスクリーム』と書かれた文字が見えた。アイスクリームは師匠の好物だ。外からガラス戸の向こうをのぞいてみると、緑地に店の屋号が白く染め抜かれた暖簾《のれん》が見えた。なんとなく、師匠の好きそうな店のような気がした。

甘夏は扉を押した。

「いらっしゃい」

人の好《よ》さそうな主人が顔を出した。

「あの、つかぬことを伺いますが」

「はい」

「四日前、神農さんの祭りがあった日に、落語家の、桂夏之助師匠が、ここに来はりませんでしたか」

「はあ？」

店の主人は素っ頓狂《とんきょう》な声をあげた。

それはそうだろう。あまりに藪《やぶ》から棒な質問だ。

「すみません。私、夏之助の弟子の、甘夏と申します」

「そうですか。いやあ、夏之助師匠の顔は存じ上げております。祭りがあった日も、店は開けておりましたけど、なんせ、お客さんでごった返してましたさかいなあ、夏之助師匠がお見えになったかどうかは、ちょっと、分かり兼ねますなあ」

「そうですか……」

「どないしました？」

「いえ、あの……」

甘夏は言い淀《よど》んだ。

「神農さんの祭りに行く、て言うてはりましたから……師匠、甘いもんが好きで、アイスクリームが好きやったんで、今、前を通りがかった時に、もしかしたらこのお店にも、来たことあるんちゃうかなあ、と思いまして……」

苦しい言い訳だった。

「そうでっか」

店の主人は素直に納得してくれたようだった。

「師匠、アイスクリーム好きなんでっか」

「ええ。師匠、下戸ですから」

「へえ、ほんまでっか。私、師匠の落語、聞いたことありまっけど、酔っ払いのネタでしたで。『親子茶屋』やったかな。あの酔っ払い、絶品でしたけどな」

「そうなんです。師匠、下戸やのに、酔っ払い演《や》ったら、絶品なんです」

甘夏は、師匠がかつて言った言葉を思い出した。

「ええか、甘夏。落語の凄《すご》いところはな、酔っ払いが、可愛い見えるところや。実際の酒場で、客観的に酔っ払いを見てみい。可愛いことなんか、いっこもないで。鬱陶《うっとう》しいだけや。あれほど醜いもんは、ないで。それを、落語は、可愛い、見せるんや。これこそが、芸の力やで」

まあ、とにかく、と、ゼー六の主人は言った。

「それやったら、いっぺん、師匠本人に尋ねてみはったら、どないだす？」

もっともだった。

「そうします」

失礼しました、と帰ろうとした時、

「あ、ちょっと、こうして覗《のぞ》いてくれはったんも、なんかの縁だす。せっかくやから、うちのアイス、召し上がってってください。夏之助師匠のお弟子さんやったら、ご馳走《ちそう》します。さあ、どうぞお座り」

断るのも無粋かと思い、すみませんと頭を下げて一番手前のテーブルの席に座った。

皿に半球状のアイスが二つ載せられてテーブルの上に置かれた。

スプーンですくって一口食べてみた。甘いが、さっぱりしている。美味《おい》しかった。

あらためて店内を見回してみる。店の名前をあしらった青と紫のステンドグラスや、ランプ調の照明など、どことなくレトロな雰囲気だ。

「このお店、古いんですか」

「本家は本町《ほんまち》でやってまして、大正二年からですから、今年で百五年です。この道修町の店は、かれこれ三十五年ほどですかなあ」

「はあ、大正二年から」

「当時の写真がおまっせ」

主人は店の奥から古い写真を引っ張り出してきた。

「ほら、店先に、アイスクリームの機械が写ってますやろ。これ、初代の主人の、手作りですよ。器用な人やったんですなあ」

甘夏は機械よりも別のものに目がいった。

店先に、一匹の白い犬が写っていたのだ。

痩《や》せこけた犬だった。

「この犬、昔、このお店で飼ってはったんですか」

「犬ですか？」

主人は写真を覗き込んだ。

「さあ、昔のことですさかい、わかり兼ねますなあ。この犬は、みすぼらしいですさかい、野良犬かもわかりませんなあ。おそらくどっかから、船場に迷い込んできたんと違いますか」

甘夏は、写真の中の白犬をじっと見つめた。

「犬が、どうかしましたか？」

「いえ」

甘夏はアイスを口に運んだ。気がつくとあっという間に平らげていた。

「うちのアイスは持ち帰りもできますよ。最中で包みます。ドライアイスもつけますから、師匠のために、持って帰りなはれ。お代はいただきまへんよってに」

「いえ、それは申し訳ないです」

「かましまへん」

ありがとうございます、と丁重に頭を下げ、持ち帰り用の包みを提げて店を出た。

そしてまた、道修町通を彷徨《ほうこう》した。

甘夏は、落語の『崇徳院』を思い出した。

若旦那《だんな》が一目惚《ぼ》れした女を捜す、『崇徳院』のあの熊五郎のように、この北浜じゅうを駆けずり回り、師匠の名前を大声で叫んで捜して回りたい気分だった。

しかし今どき、そんなことをしても、気がおかしいと思われるだけだろう。

やはりここは、『落語の国』とは違うのだ。

途方に暮れて帰ろうと地下鉄の下り口に向かったとき、二年と半年余り前、初めて北浜に来たときに小夏に教えてもらった旧小西儀助商店が目に入った。

あの日と同じように、旧小西儀助商店は、五十四階建てのタワーマンションに見下ろされながらも、毅然《きぜん》としてそこに建っていた。

不思議な気がした。

時の流れが止まったようなその黒塀に囲まれた古風な建物の中に、四日前に消えた師匠がいるような気がしたのだ。

堺筋を挟んで道修町通に面した北側に、入り口があった。

引き戸は開け放たれ、覗くと中が見えた。建物の中にも路地のような空間があり、手入れされた木が植わっている。一目で中も昔のまま残されているのがわかった。

甘夏は勇気を出して、声を出した。

「こんにちは」

「はい、なにか、ご用事でしょうか」

すぐに女性の事務員が出てきた。

「あの、私、落語家の、桂夏之助の弟子の、桂甘夏と申します」

「はあ」

相手は怪訝《けげん》な顔をしている。

「つかぬことをお尋ねいたしますが、うちの師匠の、夏之助が、ここを訪ねてきはりませんでしたか」

「それは、どんなご用件で、でしょうか」

「あの、それは、わからないんですけど」

事務員は言葉もなく立っている。

無理もない。我ながら、何を言っているのかわからない。もう、このまま、帰ろう。

そう思った瞬間だった。

「夏之助師匠のお名前が聞こえてきましたが、お弟子さんですか」

奥から男性が顔を出した。

男性は恰幅《かっぷく》が良く、萌黄《もえぎ》色の上品な着物を着こなしている。普段から着慣れているに違いなかった。どうやらこの店の主人のようだ。

「夏之助さんでしたら、たしかにうちに訪ねてきはりましたで」

「え！　ほんまですか！」

甘夏は飛び上がりそうになった。

「ええ。なんでも、船場の商家の構造を、この目で見て、落語を演るときに生かしたいって、おっしゃりましてな。えらい、勉強熱心なお方やなあ、と感心しましたんで、お店の中を、私がご案内しました。よう覚えてます」

「で、師匠は、それから、どこへ行きはりましたか？」

「さあ、そこまではわかりません。なんせ、もう、二十年ほども、前の話ですさかいなあ」

二十年も、前……。

全身の力が抜けた。

「で、夏之助師匠が、どうか、しはりましたんか」

「あの……」

甘夏は事情を洗いざらい話そうかと思ったが、ぐっと堪《こら》えた。

「いえ、すみません、もし、よろしかったら、私も、ちょっと、中、見学させてもらえたら、と思いまして」

「ほう。どうぞどうぞ。さすがは夏之助師匠のお弟子さん、勉強熱心でんな。うちは、見学は、普段は予約が必要なんですけど、夏之助師匠のお弟子さんとあれば、特別にご案内いたしましょう」

「ありがとうございます。あ、申し遅れましたが、これ、つまらんもんですけど、皆さんで召し上がってください」

そう言ってゼー六のアイスクリームを差し出した。

せっかく頂いたものを「つまらんもん」と言ってしまったことに心が痛んだ。

「おお、ゼー六の最中アイスやないですか。うちの者、みんな大好物でっせ。さすが、夏之助師匠のお弟子さん、気が利いてまんなあ」

甘夏はゼー六の主人に心の中で手を合わせた。

商家らしい控え目な門をくぐると、石畳が敷かれた庭が奥に続いていた。透明のガラスが入った障子戸の向こうには従業員たちが机を並べている。

お地蔵さんが祀《まつ》られた庭を奥に進むと、再びくぐって入るほどの格子戸があった。その先に内玄関のような小さな土間があり、さらに奥に足を踏み入れると、ぱっと視界が開けた。広々とした空間だ。

レンガ造りの大きなかまどが据えられていて、火の元が大小六個もある。光窓を設けた天井は高い吹き抜けになっている。

「ここから奥は、居住スペースです。小西家の家族や従業員が、多いときでは五十人以上、寝起きしてました。そこに井戸がありますやろ。夏にはスイカなんか冷やしたもんです。そこから水を汲《く》み上げて、ここで炊事してました。今は撤去されてますけど、当時は土間の脇にレールが敷かれて、トロッコで商品をやりとりしてたんです」

船場で働く落語の世界の住人たちの声が聞こえてきそうだった。

靴を脱いで式台に上がる。綺麗《きれい》な畳が敷かれた広い座敷と、大きな襖《ふすま》に甘夏は圧倒された。

座敷の向こうには植木や石灯籠《どうろう》を配した庭が見える。床の間には書が掛けられていた。

「ここ、床の間の前の畳、一枚だけが妙に長いでしょ。一畳半分もあります。『縁が切れんように』という縁起担ぎで、『商売繁盛（半畳）』の意味も込められてます」

太くて力強い床柱や、淡い光が差し込む窓、障子や鴨居など、日本家屋の造作などに詳しくない甘夏が見てさえ、何か特別なこだわりが感じられて息を吞《の》む。

流れている空気が違う。そして、この静けさは何だろう。ここが都会の真ん中であることが信じられなかった。

二階に案内された。

やはり床の間のある大きな座敷が二つもあり、廊下からは庭を見下ろすことができた。庭に敷き詰められた苔《こけ》は、まるで緑の絨毯《じゅうたん》のようだ。木々は紅《あか》く色づいた葉を広げ、その奥には黒壁の蔵が二つと白壁の蔵が一つ見える。

西側には日当たりの良い部屋があった。木製のピアノとオルガン、ケースに入ったバイオリンと琴、本棚と机が置いてある。

「ここが、子供部屋です。私も、子供の頃、ここで勉強しました」

子供部屋の手前に、扉があった。

「元々、この主屋は三階建てやったんですが、関東大震災が起こった年に、耐震性を考慮して、三階は撤去しました。今は階段だけが残ってます」

　扉を開けると、階段が姿を現した。まっすぐではなく、左へとカーブした階段の踏み板と真っ白な壁に明るい光が降り注いでいた。上を覗き込むと、天井から、電球の入っていないランプシェードが垂れている。どうやら明るさは、西の窓から差し込む光がもたらしているようだった。

「ここに座ってもいいですか」

「ええ、どうぞどうぞ」

　甘夏は、十数段ある階段を三分の二ほど上がり、踏み板に腰掛けた。

　陽だまりができていた。風がそよいで外の木々を揺らしているのだろうか。陽だまりは小さな生き物が戯れているように揺れていた。

「そういうたら、二十年前も、師匠、いま、甘夏さんがいてはるあたりに、座ってはりましたなあ」

　甘夏は飴《あめ》色の踏み板に手を置いた。陽だまりの温《ぬく》もりを感じた。

　窓を見上げる。

　木々の枝の向こうに青い空が見えた。

　師匠も、二十年前、ここからあの窓の向こうの空を見上げただろうか。

　冬の初めの陽差しが、甘夏の顔に降り注いだ。

第六章　代書

1

パリッと音がして、甘夏は氷の張った水たまりを踏み抜いた。
まだ外は真っ暗だ。
郵便受けから取り出した朝刊の見出しを、もう一度見る。
『戦争のない平成に　心から安堵
　沖縄　犠牲への思いこれからも』
平成最後の、天皇誕生日。平成三十年十二月二十三日。
師匠の失跡から、今日でまる一ヶ月が経った。
またいつもの、「師匠がいない日常」が始まった。
失跡直後には見送った警察への捜索願は失跡から五日目に出されていた。しかし一ヶ月経っても警察から情報は届かなかった。依然として師匠の行方は霧の中だった。

世間に失跡は公表されていなかった。出演が予定されていた寄席には、いまだに病気療養と説明されていた。それ以上の詳しいことは何も説明されなかった。

「来年の年明けには、桂竹都の二番弟子、桂竹傳の三代目桂竹之丞《ちくのじょう》襲名披露が控えてるからなあ」

小夏が言った。

「桂竹之丞は上方では大きな名前やし、竹傳は実力もあって人気もある。上方落語界にとっては久々の明るい話題や。つまり、それまでは、余計なスキャンダルで水を差したくない、ということやろう。まあ、演芸協会の気持ちも、わからんでもない」

甘夏にとって竹傳は他所《よそ》の一門だが、尊敬する先輩の噺家《はなしか》だった。夏之助にもよく稽《けい》古《こ》をつけてもらいに来ていた。何より、師匠が失跡した日、噺を引き延ばして時間を繋《つな》いでくれた。甘夏は、あの日の竹傳の言葉を思い出した。

「甘夏。今度、一杯、奢《おご》れよ」

2

「竹傳兄さん、襲名前の、忙しい時に、すんません」

竹傳の出番があった南條亭近くの居酒屋で乾杯した後、甘夏が言った。

「かめへんかめへん、それより、甘夏、あの日の約束、よう覚えてたな」

「襲名が終わった後にお誘いしようかとも思うたんですけど、お披露目の巡業やらなんやらで、それはそれでお忙しいやろうし、どうしても、年が明ける前に、兄さんにお礼とお詫《わ》びをしときたくて」

「お詫びなんか、ええがな。まあ、今夜は楽しゅうに、酒、飲もうや」

そう言った後、

「とはいえ、師匠が失踪したままでは、そう楽しゅうも、飲めんか」

竹傳はちょっと眉《まゆ》を下げて真面目な顔で言った。

「ちょうど、一ヶ月ぐらい、か」

「はい」

「何か、手がかりは、ないんか」

「それが、何にも」

竹傳は酎《ちゅう》ハイライムをあおった後、小さくため息をついた。

「俺はなあ、夏之助師匠は、好きやったんや」

「兄さん、過去形で言うのは、やめてください」

「ああ、そやな。うん。ほんま、あの人は、ええ人やった」

「そやから過去形、やめてくださいて」

「すまんすまん」

竹傳は頭を掻《か》いた。

「ところで、竹傳兄さん」

「なんや」

「竹傳兄さんは、うちの夏之助師匠、なんで、失跡したと思います？」

「うーん。その質問か」

竹傳は天井を見上げた。

「正直なとこ、それは、ようわからん。たまたまこの前、ニュースでやってて、夏之助師匠のこともあって耳に入ったんやけど、日本には、行方不明になる人が、毎年、八万五千人近く、いてるそうや。八万五千人とは、ものすごい数やで。満員の甲子園《こうしえん》球場、おおよそ二杯分に近いで。それだけの人間が、ある日、突然、姿を消すんや。親と喧嘩《けんか》して衝動的に家出する若い子や、認知症の老人なんかも含まれてるから、もちろんそのほとんどは、すぐに家に帰ったり、見つかる。けど、行方不明になって見つからんままの人間も、数千人、いてるそうや。見つからんままの、そのほとんどは、失跡した理由が、家族にもわからんそうや」

「わからん？」

「そう。失跡した理由が、思い当たらん、というんや」

甘夏は、何も言えなかった。

「どんな事情であるにせよ、理由がわかってる方が、消えられた身内からしたら、まだらないのだ。

「気が楽なんかも、しれんなあ」

その通りだった。甘夏自身、師匠の失跡の理由は、一ヶ月経った今も、何も思い当たらないのだ。

甘夏は話の矛先を変えた。

「竹傳兄さん、今日、南條亭で演《や》りはった『不動坊《ふどうぼう》』、めっちゃ面白かったです」

「おお、そうか。聞いてくれてたんか。ありがとう」

『不動坊』は甘夏の好きな噺だった。不動坊という名の講釈師が旅先で突然死する。残された妻のお滝《たき》のところに、働き者の男との縁談話が持ちかけられる。日頃からお滝のことが好きだった長屋の連中は、それを聞いて、幽霊騒ぎを起こして破談にさせようと企《たくら》む噺だ。長屋の住人たちのドタバタを描いた、笑わせどころの多い爆笑ネタだ。

「今日はなあ、別のネタを演るつもりやったんやけど、なんや急に『不動坊』を演りたい気分になってなあ」

「なんでですか」

「『不動坊』という噺はな、つまるところ、これは、男どもの嫉妬《しっと》の話や」

「嫉妬の話?」

甘夏は今までそんな視点でこの噺を捉《とら》えたことがなかった。

「単なる、笑いどころの多い噺としてしか思ってませんでした」

「まあ、普通は、そうやな。お客さんもそうやろ。ドタバタが前に出てるんで、『嫉妬』は、あんまり目立たん。落語というのは、バカバカしい噺、たわいもない噺、人情噺、艶笑《えんしょう》噺、いろいろあるけど、基本的にはお客さんに笑《わろ》うてもらうための噺や。そないドロドロした感情はむき出しにはならんのや。けどな、この噺の裏には、『嫉妬』っていう人間の醜い情念がとぐろを巻いて居座ってる。ただのいたずらやないで。人の幸せを寄ってたかって潰《つぶ》しにかかろうとするんやからな。僕はそこに、嫉妬に囚《とら》われてる男どものおかしみと凄《すご》みを感じるんや。そして、同時に、哀しみをな」

甘夏は、落語の懐の深さを見たような気がした。それは今まで自分が感じていた落語の魅力とはまったく違うものだった。またひとつ、自分の知らない扉が開いた。

「甘夏、ほんまのところ、男の嫉妬ほど、こわいもんは、ないで。色恋がらみの嫉妬だけやない。上方落語の名跡、初代の桂春團治《はるだんじ》は、知ってるやろ」

はい、と甘夏は答えた。初代春團治の名前は、師匠や先輩の噺家と話をしているとたびたび出てくる。上方の噺家にとっては、神様のような存在だ。

「有名なエピソードが残ってる。もうすでに、押しも押されもせぬ売れっ子になってからの話や。自分より年下の噺家が売れ出したんを妬《ねた》んで、ある夜、春團治は人力車で帰ってきたその噺家をフルボッコにしたそうや。ざまあ見さらせ、と、殴った男の顔をよう見たら、春團治の師匠の文治《ぶんじ》やった、というオチつきや」

竹傳は肩をすくめた。

「春團治さん、その後、どうなったんですか？」

「師匠の怒りが収まるまで、ひたすら逃げ回ったらしい」

　甘夏は笑った。

「実はな、僕が竹之丞を襲名する、という話が持ち上がった時、それをおもろないと思う人間も、けっこういててな。面と向かっては言うてこんけど、回り回って、聞こえてくる。なんであいつが竹之丞、襲名するねん、師匠の奥さんに気に入られとるから奥さんが推挙したに違いない、とか、名前を買うために、かなりの金を積んだんちゃうか、とか、まあ、いろんな噂が聞こえてきた。みんな、根も葉もない憶測ばっかりや。今日も楽屋で聞こえよがしにそんな嫌味ったらしい噂をしてる奴がおった」

「それで、ムカついて、今日はこの『不動坊』を演ったろ、と？」

「そういうことや。嫌がらせするリーダー格の徳《とく》さんを、楽屋で噂話してた奴をイメージして思いっきり嫌味ったらしく演ったった。ええ出来やったなあ。どや、僕という男は底意地の悪い人間やろ？　甘夏、このことは、絶対、誰にも言うなよ」

　冗談とも本気ともつかぬ顔で、竹傳は甘夏の顔をにらんだ。

「言いません。言いません。アホらしいてよう言いません」

「けどな、僕自身も、立場が逆なら、竹之丞を襲名する人間に、めちゃくちゃ嫉妬の炎を燃やしてたと思うで。そもそも、噺家という人間は、嫉妬深い人間なんや。嫉妬というのは、人間の、ひとつの業《ごう》や。そういう業の深い人間が、噺家になるんやと僕は思う」

　そこで竹傳は声をひそめた。

「今回の、夏之助師匠の失跡事件にしても、悲しんだり、心配してる人間ばっかりやないで。中には、内心で、ざまあ見さらせ、と喜んでる人間もおるんや」

「喜んでる？　師匠の失跡を？」

「そうや。つまり、夏之助師匠の存在を、目の上のたんこぶと感じてた人間もおるということや。師匠はあれだけのイケメンや。それに独身や。女性にはえらいモテはったな。その上に、噺は面白いときてる。やっかんでた噺家も、一人や二人やないで。変な噂を流す人間もおる。つまり、現実のこの上方落語の世界にも、あの『不動坊』の徳さん、鉄《てっ》つぁん、万《まん》さんが、おるということや」

　甘夏はぽっかりと空いた深い穴の中の暗闇を覗《のぞ》き込んでいるような心持ちになった。

「竹傳兄さん、襲名披露で演るネタは、『不動坊』にしはったら、どうです？」

「おお、それもええなあ」

　竹傳は両眉を上げて大声を張った。

「けど、襲名披露で演るネタは、もう決めてある」

「なんですか？」

　甘夏は身を乗り出した。これだけ落語に対して含蓄もあり、腕もある竹傳が、竹之丞を襲名した後で、初めて演るネタは、なんだろう。

「『代書』や」

「『代書』？」

甘夏は拍子抜けした。たしかに『代書』は、爆笑ネタのひとつではある。

時代は昭和のはじめぐらいだろう。当時は自分で字の書けない人がまだ多かった。そういう人が役所へ届けるのに必要な出生届や死亡届、婚姻届、就職の時にいる履歴書を代行して書いてあげる代書屋という仕事があったらしい。自分の履歴書を書いてほしいと頼みにやってきた男と、代書屋とのやりとりが続くのだが、男はトンチンカンな返答ばかりして代書屋が往生する、という噺だ。


「あなた、生年月日は？」

「生年月日は……たしか、なかった」

「生年月日のない人がおますかいな。あんたが生まれた日のこと尋ねてまんねん」

「ああ、わいが生まれた日のこと。……なんにも覚えてまへんなあ」


こんな調子で噺が進んでいく。

拍子抜けした、というのは、たしかに爆笑ネタではあるが、襲名披露のような晴れの舞台で演るような大ネタではない、と感じたのだ。

「このネタはな、四代目の桂米團治《よねだんじ》師匠が戦前に創らはった、新作落語や。桂米團治師匠は地味な芸風やったらしいけど、このネタは爆笑ネタやな。米團治師匠は、戦前の一時期、実際に、代書屋の仕事をやってはったんや」

「へえ！　ほんまですか」

「今の、大阪の東成区《ひがしなり》役所がある敷地の一角でやってはった。この噺は、そのときの経験をもとに創らはったんや」

　甘夏は合点が行った。就職のために履歴書を書いてほしいと頼みに来る男とのやりとりは、コミカルだが、妙なリアリティがあるのだ。おそらく実際に、この噺に近い客がいたのだろう。

「あの、履歴書を頼みに来た男とのやりとり、ほんま、おもろいですね」

「うん。けどな、今、みんなが演ってる『代書』は、ほんまの『代書』やない」

「ほんまの『代書』やない？　どういうことですか」

「『代書』は今でも大勢の噺家が演るけど、みんな、履歴書を頼みに来た男のくだりしか演らん。けどな、もともと四代目米團治師匠が創った噺には、履歴書を頼みに来る男の他にも、もっと大勢の客が来るんや。結納の受け取りを頼みに来るご隠居、文字の上《う》手《ま》い女子《おなご》衆《し》。それから、朝鮮人」

「朝鮮人？」

「そうや。『代書』は、おそらく落語の中で、朝鮮人が登場する唯一の噺やろな」

「どんなふうに登場するんですか」

「朝鮮人の男が、妹が朝鮮から内地へやってくるから渡航証明書を書いてくれ、と代書屋に頼みに来るんや。当時は朝鮮人が朝鮮の親類を内地へ呼び寄せるためには、渡航証明書が必要やったんやな。当時は朝鮮も日本なんやから、そんな書類が要るのはおかしな話やねんけどな。まあ、政府のいろんな思惑があったんやろな」

甘夏は興味を持った。

「聞いてみたいです」

「そうか。よっしゃ。そのくだりを演ってみよか」

そう言って竹傳はネタを演り出した。

「ハイ。チョド物をタツねますカ、アナタ、トッコンションメンするテすか？」

「変わったんが来るなァ今日は。トッコン、ションメンて何や」

「解らんテすか。ワタシ、郷里《クニ》に、妹《イモド》さん一人あるテす。その妹さんコント内地きて紡《ポー》績《セキ》て女工《チョコー》するテす。その時、警察《ケサッ》テ判、貰《もら》わぬと船乗れぬテす。タカラ警察へ判、貰う願書《ネガイショ》タステす」

「アア渡航証明かい」

「ソテす、そのトッコンションメン」

「そうトッコンションメン言うよって解らんようになるのや、よっしゃ書いたげる、本籍はどこや」

「済州島《さいしゅうとう》テす」

「全羅南道《ぜんらなんどう》済州島」

「カンリンミエン」

「翰林面《かんりんめん》」

「チャウ、マウリ」

「字、シランテす」

「チャウ、マウリ？　どんな字、書くねん」

「難儀やなあ」

「ここに謄本《トホン》持てるテす」

「それ先に出しんかいな」


戸籍謄本を見ると、戸主があまりにも長生きだ。尋ねると、大昔に虎に食われて死んだが、死亡届を出していないことがわかる。代書屋と朝鮮人の珍妙なやりとりが続く。


「そいで来る妹ちゅウのは幾つや」

「妹さん、今年《コドシ》、チューハチテす。鬼も、チュー」

「そんな事言わいでもええ。そんな十八の女の子なんて、戸籍に載ってないがナ」

「郵便局《ユピン》へ届《トト》けたテす」

「そらアカンがな。土台戸籍が無茶苦茶や。先に戸籍を整理せん事にはどんな願書出したかて許可にならへん」

まず死亡届やろ。

「そテすか。そんならパン事、よろしへ頼むテす」

「うーん。よっしゃ、なんとかしよ。ちょっと手間取るが、待ってや。まず死亡届やろ。死亡届失期理由書。それに、出生届に、同じく失期理由書……待ってや、もうすぐ出来るさかいにな。……アア、やっと出来た。しかしこれは……罰金取られるなあ」

「え？　パッキン要るテすか？　なんぼ要るテす」

「分からんけど、裁判所から書付が来て、まあ、五十銭以上、十円以下……」

「チュー円ッ。チュー円ッ。そらいかんテす。ワダシもう止めるテす」

「止めるのはええが、今書いたのはどうするのや？」

「ワダシそれモデ去《い》んでも仕様カないテす。あなダ。煙管《きせる》掃除するテすナ」

「おいアカんで。どうするのやこれを」

「チニーヤ、タルキマニ」

「何じゃいそら。この罫紙《けいし》をどうすると言うのや」

「シルバシヤカンリ。内地コトバ解ラン解ラン。テレカンリョウロ、ヒレパレヒレパレ。さようなら」

「コラコラ。……あ、去んでしまいやがった。さっぱりワヤや」

　竹傳は五分近くあるやりとりを全部聞かせてくれた。甘夏は面白いと思った。

「竹傳兄さん、なんで、この部分を、今は、みんな演らないんですか」

「まず演ったって、テレビやラジオでは絶対に流れん。朝鮮人を出して、笑い者にしてる、いう理由でな。うちの師匠も、前半の履歴書のところだけをふくらましてその後は切って演るようになった。いつしかどの落語家も、そのやり方で演るようになった。けど、唯一、この部分を、今でも切らずに全部演らはる噺家がいてる。それが、おまえの師匠、桂夏之助や」

「うちの師匠ですか」

「そうや。僕はいっぺん、夏之助師匠の『代書』を聞いて、師匠に尋ねたことがあるんや。師匠は、なんで、あの朝鮮人が登場する部分を、切らずに最後まで演りはるんですか、とな。そうしたら、師匠はこう答えはった。

　この噺は、四代目の米團治師匠が今里《いまざと》の東成警察の隣で代書屋をやってはったときに、実際に経験したことをもとに作らはった噺や。僕は興味を持って、今里まで行って地元の人らに聞いてきたんや。そしたら米團治師匠は、困ってる朝鮮人のために随分世話を焼いたらしい。行き場のない朝鮮人を家の二階に住まわせてやったりとかな。表彰されたこともあるそうや。そやから落語の『代書』の中の代書屋も、内地の紡績工場で働く妹のために渡航証明が欲しいと言うてきた朝鮮人に、一生懸命書いてあげるんや。商売には違いないけど、誠意を持って応対してるんや。罰金を恐れて、泣く泣く諦《あきら》めた人も実際におったんやろう。それを先代の米團治師匠はこの落語の中に残してはるんや。内容を聞いてもろたらなんでもないのに、ただ朝鮮人が出てくるというだけで問題視するのはおかしいやろ。そやから僕は、『代書』を演るときは途中で切って高座を降りることはせんと、必ずサゲまで演るんや。前半まででええ、というお客さんは、僕の『代書』を聞いてもらう必要はない。他の噺家の『代書』を聞いてもろたらええ。そこまで考えて、僕はこの『代書』を演ってんねん、とな」

竹傳の言葉には力がこもっていた。

「そして、夏之助師匠は、こう言いはった」

甘夏は竹傳の言葉を待った。

「落語というのはな、言うてみれば、人を笑う噺や。それは間違いない。けどな、それは、その人の存在を『否定』するということやない。逆や。むしろその存在を『肯定』する。『肯定』して笑う。それが落語や。もっとも、当の本人からしたら、『肯定』とか『否定』とか言われる筋合いでもない。それ自体がおかしな話なんやけど」

「私も、肯定された気持ちになりました」

「え？」

「夏之助師匠の落語を初めて聞いたとき、そう思たんです。私、ずっと、アホになりたかった。けど、なられへん自分がいてた。けど、師匠の落語を聞いて、思たんです。ここでは、アホがアホのまま、自由にのびのびと生きていけてる。それで、閉じこもってた世界から、解放された気持ちになったんです。今、竹傳兄さんが言いはった、『存在』を肯定するっていう師匠の言葉は、そういうことやないかなあと思いました」

「うん。そうかもわからんな。ただ、僕は、師匠が、後で言いはった部分が大事やと思う。人は、誰かに肯定されるために生きてるわけやない。ただ懸命に生きてる。それだけのことと違うか。そんな姿を、あるがままに笑うのが、落語と違うか」

竹傳はグラスに入った酎ハイをグッとあおった。

「僕もな、実は今里の生まれやねん。東成区役所のすぐ近所や。僕は、在日の四世や。僕の祖父と祖母は、済州島からこの落語に出てくる渡航証明書を持って、海峡を渡って大阪に来たんや」

そして、言った。

「僕は襲名披露にこの『代書』を演ると決めた。先代の米團治師匠が創った通り、どこも飛ばさず最後まで演る。そう決意させてくれたんは、あんたの師匠、夏之助やで」

襲名披露で演る竹傳の『代書』を、甘夏はたまらなく聞きたいと思った。

第七章　発覚

1

ぎゃっと叫んだ声が楽屋じゅうに響いた。

一瞬、誰かの吐く息が甘夏の耳元を襲ったのだ。

振り向くと、そこにいたのは三峡亭遊楽《さんきょうていゆうらく》師匠だった。

「師匠、やめてください！」

「甘夏、ええやないか！　耳、舐《な》めさせ！」

甘夏に襲いかかる遊楽師匠を突き飛ばして、甘夏は楽屋の隅に逃げ込んだ。

楽屋には他の噺家《はなしか》が三人いたが、三人とも壁を見つめてこちらに背中を向けている。見て見ぬふりだ。

「師匠、堪忍してください。ちょっと、飲みすぎちゃいますか」

甘夏はやっとのことで、そう言った。

南條亭の夜席がハネて、出口に立って客を見送った後、楽屋に戻った甘夏は隅の衝立《ついたて》の奥で服を着替え、今日、トリを務めた三峡亭遊輔《ゆうすけ》と、その師匠の遊楽に両手をついて頭を下げて挨拶《あいさつ》をしたところだった。

「遊楽師匠、今日は勉強させてもらいました。ありがとうございました」

「はい。ご苦労はん」

その夜は遊輔が主席を務める会で、師匠の遊楽は出番がなかったのだが、弟子の落語会ということで、近くで飲んでいた遊楽がふらっと楽屋に寄っていたのだ。

礼をして、頭を上げてその場を辞そうとした直後だった。

突然、酒の匂いを漂わせた遊楽の顔が近づいたかと思うと、抱きついてきたのだ。

「堪忍してください」

しつこく迫ってくる遊楽に、甘夏はもう一度頭を下げた。

「ふん。シャレやがな。シャレもわからんのかい、この女は」

遊楽は目を剥《む》いて言った。

「女の落語家は、これやからあかんのや」

捨て台詞《ぜりふ》を吐いて、ぷいと楽屋から出て行った。

弟子の遊輔も師匠を追って出て行った。

遊楽師匠は苦労人として知られ、噺家仲間からの人望も厚い。直情型で涙もろく、寄席でも人気があった。年齢は自分の師匠の夏之助より五歳上で、入門も夏之助より五年早かった。若い頃は随分二人で落語会をやったようだが、ある時期から疎遠になり、あまり交流しなくなった。何があったかわからない。いや、存外、何もなかったのかもしれない。そうしてお互い何とはなしに離れていくということはこの世界ではよくあることのようだった。とても情に厚い人で甘夏も慕っていたが、ただ、遊楽師匠は普段から、女の落語家を認めていなかった。女が落語の中の男を演じるのは、土台、無理、という考えだった。大勢の男の落語家が同じように思っている。その中でも、遊楽師匠はその考えが強かった。むろん女の弟子は絶対に取らない。

あるとき、こんなことがあった。

甘夏が高座で『牛ほめ』というネタを演ったときだった。

舞台の袖《そで》で、遊楽師匠が大笑いしているのだ。

甘夏は素直に嬉《うれ》しかった。遊楽師匠が、自分の落語で、笑《わろ》うてくれてはる……。

ネタを演《や》り終え、高座を降りると、遊楽師匠が声をかけた。

「甘夏、おまえ、おもろいなあ！」

「ほんまですか！　ありがとうございます！」

甘夏は天にも昇る心地だった。

女の落語家を認めていない遊楽師匠が、褒めてくれはった！

しかし、遊楽師匠のそのあとの一言が、甘夏を天国から地獄に突き落とした。

「おまえが、男やったら、ええ噺家になったのになあ」

遊楽師匠には悪い癖があった。酒を飲むと手がつけられなくなるのだ。今夜もだいぶ酒が、入っていた。

　甘夏はまだ呼吸が乱れている。なんとか落ち着いて、目を合わせようとしない他の噺家たちに「お先に失礼いたします」と一礼して楽屋を出た。

　南條亭のロビーから外へ出たところで、呼び止められた。

「ちょっと待て」

　遊輔だった。

「遊輔兄さん、今日は呼んでくださって、ありがとうございました。お疲れ様でした」

　甘夏はもう一度遊輔に礼を言った。

「お疲れ様や、あらへんで」

　遊輔の目は怒りの色を湛《たた》えていた。

「おまえなあ、なに、うちの師匠に、恥かかしとんねん」

「師匠に、恥？」

「そうや。おまえがあんな態度とったら、まるで師匠が悪いことしたみたいに見えるやないか」

「恋人でもないのに耳舐めさせろ、って寄ってくるの、悪いことやないんですか」

「あのなあ、ここは芸人の世界やぞ。世間ではそういうのはセクハラやとかパワハラやとか言うらしいけど、芸人の世界に、世間一般の物差しを持ってきて測るなよ」

「ほな、どうしたら、良かったんですか」

「おとなしい、耳、舐められとくか、それが嫌やったら、芸人らしゅう、上手に、シャレで返さんかい」

「上手に、シャレで返す？　どうやってですか」

「それは……おまえも芸人の端くれやったら、自分で考えんかい！」

遊輔は声を荒らげた。

「とにかく、楽屋で師匠にあんな恥かかす奴は、最低や。後日、師匠にはあらためて謝りに行ってくれ」

「謝りに？　なんでですか。私、何か悪いことしましたか」

甘夏は反射的に言い返した。

「おまえ、ほんま生意気やな。口答えする手間で、はい！　と言えんのか」

「すいません。言えません。納得いきません」

「この世界で、師匠の命令は、絶対や！　師匠が白、と言うたら、黒いもんでも、白や！　それぐらいはおまえも、入門の時に習《なろ》うたやろ」

「習うてません」

「ふん。習うてないんかい」

遊輔は右の口角を吊《つ》り上げて笑った。

「夏之助一門は、これやからなあ」

「これやからなあって、どういうことですか」

「おまえとこの師匠も、甘い、言うてるんや。女の落語家、弟子に取るんやったら、それぐらいのこと、ちゃんと弟子に叩《たた》き込んどけよ。そんなこともよう教えんねやったら、最初から女の弟子なんか取るなや。おまえらみたいな腐った一門がおったらな、落語界全体が腐るんや」

「腐った一門？」

「ちょうど師匠も、おまえらを捨てておらんようになったことやし、おまえらも早《は》よ、一門解散して消えたらどないやねん。いつまで未練たらしゅう待っとんねん」

全身の血が逆流した。

気がつけば甘夏は遊輔の体を押し倒し、路上に倒れた遊輔に馬乗りになって、拳《こぶし》を振り回していた。

「お、おまえ、先輩に、何するんや！」

遊輔が叫んだ。

ボコッと鈍い音がした。

「痛い！　痛い！　暴力反対！　甘夏、やめんかい！」

そこへ飛び込んできたのが、席亭の高岡だった。

「甘夏！　おまえ、なんちゅうことしてんねん！」

「そやかて、おまえんとこは腐った一門やって。師匠が、おまえらを捨てて消えたんやから、おまえらも早よ一門解散して消えろって……」

甘夏は泣きながら拳を振り上げた。

「ほんまのこと言うて、何が悪い！」

甘夏は何度も遊輔の顔面に拳を入れた。

もうどうしようもなく、止まらなかった。

遊輔の顔が、血で真っ赤に染まっていた。

2

『女性落語家、暴行容疑で逮捕』

十二月二十五日午後八時ごろ、大阪市北区《きた》の演芸館『南條亭』前の路上にて、落語家、桂甘夏（二十五）＝本名、北野恵美が、落語家、三峡亭遊輔（二十八）さんに暴行した疑いで逮捕された。警察に通報した目撃者によると、二人は口論になり、激昂した甘夏容疑者が、遊輔さんを押し倒して顔面を数発殴ったという。遊輔さんは眼窩《がんか》打撲で全治一週間。桂甘夏容疑者は平成二十七年、桂夏之助に入門。夏之助の三番弟子。

もともとは夕刊紙の関西ローカル版が報じた小さな記事だったが、ネットで配信されたせいで一部のニュースサイトがこれを扱った。

記事は暴行を働いた原因について触れていなかったため、さまざまな憶測がネットに書き込まれた。天満警察署に留置された甘夏は翌日釈放、連絡が入って母親が迎えに来た。母親は泣いていた。父親は来なかった。

小夏と若夏もやってきた。

「甘夏。おまえ、ムチャをすなよ」

小夏が珍しく怒っていた。若夏は黙っていた。

上方演芸協会が間に入り、とりあえずは遊輔の治療費を甘夏が負担するという形で済まそうということになった。

もちろん甘夏は二人の兄弟子とともに、遊輔と遊楽師匠の両方に謝りに行った。暴力を振るったことは百パーセント悪い。弁解の余地はなかった。

「遊楽師匠、私がアホなこととして、申し訳ありませんでした！」

「ドアホ！」

遊楽師匠は一喝した。

「殴るんやったら、わしを殴らんかい」

上方演芸協会の定期会合では、甘夏の処分が取り沙汰《ざた》された。通常なら師匠の夏之助が処遇を決定するが、師匠がいない以上、協会が何らかの決定を下さねばならない。破門、謹慎、さまざまな意見が出たが、結局、何の沙汰もなかった。会合で遊楽師匠が、元はといえばわしが悪い、と頭を下げたのだ、と、甘夏は後で小夏から聞いたのだった。

しかし、騒ぎはそれで収まらなかった。

そもそもこの騒動が記事になったのは、たまたま南條亭に取材に来ていて現場に居合わせた夕刊紙の新聞記者がネタにしたからだった。

記者はこの事件に関して、暴行容疑で逮捕された甘夏の師匠である夏之助のコメントを取ろうと動いた。

演芸協会は、最初は病気療養で押し通したが、記者は食い下がった。

あの喧嘩《けんか》騒動のとき、二人が「師匠が消えた」と口にしていたからだ。

迂闊《うかつ》な喧嘩だった。

記者はついに夏之助失跡を嗅《か》ぎつけ、明るみに出たのだ。


『暴行事件の女性落語家の師匠が失跡　一ヶ月以上行方知れず』


記事の扱いは甘夏の暴行事件とは比べものにならないほど大きいものだった。

暴行事件と失跡。マスコミがこれに飛びついた。

「甘夏、おまえは、ほんまに、余計なことしてくれたのう」

甘夏は演芸協会の会長にただただ頭を下げていた。

小夏と若夏も頭を下げた。

「年明けの、竹傳の竹之丞襲名に、泥、塗ってくれたなあ」

明るいはずの襲名披露の紹介記事の横に、夏之助の失跡の記事が載ってしまったのだ。

甘夏は竹之丞に対して申しわけない気持ちでいっぱいだった。

「とにかく、おまえらは、マスコミに余計なことは喋《しゃべ》るな。失跡の理由を訊《き》かれたら、心当たりはありません、と答えとけ」

言われるまでもなく実際そうなのだから他に答えようがない。

とにかく、師匠が失跡したことが世間に知られてしまった。

いったい、これからどうなるのだろうか。甘夏は暗澹《あんたん》たる気分になった。

3

何も言うな、と言われている通り、余計なことは一切喋らなかった。それでもメディアは勝手なことを書き立てた。

「あの、すみません、甘夏さんですね」

玉出本通商店街で、突然、男に声をかけられた。

「私、インターネットニュースサイト、『ワイワイ・ウエイブ』の記者の川内《かわうち》と申します。師匠の失跡の件で、少しだけお話を伺いたいんですが」

甘夏はネタを繰りながら歩いていた。落語の世界から現実へ連れ戻されて苛立《いらだ》った。

「すみません。今、稽古《けいこ》中なんで」

「いや、少しでいいんです。あの、師匠が失跡してから、すでに一ヶ月以上経っていますよね。いまだに消息は不明なんですよね」

「はい」

「自殺ではないか、という憶測が出ているようです」

「知りません」

「何か、師匠の普段の様子で心当たりは」

「すみません、あんたには、私のこと、ただ歩いてるだけに見えてるかもしれませんけど、私、今、稽古中なんです。歩きながら落語の稽古してるんです。稽古の邪魔、せんといてください」

甘夏は足早に立ち去ろうとした。

「もうひとつの憶測としてですね、夏之助師匠は、男と逃げたんやないかと」

甘夏の足が止まった。

その噂は甘夏も耳にしていた。ネットの一部でそのような噂が流れていたのだ。

あれだけの整った顔で、女を演ずるのも上手《うま》い。そして独身だ。夏之助は同性愛者ではないかという噂を耳にしたことも、これまで一度や二度ではなかった。しかし甘夏にとって、それはどうでもいいことだった。

「その話、誰が言うてるんですか」

甘夏は記者に訊いた。

「いや、ネットには書き込みがたくさんありますし……」

「誰が書いたかわからんネットの書き込みを記事にしてええんですか。それはつまり、あんたらがそう言いふらしてる、ということと同じやないですか」

「いや、そうやありませんよ。われわれは、あくまで客観的に。だからこそこうやって甘夏さんにも話を」

「どこが客観的なんですか。あんたらは、いつもそうやって、無責任な憶測や意見を客観のふりをして紹介してるけど、それは『他人が言うてる』ということを隠れ蓑《みの》にした、一番ゲスいやり方やないですか」

「ゲスい、というのは、心外ですね。とにかく、これだけ世間を騒がしてるんですから、それに対して、なんらかお答えになる義務はあるんとちゃいますか」

「世間を騒がせてる？　誰が世間を騒がせてるんですか？　騒がせてるのは、あんたらやないですか！」

「ちょっと待ってください。また、前みたいに暴力はやめてくださいよ」

「暴力はどっちや」

甘夏の中で何かが切れた。

「これだけは言わせて。師匠が男と逃げたって言うけど、よしんば、男と逃げたとして、それがどうやって言うんですか。男と逃げて、何が悪いんですか。男と逃げようが女と逃げようが、師匠の勝手や。師匠が心底、そうしたかったんなら、それでええやないですか。師匠が弟子を捨ててまで、そこまでしたかったんやったら、それでええやないですか。私は師匠を応援します。師匠、逃げて逃げて逃げまくったらええ。こんなクソみたいな世の中から逃げたらええ。これが、弟子としての私の意見です。書くなら書け！」

第八章　『つる』の道

1

甘夏は『つる』の道を歩いていた。

初舞台で『つる』をしくじったとき、師匠に言われた。

「二度と悔しい思いしたなかったら、稽古《けいこ》、稽古。ネタを繰ること。それしかないで」

頭に入れたはずの『つる』をもう一度しっかり頭に叩《たた》き込もうと、いや、頭に叩きこむだけでなく自分の血肉にしようと、それから毎日ネタを繰った。

入門したての頃は居候している部屋に籠《こ》もって稽古していた。

しかし部屋で大声を出していると、銭湯の脱衣場に声が漏れる、という苦情が来たというので、それからは部屋の下の銭湯のボイラー室に籠もって稽古した。

ボイラー室の中は火を焚《た》く機械音で、どんなに大声を出しても外に聞こえる心配はなかった。ただ室温は常に38度を超えていて、冬でも真夏の炎天下並みの暑さだ。十分もいれば汗だくになってそうそう長くいることはできなかった。

深夜、清掃の終わった後や定休日の銭湯の洗い場の中で稽古したこともあった。洗い場で大声を出して稽古していると、ずいぶんと自分が上手《うま》くなったような気がする。声が反響して、いい声に聞こえるのだ。自信はつくがそれは単なる錯覚で本当の実力はつかない、あくまで地声を鍛えなければならないと思い立って、外に出て歩きながら声を出して稽古することにした。師匠もそうして稽古したと言っていた。

するとすこぶる調子がいい。歩くリズムと、落語のリズムが合う。師匠の言葉通りだった。以来、歩きながら稽古する癖がすっかり身についた。

師匠の出番などで難波まで用事があるときは国道26号線を歩いたし、ときには梅田まで歩くこともあった。師匠の家がある玉出の町も歩いた。町をあみだくじのようにジグザグに歩くこともある。南なら南、西なら西と方角を決め、まっすぐ歩くこともある。そのときの気分によって、ルートはさまざまだった。

しかし『つる』を稽古する時は、決まった道があった。

最初は、気が向くままに歩いたのだ。

居候している銭湯の前の四つ角から、まず、まっすぐに西へ向かう。

夕暮れ時なら、南北に走る国道26号線の向こうに沈む夕日が見えて、美しい道だ。すぐに玉出小学校の北西の角に出る。まっすぐ行くと国道だが、そこまで出ずに、右手、つまり北に曲がる。すると玉出本通商店街のアーケードが見える。

そのまま進んでアーケードを越える。

アーケードを越えると、道は曲がりくねった細い路地になる。右手の傍《はた》には小さな地蔵堂がある。路地はやや西にカーブしており、そのまま行くと、自然と国道26号線に出る。

信号を渡ると、今、歩いて来た路地とつながるように、小枝のような細い路地がやはり西に斜めに延びている。なんでこんな斜めの路地があるのだろうと、甘夏は不思議な気がした。

路地を入ってしばらく行くと、畳店に突き当たる。そこを西に曲がる。

今までの路地とは違う広い通りだ。

半世紀も前からそこにあるような、なんだか艶《つや》っぽくてモダンな味わいのある古いアパートが両側に並ぶ。左手には善照寺《ぜんしょうじ》という寺があり、さらに行くと、今度は郵便局に突き当たる。

普通、道路は十字路で繋《つな》がっているものだが、この界隈《かいわい》は、どういうわけか突き当たりの丁字路が多い。

まっすぐには行けないので突き当たりを南に曲がる。しばらく行くとコンビニがあり、その傍に、瓦《かわら》屋根付きのけっこう立派な地蔵堂がある。お堂はずいぶん昔からここにあるのだろう。格子の扉の上の木彫りの飾りには「つる」がいた。

コンビニを越えると、南の突き当たりだ。そこを東に曲がると、また右手に地蔵堂がある。三つ目の地蔵堂だ。やり過ごしてまっすぐ行くと、そこが生根神社の鳥居の前だ。

その辺りでちょうど『つる』のサゲになる。

およそ十六分。西から北へ、そして、西、南、東、と、突き当たりに出合うたびに角を曲がって、ちょうど町を、四角に一周した形だ。

偶然歩いた道だったが、路地に入り込んだり、昭和を感じさせるアパートがあったり、お地蔵さんが多かったりで、なんとなく気に入って、自然といつも、このコースで稽古するようになった。何よりネタを繰ったあとで、生根神社の境内で休憩できるのがいい。

甘夏はこの一周十六分の道を、密《ひそ》かに『つる』の道と名付けた。

『つる』の道を久しぶりに歩いてみようと思ったのは、年の瀬も押し詰まった大晦日《おおみそか》前だった。

師匠の失跡騒動の喧騒《けんそう》は続いていた。そんな喧騒と苛立《いらだ》ちから逃れるには、稽古に没頭することだ。

年末の玉出本通商店街は慌ただしかった。その喧騒のなかで落語の世界に没頭していることがむしろ心地よかった。

『つる』もだいぶこなれてきた。失跡した師匠に聞いてもらえないのは残念だが、今度、深夜のコインランドリーでミヤコさんに出会ったら聞いてもらおう。前よりは、ずっとうまくできる。甘夏はそう思った。

2

大晦日。小夏と甘夏は、夕方から師匠の家で正月の用意をした。師匠の帰りを待つのだ。

淡い期待があった。正月には、師匠は帰ってくるのではないか、と。

夜になってから、若夏がやってきた。

玄関を開けて入ってきた若夏の肩には白いものがついていた。

「降ってきたんか」

小夏が言う。

「ええ。つい、さっきから」

「冷えると思たんや」

すでに小夏と甘夏の手で部屋の掃除はあらかた終わっている。

今夜は自分の部屋からピーコも師匠の家に連れ帰っていた。

鳥かごの中のピーコに餌をやれば、もうやることは何もなかった。

テレビでは「紅白歌合戦」が始まった。

桑田《くわた》佳祐《けいすけ》とユーミンがデュエットしているのを三人で観るともなく観た。

「ゆく年くる年」が始まり、新年の時報が鳴った。

どこかで除夜の鐘が鳴った。
「師匠、あけましておめでとうございます。今年もよろしくお願い申し上げます」
師匠のいない上座に向かって、三人で頭を下げた。
返事はなかった。
窓には知らぬ間に降った雪がへばりついてガラスを曇らせていた。
この雪は積もるだろうか。
師匠は、どこかでこの雪を見ているだろうか。
柱時計を見上げる。午前0時半。
誰もが押し黙っている。
そのとき、小夏が、ふと、呟《つぶや》いた。
「僕ら、鴻池の犬、なんかな……」
ハッとして、小夏の顔を見た。
小夏は、それ以上、何も言わなかった。
捨てられた、三匹の犬。小夏は、そう言いたいのだろうか。
いたたまれない気持ちになった。
元日を迎えた夜、師匠のいない家に居ることが耐えられなかった。
甘夏は立ち上がって、玄関に向かって靴を履いた。
「行ってきます」

「どこに行くねん？」

小夏と若夏が声を揃えて言った。

「松の湯の掃除です。今日も、0時半まで開けてます。岡本さんは、夏之助一門はいつも師匠と弟子が揃って大晦日を過ごすから、今夜は帰ってええで、って言うてくれましたけど、私、やっぱり行ってきます」


岡本さん夫妻と息子さんに新年の挨拶《あいさつ》をし、物置からバケツと洗剤とスポンジとチューブとデッキブラシを引っ張り出して甘夏は女湯の洗い場に飛び込んだ。

散らかった洗面器と椅子を集めて洗い、鏡と壁を拭《ふ》き、洗剤を撒《ま》いて、デッキブラシを握る指にいつもよりずっと力を込めて、床をこすった。

拭《ぬぐ》っても拭いきれない心の澱《おり》をここで全部洗い流したかった。

洗剤の匂いがつんと鼻をついた。目の奥が痛くなった。

積もった雪のように白く泡立った洗い場の床に、冷たい雫《しずく》が一粒、落ちた。


元日の朝、小夏と若夏と三人で生根神社へお参りに行き、その足で師匠筋である龍之助の家へ赴いて奥さんに新年の挨拶をして帰った。

「気を落としなや」

奥さんは優しい声をかけてくれた。

噺家《はなしか》の正月は忙しい。

松が取れるまでは寄席や余興で目まぐるしく働く。甘夏のような新人でも忙しかった。

そして松が取れ、日常が戻った。

甘夏は稽古に励んだ。

少なくとも一週間に一度は『つる』の道で『つる』のネタを繰った。

迷ったら、この道に返る。甘夏にとって、『つる』の道はそんな道だった。

ときどきは道端に佇《たたず》む三つのお地蔵さんに手を合わせ、師匠の無事と帰還を祈った。

その日もひとネタ繰って、いつものように、生根神社の境内で休憩していた。

境内はさほど広くはない。

目の前には大きなクスノキが天を衝《つ》いている。本殿の両側にも木が植えられている。右側の木は桜だろう。左側の木はわからなかった。真冬なのに葉が青々と茂っている。

甘夏は、大きな鳥居の下の、古い灯籠《とうろう》の傍に腰かけた。そこがこの境内で一服するときのいつもの定位置だった。

灯籠の台座には『文久《ぶんきゅう》元年　四月』と刻まれている。文久元年がいつの時代か甘夏にはわからない。いつか「平成」という時代も遠い未来の人には、古臭い年号に聞こえる日が来るのだろう。

「今日も、精が出ますなあ」

話しかけてきたのは、境内に落ちた枯葉を掃いていた男だった。男はトレパン姿のラフな恰好《かっこう》だ。最初は誰だかわからなかったが、よく見ればトレパンの上に袴《はかま》をはいている。

生根神社の宮司だった。

生根神社は、冬至の日に行われるこの土地の特産だったかぼちゃを祀《まつ》る「こつまなんきん祭り」が有名だ。いつか、師匠にそう教えてもらったことがある。宮司とは何度か境内で顔を合わせていたが言葉を交わすのは初めてだった。

「夏之助師匠のとこの、お弟子さんですやろ」

宮司は甘夏のことを知っていた。

「いつも熱心に、稽古してはりますな」

「はい。桂甘夏と申します」

「ええ名前もらいはりましたなあ。こつまなんきんも、甘いなんきんなんでっせ」

そうだった。「こつまなんきん」は、いい女の代名詞。そんな話も師匠から聞いたことがあった。

宮司は、師匠が失跡したことを知っているのだろうか。それについては何も言わなかった。

「あのクスノキ、大きいですね。だいぶ古いんですか」

甘夏はそんな当たり障りのないことを聞いてみた。

「樹齢二百五十年ですな。戦前までは、樹齢六百年のクスノキがありましたが、大阪大空襲で焼けて、枯れてしまいました」

甘夏の心が少しだけ開いた。

甘夏は、普段からこの町について疑問に思っていたことをいろいろと訊《き》いてみたくなった。この宮司なら答えを知っているかもしれない。

「このあたりには、お地蔵さんが多いですね。それに、突き当たりの道も、すごく多いような」

「ほう。今の若い子は、そんなことには関心持ちませんけど、よう気ぃつきましたな」

宮司は感心したような顔をした。

「お地蔵さんと、突き当たりの道には、訳があるんです」

宮司は箒《ほうき》とちりとりを傍らに置いて、甘夏の横に腰掛けた。

「話は、戦国時代に遡《さかのぼ》ります」

「戦国時代？」

こんな下町に戦国時代からの歴史があることがまずびっくりだった。

「当時、この玉出一帯は、環濠《かんごう》都市でした」

「カンゴウトシ？」

聞いたことのない言葉だった。

「わかりやすう言うと、水路、つまりお堀に囲まれた町ですな。敵から町を守るためにね」

「敵？　敵って、誰ですか？」

「織田信長《おだのぶなが》です」

「織田信長？」

いきなり甘夏でも知っているビッグネームが出てきて、甘夏はさらに目を丸くした。

「織田信長と石山本願寺《いしやまほんがんじ》との戦《いくさ》がここであったんです。石山本願寺側が、ここに砦《とりで》を築いてたんです」

宮司が平然と答えた。

「お堀の一辺は、およそ四百メートルぐらいですかな。その中に七百五十軒ほどの家があった、と言いますから、けっこう大きな町ですな。東の辺は今の国道26号線から一本東の道。北は、善照寺の北の通り。西の辺は、阪神高速15号堺線の一本東の通り。南の辺は、うちの生根神社の二本南の通り。そやからあの界隈《かいわい》に、ちょっと不自然な道があったり、突き当たりが多いのは、今、言うた道が、昔、お堀で、そこを埋め立てて道にしたからです。町に入るために、御影石でできた八つの橋と門がありました。東に一つ、北に二つ、西に三つ、南に二つです。それぞれの橋のたもとには、地蔵堂が祀られてました」

「地蔵堂？」

「はい。あなたがみつけた地蔵が、それですな」

甘夏は驚いた。

自分が知らず知らずに歩いていた道は、昔、この町の周囲に張り巡らされていた、四角形の水路の跡だったのだ。

「水路は、昭和の初め頃までは、残ってたらしいですな」

甘夏は、もうひとつ訊きたいことがあった。

夏之助の言葉を思い出したのだ。

「こつま」とは、玉出の古い地名や。「勝間」と書いて、「こつま」と読むんや、と、夏之助師匠は教えてくれた。

それも訊いてみることにした。

「たしか、この辺り、昔は、『こつま』って、呼ばれてたんですね」

甘夏は宮司に言った。

「ええ。この辺りは大正時代ぐらいまでは、勝間村《こつま》と呼ばれてました。昔はもっと海が近《ちこ》うてね。住吉《すみよし》を拠点とする人たちの一部が海辺を開拓して移住したのが、勝間村の始まりと言われてます。彼らが、『こつまなんきん』を作ったんです。昔はこの近くの港から船が出た。なんきんは、腐らんから、船に積み込む常備食としては、重宝したんですやろなあ」

「なんで、『勝間』と書いて『こつま』っていうんですか?」

「たしかに珍しい読み方ですなあ。いろんな説がありますが、『勝間』っていうのは、昔は古い妻で『古妻《こつま》』と書いたんです。これは文献にも残ってて、歴史的な事実です」

「『古妻』？」

「ええ。古妻村です。さっきも言いましたように、昔、この集落の西の端は海に面してたんです。そこに港がありました。その港から船に乗って出征した兵士の帰還を、妻たちがこの村で待ちわびてました。愛する人を待ちわびる妻、『古妻の村』があったんで『こつま』。それがのちに『勝間』と転じた、と言われています」

甘夏はなるほど、と思った。

「コンビニの横に、古い地蔵堂があったでしょう。あそこから、もうちょっと西に歩いた先が、もう、海でした。昔は、このあたりからも、海に落ちる綺麗《きれい》な夕日が眺められたんでしょうなあ」

甘夏の頭の中で、コンビニ横の地蔵堂の向こうに紺碧《こんぺき》の海が広がった。

そして、はるか昔、帆に風を受けた船で、この港から出征した兵士たちを待っていた女たちのことを思った。

女たちは西の空に沈む夕日を見ながら、あの地蔵堂の地蔵たちに、愛する男たちの無事を祈ったのかもしれない。

正月になっても夫が帰ってこない部屋で、姿の見えぬ夫に新年の挨拶をしたかもしれない。

待つ女たちの村、「こつま」。

甘夏は、その名前が好きになった。そして、この町が好きになった。

「私は思うんです」

宮司は言った。

「この海辺の町で、帰りを待っていたのは、何も兵士の妻ばかりではなかったと思いますよ。いろんな事情で、ここから出て行った人、姿を消した人たちの帰りを待ってた人がいてたんと違いますやろか。待ち人は、帰って来た人もいれば、帰って来なかった人もいてたでしょう。それでも、人々は、帰りを待った。ここは、『待つ人たちの土地』やったんです」

待つ人たちの土地。

「あなたも、その一人やないですか」

宮司のその言葉に、甘夏は、はっとした。

甘夏は、夏之助のことを思った。

自分は、ずっとこの町で、師匠の帰りを待っている。

「とてもいい話を聞けました。ありがとうございます」

甘夏は宮司に頭を下げた。

「また、なんか、聞きたいことがあったら、訊きに来なさいな」

「はい。そうさせてもらいます」

甘夏は神社を辞した。

頭の中に、ある考えが浮かんでいた。

小夏兄さんと若夏兄さんに、その考えを早く相談したかった。

二人はどう言うだろうか。一番下の弟子の提案に、兄弟子たちは賛同してくれるだろうか。何かにつけて甘夏には反対してくる若夏は、また怒り出すだろうか。

しかし、とにかく、当たって砕けろ、だ。

逸《はや》る心を抱えて、かつて水路だったという『つる』の道を歩いた。

足元から水が流れる音が聞こえるような気がした。

甘夏には、今、はっきりと見えていた。

足元の下に流れる、水の流れが。見えない水の流れが見えていた。

振り返ると、「こつま」の土地を茜《あかね》色に染めていた夕日はすでに道の向こうに落ち、昏《くら》い空に一番星、二番星、三番星と三つの星がきらめいていた。

第九章　深夜寄席

1

春分の日の翌日、松の湯の暖簾《のれん》はいつもより一時間早く、二十三時半に仕舞われた。入れ替わりに銭湯の入り口の路上に、めくり台が置かれた。

めくりには、墨文字で、こう書かれていた。

三夏の会『師匠、死んじゃったかもしれない寄席』
本日　午前零時より開演

「岡本さん、ありがとうございます。岡本さんのおかげで、この日が迎えられました」

甘夏は銭湯の主人の岡本さんに深く頭を下げた。

「礼には及ばんがな。私も楽しみなんや。それにしても、小夏、若夏、甘夏の三人で三夏の会、はええとしても、『師匠、死んじゃったかもしれない寄席』とは、大胆な名前をつけたもんやなあ」

岡本さんがめくりを見ながら呟《つぶや》いた。

「はい。小夏兄さんや若夏兄さんにも賛成してもろて、嬉《うれ》しいです。私、中の準備、手《て》伝《つど》うてきます。あ、三味線の好江《よしえ》師匠、家、近いんで、チャリで向かうって言うてはりました。来やはったら、案内よろしくお願いします」

脱衣場では会場の準備が進んでいた。

大急ぎで濡《ぬ》れた床を掃除し、片付けをして座布団を敷く。

五十枚も敷けばいっぱいになる。

洗い場の入り口に、簡易の高座が取り付けられる。

「準備できました！　開場しまーす！」

小夏が男湯の引き戸を開ける。

「はい！　入場料は千十円でございます。どうぞお入り！」

若夏が呼び込みを始める。甘夏も並んで声を出した。

「どうぞお入り！」

二十三時四十分。最初の客がやってきた。

「あんた、コインランドリーから、今日は、脱衣場？　出世したわね」

ミヤコさんだった。

「ミヤコさん！　来てくれはったんですね！　ありがとうございます！」

「なんなのよ。午前0時からって」

「すみません、遅くて」

「早いわよ。もうちょっと遅くならないの」

「すみません！　楽しんでってください！」

開演五分前。座布団はほぼ埋まった。小夏が出囃子《でばやし》の太鼓を叩《たた》く。好江師匠が三味線を弾く。

開口一番は、甘夏だ。


「えー、本日、三月二十三日、午前0時。記念すべき第一回の『師匠、死んじゃったかもしれない寄席』にようこそのお運び、誠にありがとうございます！　こんな夜中にどれぐらいの方が集まってくれはんのかなあ、とみんなで心配してたんですが、なんと！　用意した座布団の、空いてるとこ以外は満席となりまして、誠にありがたいことでございます。

まあ、それにしましても、この落語会の名前が、『師匠、死んじゃったかもしれない寄席』。これには、ワケがございまして。事の経緯は、皆さん、ご存じやと思いますが、うちの師匠が、昨年の十一月二十三日に、突然、失跡をいたしまして。そのうち帰ってくるやろ、と思てましたら、もう四ヶ月。ほんま、どこ行ったんかなあ、と弟子三人で言うてるんですが、ただただ帰りを待ってても、しゃあない、と。それに、じっとこっちが帰りを待ってるだけやったら、師匠も、ああ見えて、恥ずかしがりなとこありますからね。皆さんもそういうことってありますでしょ？　引っ込みがつかん、出るに出られん、帰るに帰れん、ということが。師匠、もしかして、帰るタイミングを逃して、帰るに帰れんことになってんのと違うかなあ、と。

それやったら、『師匠、死んじゃったかもしれない寄席』ていう名前で落語会を開いてたら、『おいおい！　生きてるがな！』と、突っ込みながら帰ってきやすいんと違うかなあ、と、弟子三人で、ない知恵を絞って一所懸命考えた名前がこれなんです。

あと、なんでこんな夜中やねん？　という疑問をお持ちの方もたくさんいらっしゃると思いますが、これにもワケがございまして。師匠は、この松の湯が大好きでして。それも、午前0時過ぎの、仕舞い湯が好き、という、ヘンな癖がありまして。ちょうどこれぐらいの時間にやっといたら、ふらっとやってくることもあるんと違うかなあ、と。まあ、そんなこんなで、これから、毎月二十三日、師匠が失跡した月命日、と言うてええかどうかわかりませんが、二十二日から日が変わりました毎月二十三日午前0時から、ここ、松の湯で『師匠、死んじゃったかもしれない寄席』を、われわれ弟子三人で開催いたします。師匠が『おいおい！　死んでないがな！　生きてるがな！』と帰ってくるその日まで、末長く、いや、あんまり末長いと困るんですが……。おつきあいのほど、よろしくお願い申し上げます！」

深々と頭を下げた甘夏に大きな拍手が起こった。

「えー、われわれ弟子三人以外に、毎回ゲストをお招きいたします。今夜のゲストは、上方演芸協会会長で、師匠の兄弟子、桂龍杏師匠でございます。そしてこの落語会、毎回、テーマを設けまして、そのテーマに応じたネタを演《や》るという趣向になっております。で、今回のテーマは『待つ』でございます。まつ、というても松竹梅の松、と違います。ウエイト、の『待つ』でございます。

それでは、長々と口上を述べました、私の方から、一席、ご機嫌を伺いまして、おあと、お目当の龍杏師匠へと繋《つな》ぎます」


そのときだった。

「甘夏ちゃん、かわいい!」

男の大声で声がかかった。場違いな声援だった。

甘夏は咄嗟《とっさ》に言葉が出た。

「やっかましいな!」

それで客がどっと笑った。

たしか前にも、同じようなことがあった。そうだ、初舞台の時だ。あの時は、愛想笑いを浮かべて愛嬌《あいきょう》で乗り切った。

しかし今日はそんな気になれなかった。甘夏の中で、あの日と何かが変わっていた。

思い切り小拍子を見台に打ち付けた。

「こんにちは！」

「おお、誰やと思たら、おまはんかいな。こっちィ入り。今日は、なんぞ用事があって来たんか」

「え？　用事？　用事があったら、こんなとこ来てまへんがな。用事してまんがな。用事がないから来たんでんがな」

「えらい言いようやな」


甘夏がかけた演題は、『つる』だった。

ウケている。滑り出しは上々だ。

しかし中には、なんで「待つ」というテーマで『つる』なんだ、という顔をしている客がいる。きっと落語好きに違いない。もっともだ。

それでも大半は、そんなこと御構いなしに笑っている。甘夏にとっては、もう何度も高座にかけているネタだ。初舞台の時のようにトチるなんてあり得ない。

しかし、サゲは、甘夏がオリジナルで考えた、初めて演るサゲだ。

うまく行くだろうか。

「後へさしてメスがやで、おまえ」

「メスが、どないしたんやねん」

「メスは……メスは……飛んで来よれへんかったんや」

「え？　飛んで来よれへんかったん？　それやったらおまえ、オスとメスは、唐土と日本で、生き別れやないかい」

「へえ。そやからメスは唐土《もろこし》で、オスの帰りを、首を長《なご》うして、待っております」

頭を下げた。大きな笑いと拍手が来た。

甘夏は心の中でガッツポーズを取りながら高座を降り、番台の前から女湯の脱衣場に引き上げた。

楽屋となっている女湯の脱衣場入り口に、若夏が立っていた。

「お先に勉強させてもらいました」頭を下げた。

「甘夏、おまえ、なかなか、やるやないか」

「バナナにならんで、済みました」

出囃子とともに、若夏が脱衣箱の前を通って、高座に上がる。

「えー、続きまして、おあと、私、桂夏之助の二番弟子、桂若夏が務めさせていただきます。入門は、先ほど登場しました、甘夏よりも私の方が、ちょうど三ヶ月、早いんです。つまり、私の方が、兄弟子なんでございます。三ヶ月でも、兄弟子は兄弟子なんでございます。ところがあの甘夏は、生意気でしてね。いっぺん、入門したての頃、一緒に喫茶店に行ったことがあるんです。そのときに、一応、私は、兄弟子でございますから、ここは兄弟子の威厳を見せなあかん、と思いまして、説教したこと、あるんです。『甘夏、おまえは、甘いんや！　名前の通りや、考えが、甘い！』そしたら、あいつ、私に、何て言うたと思います？『あんたに言われたないですわ』。こんなこと抜かしよりましてんで。私、兄弟子でっせ！　どない思います！」

客がどっと笑う。

甘夏は男湯と女湯とを仕切る壁の向こうで顔から火が出そうになった。

「私、すぐに夏之助師匠のとこに行って、言うたんです。『師匠！　なんであんなヤツ、弟子に取ったんですか！』そしたら、師匠、ボソっと一言、言いました。『魔が、差したんやなあ』」

また笑いが来る。

「まあ、そんなことがあってから、早いもんで、かれこれ、もう丸三年と少し。歳月というのは、えらいもんですなあ。あんな生意気やった甘夏も、今では、兄さん、と呼んでくれよります。今は、一緒に、師匠の帰りを待つ身でございます。この間も、二人で、言うてたんです。
『甘夏、これからは、小夏兄さんと一緒に、三人で力を合わせて、頑張っていこな。頼りにしてるで』って。
そしたら、甘夏、目に涙をためて、私の手を握って、こんなこと言いよるんです。『兄さん、私、兄さんに、そんな優しい言葉、初めてかけてもらいました。今まで、あんな意地悪やったのに』それは余計やろ。『兄さん、私、嬉しいです。これから、兄さんについて行きます!』嬉しいやないですか。私、心の中で思いました。甘夏、おまえも、成長したなあ。そしたら、そのすぐあとに、『あ、兄さん』って、私を呼ぶんです。『どないしたんや』って聞いたら、『兄さん、その机の上の、私の携帯取って』全然成長しとらんやないかい!』」

笑い声が渦巻く。

「えー、というわけでございまして……。そんな私と甘夏ですが、こう見えても、あいつとは共通点もあるんですよ。今さらこんなことを言うのも口はばったいですが、二人とも、師匠の夏之助の演る落語が、ほんま、好きでして。まあ、それだけであいつとは繋がってるようなもんですが。そんなことで今日は、師匠が演る落語で、私が一番好きな、そして、入門前に、大阪のとある落語会で初めて師匠の落語を聞きまして、入門を決意したという、思い出のネタを演らしてもらおうと思います」


「定吉《さだきち》が帰ったか。こっちへ通しなはれ。……定吉か」

「ただいま戻りました。えらい遅なりましてすんまへん」

「どこへ行てたんや」

「わて、あのォ、旦《だん》さんのお使いで、島之内《しまのうち》の田中屋《たなかや》はんまで行てきましたんやが」

「出て行たんは、あら何時ぐらいやった」

「えー、十時過ぎぐらいでしたやろかな」

「今、何時やえ」

「もう五時前ぐらいかと思いますが」

「ほー。十時過ぎに家を出て五時前まで、船場から島之内まで、なんでそない時間がかかったんや」

「わて、あの……」


『蔵丁稚《でっち》』という噺《はなし》だった。

芝居が何よりも大好きな船場の丁稚、定吉が、旦那さんの用事にかこつけて、道頓堀まで歌舞伎を観に行く。それがバレて、お仕置きに、蔵に閉じ込められる。朝飯を食べたきりで、腹はすく。暗くなってきて心細くなる。蔵の扉はいつ開くかわからない。定吉は、さっきまで観ていた芝居を思い出す。頭の中で再現し、芝居の真似をしだす。そのうち完全に芝居の世界に入り込み、蔵の中に閉じ込められていることも忘れてしまう。そんな噺だ。

若夏が最初に聞いた師匠の噺が『蔵丁稚』だなんて、甘夏は初めて聞いた。しかも、この噺が、一番好きだ、ということも。

噺はサゲに近づく。

定吉は芝居の真似事で蔵の中にあった刀を振り回す。そこへ定吉の様子を心配した女中のお清《きよ》どんが、こっそり蔵をのぞく。刀を振り回す定吉を見て、腹を切るつもりだと勘違いして、慌てて旦那さんに報告する。旦那さんも、きっと腹をすかせ過ぎて、おかしな気を起こしたのに違いない、と、飯びつを用意させ、蔵の戸をガラガラと開ける。飯びつを前へ突き出し、

「ごぜーん」

「蔵の内でか」

「ハハァ」

「待ちかねた」

『忠臣蔵』の「四段目」、判官の腹切りのくだりの台詞《せりふ》をそのまま使ったらうまいサゲだ。

拍手の中、若夏が頭を下げて高座を降り、替わって小夏が高座に上がった。

「えー、おあと、お待ちかねの龍杏師匠の前に、私の方もしばらくの間お付き合い願います。あれは、今年の正月の、松が取れたあたりのことでしたかね。私、夜中に寝てましたら、師匠が、夢に現れましてね」

そう語り出した小夏の話に、客たちが身を乗り出した。

甘夏も驚いた。そんな話は、聞いたことがなかった。

「私、この玉出から、地下鉄で二駅行った、花園町《はなぞのちょう》いうとこに一人で住んでますねんけど、そこに花園商店街いう、ちょっとええ感じの古い商店街がありましてね。そこ、歩いてたんです。そしたら、タバコ屋の角の電柱の陰に、ぼうっと、師匠が立ってますねん。師匠！　こんなとこで、何してますねん！　思わず声、かけました。『おお、小夏、久しぶりやなあ。ちょっと、おまえの顔、見にきたんや。元気にしてるか』涼しい顔で、そんなこと言いますねん。師匠こそ、どないしてますねん。みんな、心配してるんでっせ。はよ、帰ってきとくなはれ！　『まあ、いろいろあってなあ』いろいろあったって、なんでんねん。師匠、帰られへん事情があるんですか？　師匠、黙ってますねん。そこで、私、言いました。師匠、事情は、言えまへんねんな。わかりました。事情は訊《き》きません。事情は訊きませんから、戻ってきてください。とにかく、戻ってきてください！

そしたら、師匠、『うん。わかってる。わかってる。わかってるんや。けどな、タイミングが、難しいてなあ』こんなこと、言わはるんです。わかりました。ほな、戻りやすいようにしときますから、いや、どないしたら戻りやすいんか、それは今は思いつきませんけど、考えますから！　悪いなあ、いろいろ気ィ遣わせて。師匠が笑《わろ》うた、そこで、ハッと目が覚めました。ああ、夢やったんか、と。けったいな夢を見たなあ、と思うた、その日のことです。甘夏に会《お》うたら、私の顔を見るなり、『兄さん、相談があるんです。私、ええこと、思いついたんです』

なんやねん、ええことって。『師匠、死んじゃったかもしれない寄席、やりましょう！　師匠が戻って来やすいように』私、びっくりしましてね。

なんにせよ、そんな事情で、私ら桂夏之助一門の初めての弟子三人の会が、今夜から始まりました。師匠が帰ってきやはるまで、しばらくの間、お付き合いのほど、よろしゅうお頼み申し上げます」

拍手が起こった。

「ほな何ですかいな、甚兵衛《じんべえ》はん。わたしに嫁はん世話しよ、ちゅうことですかいな」

「そうやがな。早いもんやなぁ。お咲《さき》さんが亡くなってから、もう三月《みつき》。おまさん、あのときはもう、腑《ふ》抜《ぬ》けみたいになってもうて、どないなるかと思たけど、まあ元気になってよかったやないか。でまぁ、いつまでも独りではおられんやろし、ちょうどええ話があったもんやさかいな」

演題は『茶漬幽霊』だ。

男の女房、お咲が死の床で、もしあんたが代わりの嫁さんをもらったら、婚礼の夜に化けて出る、と言い残す。男も生涯、別の嫁さんはもらわない、と約束する。しかし町内の甚兵衛はんに強く説得されて断りきれず、後添えをもらう。婚礼の夜、男は新妻のお花《はな》を先に寝かせて、お咲が化けて出るのを待つ。しかし、お咲は現れない。次の日、三日目、十日、ひと月、ふた月……。いつまで待っても現れない。あっという間に三年が過ぎた。

新妻が出かけた家で、男はひとりで茶漬けをすすっていた。

すると、背後にお咲の姿が。「恨めしい。約束が違いますやないか。新しい嫁さん、もらうやなんて」「おまえかて約束が違うがな。婚礼の夜になんで出てこなんだんや。ずっと待ってたんや。三年も経って、何が恨めしいや」お咲は、お棺に納められるとき、成仏するようにと頭を丸坊主に剃《そ》られてしまったので、早く出たかったが恥ずかしくて髪の毛が伸びてくるまで三年待っていたのだ、と言う。

いよいよサゲだ。

「けどな、お咲、なんで真っ昼間の、茶漬け、食うてるときに出てくんねん？　幽霊なんちゅうもんは、草木も眠る丑《うし》三つ時に出てくるから怖いんや。晩に出てこい」

「わたしも晩に出て来たかったんやけど……その時分は、こっちが怖い」


拍手が起こった。

中入りの後、トリに夏之助師匠の兄弟子、桂龍杏師匠が登場し、『立ち切れ線香』を演った。ある日ばったりと店に来なくなった船場の旦那を今か今かと待ち続ける芸者、小糸《こいと》を描いた上方落語屈指の大ネタだ。

龍杏の熱演が客を惹《ひ》きつけ、会はお開きとなった。

時刻はすでに深夜一時半を回っていた。

小夏が締めの口上を述べた。

「本日は、誠にありがとうございました。この後、軽い打ち上げを予定しております。お時間のある方、もしよろしかったら、どうぞご一緒にご参加くださいませ」

2

「龍杏師匠、好江師匠、ありがとうございました！」

打ち上げには参加せず、そのまま帰るという二人を見送って、皆で片付けに取り掛かった。打ち上げには、小夏、若夏、甘夏、銭湯の主人の岡本さん。さすがに午前一時半を過ぎていてはみんな帰るだろうと思ったが、四人のお客さんが残ってくれた。

一人はミヤコさん。あとの三人は、甘夏の知らない人だ。白髪が目立つ初老の男性。甘夏と同じぐらいの年恰好《かっこう》の若い女性。そして、甘夏よりはおそらく年下の、坊主頭の若い男性。

テーブルには、サキイカや柿ピーなどのおつまみと、缶ビール。

「お疲れ様でした！　まあ、皆さん、足を崩して、お気楽に」

小夏の乾杯の音頭で、打ち上げが始まった。

「今夜のお客さんは、四十七人。0時過ぎた深夜の寄席にしては、かなり集まったんと違うかなあ」と小夏。

岡本さんが続けた。

「あの龍杏師匠の『立ち切れ線香』を、まさか、自分の銭湯の脱衣場で聞けるとは、夢にも思てしませんでしたわ。贅沢《ぜいたく》なことです」

たしかにこの夜の龍杏師匠の『立ち切れ線香』は絶品だった。

「それだけでも今日は値打ち、ありました。あ、他の三人のが、要らんかった、言うてるんと違いますよ」

岡本さんが慌てて弁解する。

「いやいやほんまです。今日の木戸賃、千十円のうち、千円は、龍杏師匠」

笑いが起こる。

「けど」

若夏が口を挟んだ。

「龍杏師匠、ちょっと、機嫌悪いように見えましたね」

「何か、気に食わんことでもあったんかな」

「うん。今日はもう遅いさかい、そのまま帰ってもろたけど、師匠には明日、今日の落語会の感想を訊いとくわ。さあ、飲みましょか」

その一言で、また場が和らいだ。

「私はね、若夏さんの噺が、ほんまよかったです」

ノンアルコールの缶ビールを片手に白髪頭の男性が言った。

「え？ ありがとうございます！」

若夏が正座し直して頭を下げた。

「あれは、なんという噺ですか」

「『蔵丁稚』です」

「ああ、『蔵丁稚』いうんですか」

白髪の男が語り出した。

「私ね、個人タクシーの運転手、してるんです。三年前に連れ合いを亡くして、子供二人も、もう家出て行きまして、一人暮らしです。今日の夜中も、お客さん乗せて国道26

号線走ってましたら、そのお客さん、えらい酔うてはりまして、車の中でゲロ吐きましてね。いえ、ようあることですから、どうちゅうことはないんです。とりあえず目的地まで乗せて降ろしてから、玉出《たまで》の西《にし》公園の公衆トイレの水道を借りて車内の清掃したんですけど、どう清掃しても、匂いが残って、今日は商売になりません。体にも、匂いがついてますしね。それで、この銭湯に入りに来たんですわ。そしたら、夜中の0時から、ここで落語会がある、いう貼り紙があるやないですか。私、落語は好きでしてね。今日の仕事はもう仕舞いにして、観ることにしたんですわ」

「そうでしたか。落語、お好きなんですね」

「ええ。深夜に、タクシー走らせてるでしょ。お客さんが手を挙げてくれるんを待ちながら、ずっと走るんです。どんなに走らせても、どんなに待っても、お客さんが手を挙げてくれん時があります。そんな時は、ほんま、この世の中に、自分一人だけが取り残されたんと違うかと、孤独な気持ちになる時があります。で、ある日、ちょっと、気がおかしぃになりかけたとき、たまたまラジオから、落語が流れてきたことがあったんですわ。誰が演ってはったか忘れましたけど、古い感じの録音でした。『道具屋』いう噺でした。面白かったですなあ。その落語を聞いてる間は、自分もその噺の中に居てるんです。嫌なことも、いま、自分が置かれてる状況も、全部、忘れられるんです。そこから、タクシー流しながら、車の中で落語を聞くようになりました。聞いてる間は、全部忘れられる。今日の、若夏さんの『蔵丁稚』も、まさに、そういう噺やないですか。蔵の中に閉じ込められた丁稚が、芝居の真似事を始める。辛《つら》いこと忘れるためにね。私、この丁稚の気持ち、すごい、ようわかるんです」

「ありがとうございます」

若夏は、正座したまま、もう一度、深く頭を下げた。

「さっきも喋《しゃべ》らしてもらいましたけど、僕、師匠のあの噺を聞いて、この師匠に弟子入りしようと思たんです」

「兄さん、今まで三年とちょっと一緒におりましたけど、兄さんからその話、初めて聞きましたわ」

「甘夏。これはな、師匠と僕の、大切なメモリーなんや。そう簡単に、人に話せるか。僕はおまえと違うんじゃ」

「まあまあまあまあ」

小夏がとりなした。

「若夏。僕も初めて聞いたで。『蔵丁稚』。君にとっては、大切な噺なんやな」

「そうです。さっき、タクシーの運転手さん、ええっと……」

「大西《おおにし》、言います」

「はい、大西さんが言いはったんとおんなじです。高校ぐらいまで、あの丁稚の、芝居にあたるもんが、僕にとっては、映画でした。映画を観てたら、その間だけは、辛いことは全部忘れられました。高校出て就職してからも、映画にどっぷりはまってました。

そんなときに、たまたま、師匠の『蔵丁稚』を聞いたんです。僕ね、そのとき、すぐに頭に浮かんだんは、『ライフ・イズ・ビューティフル』っていう、イタリアの映画です。僕の一番好きな映画です」

「ああ、あの映画」

白髪頭の大西さんが相槌《あいづち》を打った。

「ご存じですか」

「ええ。二十年ぐらい前ですか。映画館で観ました。たしか、イタリアのユダヤ人の親子が、強制収容所に入れられるんですな」

「そうです。でもお父さんは、子供を怖がらせないように、これはゲームなんだよって、嘘をつくんです。過酷な状況も、機転を利かせて、子供には楽しいゲームに見えるように振る舞うんです。どんなに辛い状況も、楽しいゲームにしてしまえば、乗り越えられる。そんな映画です。その映画を思い出したんです。僕はその映画に憧《あこが》れて、映画監督になりたいと思たんですけど、なりかたもわからへんし、とても無理です。けど、落語で、あの『ライフ・イズ・ビューティフル』と同じことをやってる。たった一人で、やってる。これやったら、僕でも頑張ったら、できるはずや。そう思たんです。それで、会社を辞めて、落語家になろうと師匠に弟子入りしたんです」

「兄さん！」

甘夏が怒鳴った。

「前に、喫茶店で言うてた話と、全然違いますやん！　あのとき、俺はありとあらゆる噺家の落語を聞いて、夏之助師匠に決めた、言うてましたやん！」

「ああ、あれ。あれは、嘘や」

「嘘って！　それやったら、『宿替え』だけ聞いて弟子入りした私と、同じですやん。私のこと、あんなに甘い、甘いって言うときながら！」

「まああまああまあ、喧嘩《けんか》しな」

　また小夏がとりなした。

「私もあの映画、好きよ」

　ミヤコさんが口を挟んだ。

「若夏さんの『蔵丁稚』も良かったわね。でもね。私、今日、聞いて一番良かったのは、小夏さんが演った噺よ」

「ありがとうございます。あれ、『茶漬幽霊』っていうんです」

「あのお咲さん、泣かせるわ。だって、旦那は、もう後添えをもらって、その女とうまくやってるんでしょ。そんなところに、髪の毛のない姿で出られるもんですか。髪は女の命よ。一番美しい姿で、惚《ほ》れた男のところに現れたいもんよ。それを、あの男は、なんでもっと早く出てこなかったんだって、わかってないわ。でもね、私が一番、ぐっときたのは、そこじゃないの。あのお咲さん、なんでこんな昼間に出てくるんだ、幽霊だったら、草木も眠る丑三つ時に出てこいって、男に言われるでしょ。そこで、夜は、怖いからって答えるじゃない。ここに、ぐっと来るの」

「どうしてですか。僕、このサゲは、正直、あんまりピンとこないんやけど」

若夏が口を挟んだ。

「違うのよ。つまりね。このお咲さんは、幽霊になりきれないの。ほんとうだったら、死んだんだから、出てくるとしたら幽霊よね。そりゃあ夜中に出なきゃ。世間じゃそういうふうに決まってるから。でもお咲さんは、それができない。体は三年で髪の毛が伸びてきても、心は、いつまでたっても幽霊になりきれないのよ。幽霊と人間の境界をさまよってるの。きっと辛いだろうと思うわ。その辛さが私には、よくわかるの」

「ああ、それはいま、言われて、初めて気づきました。僕、そこまで考えてこのネタをやったわけやなかったんですけど、ミヤコさんの心に響いて良かったです」

「結局ね」

ミヤコさんは缶ビールをぐいと呷《あお》ってから、言った。

「みんな、何かを、待ってるのよね。何かが変わるのを、誰かがやってくるのを、自分が変わるのを、待ってるの。結局、変わらないんだ、誰も来ないんだって、心のどこかで思っていても、待ってるの。それが人間だと思うわ。だからあなたたちも、この会を、やってるんでしょ。そうじゃない？」

誰も答えられなかった。

甘夏は逆に訊いてみた。

「ミヤコさんも、何かを、誰かを、待ってるんですか」

「待ってるわよ」

「何をですか？」

「そんなことはね、軽々しく言えないの。誰にも言えずに、ただじっと待つってことが、人間には、あるの。だから、なんとか生きていられるの。でもね、待つっていうのは、簡単じゃないわよ。受け身じゃないの。勇気がいることなの。勇気がないと、人は待てないの」

待つことは、勇気がいること。

自分は、いつまで、師匠を待てるだろうか。

ただひとつ、たしかなことがあった。この落語会を始める前よりも、今の方が、ずっと強い心で、師匠を待つことができる。

甘夏は、さっきからひと言も喋らない二人が気になっていた。甘夏と同じ年恰好の女性と、年下らしい坊主頭の男性だ。

「お二人は、今日の落語会は、どうでした？　感想教えてもらえると嬉しいんやけど」

坊主頭の方は、完全に下を向いてしまった。そして、急に立ち上がったかと思うと、一言も喋らずにそのまま出て行った。

一瞬、空気が気まずくなった。

「もう、二時をだいぶ回ってるんか。そろそろ、お開きにしよか」

小夏の言葉を潮に、解散となった。

「本日は、ありがとうございました」

最後まで残ってくれたタクシー運転手の大西さんと、若い女性に礼を言って見送った。

帰り際に、若い女性が初めて甘夏に向かって口を開いた。

「恵美さん、ひさしぶり」

「え？」

驚いた。女性の顔に見覚えはなかった。どうして彼女は、自分の本名を知っているのだろう？

「レイコです。小学校の、ガクドーで一緒だった」

ああ！　と甘夏は大声を出した。

「レイコ？」

思い出した。いつも黙っていてみんなから相手にされない時に、唯一、話しかけてきて、嘘ばかりついていた、あのレイコだ。ずいぶん大人っぽくなっていて、まったく気づかなかった。

「びっくりした。あんな無口やった恵美が落語家になって、こんな喋ってるんやもん。人間て、変われるんやね。なんか、今日の恵美見て、めっちゃ嬉しかった」

「レイコ、今、どうしてるん？」

「長居公園の近くで、エステサロンやってるねん。ネットで『長居公園』『サロン・

ド・レイコ』で検索したら、すぐ出てくるわ」

「結婚してるの？」

「うん。もう、子供が二人。今日は会えて嬉しかった。また今度、ランチでもしながら、ゆっくり話そ。これから、ずっと応援するね。来月も来るわ」

ありがとう、と言って、レイコと別れた。

「お疲れ様でした！」

岡本さんの声がした。

「はい！　あとの片付けは、私と甘夏さんでやりますから、小夏さん、若夏さんはどうぞお帰りください。お二人とも、歩いて帰らはるんですね。お気をつけて」

そしたら、お言葉に甘えて、と二人は松の湯を辞した。

みんなが帰ったあとの脱衣場が、急に静かになった。

そのとき、やっと、気づいた。


師匠は、帰ってこなかった。

第十章　狐と掏摸

1

甘夏はネットでレイコの店を検索してみた。

「エステサロン」「レイコ」「長居公園」。

何も出てこなかった。

人間て、変われるんやね。昨日、レイコはそう言った。

レイコは、あれから変わったのだろうか。彼女は、また深夜の寄席に来るだろうか。

何食わぬ顔をして、またやってくるような気がした。小学生のとき、どんなに嘘をついても、何食わぬ顔をして、恵美のところにやってきたように。

携帯が鳴った。小夏からだった。

「昨日はお疲れさん。あのな、来月、どんなテーマで演《や》るか、昨日、皆で話しとくの、忘れてたな。どうしようか」

「ええっと、四月の二十二日の深夜ですね」

「そう。正確には、二十三日の深夜0時」

「いい陽気ですね。テーマは、ちょっと思いつかないんですけど、私、来月に演りたいネタがあるんです」

「ほう。何や」

「『宿替え』です。昨日、若夏兄さんが、『蔵丁稚』を演らはったでしょ。それに刺激されて、私も、一番初めに聞いた、師匠の噺《はなし》を演ってみたくなったんです」

「『宿替え』？……」

小夏はそう言ったきり、しばらく黙った。

「師匠の『宿替え』は、ちょっと特別や」

「わかってます」

「おまえに、できるか」

「演りたいんです。師匠の『宿替え』を」

「おまえ、師匠に『宿替え』の稽古《けいこ》、つけてもろたこと、あるんか？」

「いえ、ないです。ずっと稽古つけてもらいたいと思ってました。けど、稽古つけてもらう前に、師匠、おらんようになってしもて。けど、師匠の『宿替え』は、もう、舞台の袖《そで》で何遍も聞いて、全部、頭に入ってます。できると思います」

「そうか。そこまで言うんなら、演ってみぃな。それはそれとして、ほな、テーマは、若夏と相談して決めてええか」

「はい。お任せします」

「それからな。さっき、龍杏師匠のところに、挨拶《あいさつ》に行った。昨日、師匠の機嫌が悪かった理由がわかったで」

甘夏もそのことが気になっていた。

「入場料や。おまえら、なんで入場料を千十円にしたんやと訊《き》かれた。銭湯のシャレです、と答えたら、めちゃくちゃ怒られた」

「なんでですか」

「安すぎる。おまえらそれでもプロかって。わしを呼んでこの値段かって怒ってるんやない。落語会を演るなら、目的がなんであろうと、自分らが食うていく幾らかの足しになるだけの金を取れ。おまえら、ほんまにこれから噺家で食うていく気があるんか。金に芸が追いつかんのなら、歯を食いしばってそれだけ取れる噺家になれ。食える落語家になれ。師匠が帰って来る前に、おまえらが食えんで芸人やめたら、元も子もないやろって」

思いっきり龍杏師匠にほっぺたを叩《たた》かれた気分になった。師匠に帰ってきてほしい、ということだけを考えていた。

「次の会から、入場料は二千円に値上げする。お客さん呼ぶために、深夜にやるのはやめてもっと早い時間にしようかとも思たけど、そこは、踏ん張ろ」

「わかりました。目が覚めました。お客さんに二千円もろても恥ずかしないような落語ができるように、頑張ります」

翌日、小夏からメールがあった。

「四月のテーマは、『春に誘われて』で行きます。春は引っ越しのシーズンやし、『宿替え』も、まあ悪くないと思います。小夏は『東の旅 発端～煮売屋』、若夏は『七度狐』を演ります。頑張りましょう！」

上方落語には、通称『東の旅』と呼ばれる一連の噺がある。喜六と清八が大坂からお伊勢《いせ》参りに行く道中を描いた噺だ。往路、復路を含めて、全部で十三の噺が連なっている。『東の旅 発端～煮売屋』から『七度狐』は、その最初の二つで、ひとつながりの噺だ。つまり小夏と若夏は『東の旅』の始まりをリレーで演じようというわけだ。

この噺の発端に、

「お馴染《なじ》みの喜六と清八、そろそろ時候も良うなったんで、お伊勢参りにでも行こうやないか、とええ加減な者もあったもんで」

というくだりがある。つまり、春の噺なのだ。

小夏のメールは次の一文で締められていた。

「春の陽気に誘われて、師匠もふらっと帰ってきてくれたらええけどなあ」

2

甘夏は松の湯を出て『つる』の道に向かった。

『つる』の道を歩きながら、『宿替え』のネタを繰るのだ。

『宿替え』を演る、と小夏に言ったとき、小夏は、師匠の『宿替え』はちょっと特別や、と言った。おまえにできるか、と。小夏が何を言いたいのかはよくわかる。この噺は、貧乏長屋に住む夫婦の、引っ越し当日の様子を描いたものだ。噺は大きく三場面に分かれる。

今まで住んでいた長屋でおやっさんが荷造りをするシーン。

引っ越し先の新居で、おやっさんが壁に釘《くぎ》を打ち抜いてしまうシーン。

おやっさんが、隣の家に謝りに行くシーン。

一番初めの、おやっさんが荷造りをするシーンが、かなりの分量を占める。しかしここは夫婦で荷造りをしているにもかかわらず、ほとんどおやっさんの一人喋《しゃべ》りで進行するのだ。

もともとの噺では夫婦の会話で進行していたものを、夏之助が大胆にアレンジして、おやっさんのほとんど一人喋りにしてしまった、と聞いている。甘夏が初めて聞いたときもそうなっていた。

女房の存在はあくまでおやっさんの内的世界の人物にして、完全におやっさんにフォーカスを合わせているのだ。そうすることでおやっさんの心情がよりダイレクトに表れておかしみが増す。しかし会話で進行しない分、客を飽きさせないだけの力量がいる。下手に演ると単調になるからだ。しかも、男、の一人喋りだ。女のおまえに、このただでさえ難しい男の独白を、演り切れるか。小夏はそう言いたかったのだ。

しかし、甘夏は、それを演りたかった。オーソドックスに男と女の夫婦の会話で進行する形で演る方が無難かもしれない。おそらくそうだろう。

しかし甘夏は、師匠のスタイルで演りたかった。初めて落語の世界の入り口に立ったときに聞いた、あのスタイルで。

この先、自分は女の落語家として生きていくのだ。この噺ができるかどうかが、その第一の関門のような気がした。

二千円の金を払って、深夜0時に足を運んでくれる客たちを満足させられる落語が、果たしてできるだろうか。不安がよぎった。

その不安を振り払うかのように、甘夏は歩きながら頭の中にある師匠の『宿替え』を喋り出した。

「やかまし言うな、やかまし。口、ばっかりやないか。『宿替え、宿替え』ちゅうて、おまえ、エエ、恰好《かっこう》だけは一人前に姉さんかぶりしてタスキして。恰好と口ではものごとは前へ進まんぞ。な」

調子がいい。うまく行きそうだ。

甘夏は玉出小学校の角を曲がって玉出本通商店街のアーケードを目指した。

3

松の湯の脱衣場に響く笑い声は、一ヶ月前よりかなりまばらだった。

四月二十三日。二度目の『師匠、死んじゃったかもしれない寄席』。

客は二十人ほどで、一回目に比べると半分以下に減った。

一回目は話題性もあったのだろう。マスコミも会のことを記事にしてくれた。しかし考えてみれば深夜0時からの寄席である。終わる頃には公共の交通機関はどこも走っていない。入場料を二千円に値上げした影響もあったはずだ。

開口一番の『東の旅 発端〜煮売屋』を、小夏はいつもの端正な語り口で無難にこなした。笑いは少なかったが、そもそも笑いの多いネタではなく、語り口で聞かせる噺だ。

続いての若夏の『七度狐』は、かなりウケた。若夏は確実に力をつけている。

他の一門の落語会に呼ばれることも多くなった。場数を踏めば踏むほど、やはり噺家はうまくなる。ほぼ同時期に入門した兄弟子の背中は、どんどん小さく遠のいていく。

甘夏は楽屋がわりの女湯の脱衣場で、ウケている若夏を聞いて焦った。

一回目の夜の、若夏の『蔵丁稚』を思い出した。

若夏が、初めて聞いた師匠の『蔵丁稚』を演って、あれだけウケた。

自分も負けたくない。それで今回、『宿替え』を選んだ。

小夏、若夏の高座を受けて、三人目に甘夏が上がった。


しかし、笑いは、来なかった。


「どこぞの世界に我が親、忘れる人がおますかいな!」

「親ぐらいなんでもおまへん。酒を呑《の》んだら我を忘れてしまいます」


サゲを言って頭を下げた。うつむいて高座を降りた。楽屋の女湯脱衣場に戻る途中、トリを務める今夜のゲスト、竹之丞と目が合った。恥ずかしくてまたうつむいた。

竹之丞はマクラを振らずにすぐにネタに入った。


「ええ陽気やな」

「ええ陽気やな」

「ぎょうさん、人が湧いて出よるな」

「湧いて出よる、てな言い方、あるかい」

『天神山』だった。いい陽気になった春、安兵衛《やすべえ》という男が天神山に行く。そこで猟師に捕まった狐を助けて逃がしてやる。するとその夜、人間に化けた狐がやってくる。狐は安兵衛と結婚するのだが、三年の月日が経ったのち、狐であることを世間に悟られて、安兵衛のもとを後にして姿を消す、というストーリーだ。

甘夏は年明けに行われた竹之丞の襲名披露を思い出した。トリで演じた『代書』は見事なもので、客席を爆笑の渦に巻き込んだ。しかし恐れていたとおり、夏之助の失跡は竹之丞の襲名に影を落とした。記者会見で竹之丞に、夏之助の失跡のことを質問する記者がいたのだ。

そのとき、竹之丞は、こう答えた。

「師匠は天神山の狐やったんと違いますか。気候が良うなった春先あたりに天神山を訪ねたら、ひょいと現れるかも」

そして甘夏は、弟子入りしたばかりのときに夏之助から言われた言葉を思い出す。

「おまえにはこの噺を知る前に、まだまだ知らなあかんこと、覚えなあかんことが山ほどある。甘夏、もっと稽古を積め。稽古を積んで積んで、なんとか一人前になったなあ、と思うたときに、教えたる」


その噺を、いま、竹之丞の高座で聞く。

甘夏は竹之丞の『天神山』を一言たりとも聞き逃すまいと耳をすます。

竹之丞は淡々と噺を進める。

客は竹之丞の世界に引き込まれている。

甘夏は竹之丞の噺の途中から、狐が夏之助にダブって仕方なかった。

ひょんなことから三年間を共にした、安兵衛と狐。しかし狐は突然安兵衛のもとから姿を消す。自分は、狐に去られた安兵衛なのだ。

4

その夜も打ち上げがあった。

竹之丞が残ってくれた。あとは小夏、若夏、甘夏。銭湯の主人の岡本さん。

客は誰も残らなかった。

ミヤコさんは客席に姿はあったが「今日は明日が早いから」と帰った。あの無口な坊主頭の若者も来ていたが、帰ったようだ。来月も来る、と言っていたレイコは来なかった。

　そして、夏之助も。

　乾杯の後、小夏が言った。

「竹之丞師匠、お客さんが少のうて申し訳ありませんでした」

「何を言うてんねん。少ない原因は、僕にもあるがな。まあ、もっとどーんと客が呼べる噺家になれるよう、みんなでがんばろや」

　竹之丞のおどけた声で場の空気がほぐれた。

　岡本さんが口火を切った。

「いやあ、それにしても、竹之丞師匠の『天神山』、よかったですなあ。まるで、夏之助師匠が乗り移ったみたいでしたで」

　竹之丞も明るい声で答えた。

「ありがとうございます。夏之助師匠の『天神山』は、『代書』と並んで、大好きな噺なんです」

「あの、安兵衛が、狐を逃がしてやるシーン、泣けますなあ。狐が森へ帰って行くのを、安兵衛が、目線で追うところがあるでしょ。あのときにね、狐が見えるんですよ。聞いている、私らの目にも」

「あの辺りは、夏之助師匠の演出、そのままなんですよ」

甘夏が口を挟んだ。

「見えへんもんを見えるようにするのが、我々の仕事やで。師匠は、よう、そう言うてはりました」

「それは、ほんまによう、言われました」と小夏。

「ほんまは、我々弟子たちが師匠の教えを継承して行かなあかんのですけど、竹之丞師匠にあれだけ上手にやられると、弟子の我々としては、面目ない思いです」

「いや。でも、夏之助師匠のお弟子さんは、みんな、師匠のスピリットを継いでるよ」

「嬉《うれ》しいです。ありがとうございます。けど、まだまだです」

小夏が頭を下げた。

「小夏の『東の旅』も良かったよ。あの『東の旅』の発端のくだりは、笑いが少ないし、難しいとこや。笑い以外の要素で聞かさなあかん。小夏の今日の噺は、風景が、目に浮かんだもんなあ」

「ありがとうございます。僕は、落語の舞台を実際に歩いてみるのが好きでして。あの噺に出てくる玉造《たまつくり》から旧奈良街道を暗《くらがり》峠まで、歩いてみたことあるんですわ。その経験が、僕の噺に反映されてる、というわけではないと思うんですけどね」

「でも、そういうことって、大事やで。僕も、夏之助師匠の『天神山』を聞いて感激して、天神山って、どんなとこかと思って、見に行ったもん。狐には会えんかったけどな」

座が笑いに包まれた。

「そう言うたら、若夏が演ったのも、狐の話やったなあ。『七度狐』。なかなか良かったよ」

「ありがとうございます」

「若夏の噺は、リズムがええ。きっと、耳がええんやな」

若夏はさらに深く頭を下げた。

小夏が話を継ぐ。

「若夏は、最初、訛《なま》りがあったんです」

「兄さん、そんなこと、今、わざわざ言わんでええですやん」

「いや、僕が言いたいのは、若夏には、今、ほとんど訛りがないでしょ。訛りを消して関西弁を使いこなすんはなかなか難しいのに、大したもんです。やっぱり、耳がええんですよね」

「兄さん、もう、よろしいて」

若夏は不機嫌そうに話を制した。

「そして、甘夏やな」

これまで兄弟子の噺を的確に評してきた竹之丞だ。いったい、何と言われるのだろう。

甘夏は背筋を伸ばした。

「まだまだ、やなあ」

その通りなのだ。その通りなのだが、やはり竹之丞のその言葉は甘夏の心をえぐった。

「はい。わかってます」

「ほう、わかってるか」

竹之丞が窺《うかが》うような目つきで言った。

「自分では、どこがまだまだやったと思う?」

「あの噺、やっぱり、女が演るには、難しかったんやと思います」

「女が演るには?」

「はい。あの噺、前半、ほとんど、おやっさんの、一人喋りです。しかも、これやから、女はあかん、みたいな、男目線で。あそこを乗り切るのが……」

「甘夏。これは、言うといたる」

竹之丞の目が真剣だった。

「たしかにおまえが言うてる部分も、あるやろう。けどな、自分の出来が悪かったんを、噺のせいにしたらあかんで。噺が悪いんやない。おまえの力量が足らんかったんや。自分が女や、というせいにするのは、見当違いや。たしかに、女が落語を演るのは、ハンディがある。声が高い。胸が出てる、女が男もんの着物、着て演ってる。聞いた耳、見た目に、いろんな違和感が先に立つ。けどな、それは、力量をあげたらかなりの部分、乗り越えられるもんやと僕は思う。おまえの落語は、まだまだ未熟や。リズムや間、言葉の強弱。まだまだ師匠の『宿替え』に追いついてない。当たりまえやけどな。まずは、そこからや。ただ、甘夏。おまえが技術を身につけたとしても、おまえの場合は、そこがゴールにはならん。それでもなお、女が落語を演る難しさは残るやろう。どうしたら、その『壁』を突き抜けられるか、それを、いつも考えとかなあかんで」

甘夏は言葉がなかった。うつむいていた顔を上げた。目の前の竹之丞が夏之助に見えた。

「ほな、そろそろ、今夜はお開きにしましょか」

小夏が座を締めた。

「ええっと。次回は、五月の二十三日です。あ、そうや。ここでひとつ、報告がありま す。次回の落語会のゲストに、遊楽師匠が、来たいと言うてはります」

「遊楽師匠が？」

遊楽師匠が、来月の『師匠、死んじゃったかもしれない寄席』にやってくるという。昨年の甘夏の暴行事件のきっかけとなった師匠だ。遊楽師匠が南條亭の楽屋で甘夏にセクハラ行為をしたことで起こった事件だ。

もちろん甘夏はすぐに遊楽師匠のところに謝罪に行き、表面上は「一件落着」となっている。しかし、遊楽師匠とその一門には、甘夏に対してわだかまりがあるはずである。さらに、遊楽師匠は夏之助と、ある時期からうまくいってなかった、という噂も聞いている。

そんな遊楽師匠が、なぜ？

「おもろいやないか」

と小夏は言った。

「夏之助師匠に戻ってきてもらうために開いてる寄席に、出たいって言うてくれてはんねや。ぜひ来てもらおうやないか。僕に異存はない。若夏はどうや」

「異存ありません」

「甘夏は？」

「私、嫌です」

甘夏は言い淀《よど》んだ。正直、遊楽師匠の顔を見るのが怖い。

その返事に、一瞬、場の空気が凍った。

「嫌ですけど、遊楽師匠に、女でもおもろい落語ができるところを見せたいです。ぜひ、来てほしいです」

「よっしゃ。決まった。来てもらおう」

小夏が言った。

「テーマは、何にしましょう？」

若夏が訊いた。

「罪を憎んで、人を笑わす」

切り出したのは竹之丞だった。

「罪を憎んで人を憎まず。世間ではそう言うけど、我々は噺家や。笑わしてなんぼや。『犯罪』や『罪』を題材にした噺をして、大いに笑わしたら、どや。甘夏、おまえも、暴行事件を働いた罪滅ぼしに、お客さんを思い切り笑わしたれ。そして遊楽師匠を笑わしたれ。きっと、夏之助師匠も、喜ぶで」

「兄さん、ありがとうございます」

小夏が頭を下げた。

「よっしゃ。来月のテーマは『罪を憎んで、人を笑わす』や。犯罪がらみのネタでお客さんを笑わそう。若夏、甘夏、演るネタを考えとけよ。僕も考えとく。遊楽師匠には、僕から連絡を入れとく」

小夏の一言で打ち上げはお開きになった。

5

小夏と甘夏は、うなぎ屋にいた。

「甘夏、こないして、おまえと二人でうなぎを食べるのは、久しぶりやな」

「はい。初舞台でしくじったあと、小夏兄さんに、うなぎ屋で慰めてもらいました」

「そやったなあ。あの頃は、おまえ、ぴいぴいぴいぴい、よう泣いてたなあ」

「今でも、泣いてます」

「ははは。泣き虫甘夏は健在か。泣け泣け。悲しいときは、大いに泣け」

「兄さん、兄さんは、泣いたことあるんですか」

「え？」

小夏が怪訝《けげん》な顔をした。

「人前でか。ひとりで、か」

「両方です」

「人前で泣くことは、ないなあ。けどな、ひとりでは、泣くこともあるで。夜な、夢を見るんや。夢の中でぼろぼろ泣いてるんや。あんまり泣きすぎて、それで目が覚めるんや。けどな、起きたとき、どんな夢見てたか、皆目思い出せんのや。とにかく、悲しいという感情だけが残ってて、泣いてるんや」

「へえ。そんなことあるんですね。私、夢では泣いたことないです」

「それは、普段から思い切り泣いてるからやろなあ」

小夏は笑った。

「ところで、甘夏。来月、演るネタは決まったか」

「それが、まだなんです。犯罪を扱ったネタでしょ。なかなか、難しいて。悩んでるところです。みんなは、決めはったんですか」

「ああ。おまえ以外は、みんな、決まったで」

「何、演らはるんですか」

「僕はな、『次の御用日』や」

「ああ、『次の御用日』」

ある男が、船場の若い娘に奇声を発して驚かせた罪で裁きにかけられる。お白州で男と奉行の口からその奇声が飛び交うという、バカバカしい噺だ。

「そうや。そういうたら、おまえと初めてうなぎを食べに行った日の後で、一緒に北浜に行ったよな」

「覚えてます」

「高麗橋へ行ったやろ」

「行きました。そのとき、兄さんから、『次の御用日』は、ここが舞台やって聞きました。よう覚えてます。この噺の中の夏の描写は、夏之助師匠の工夫やって」

「うん。その噺や。師匠のための落語会でやるにはふさわしいネタやろ」

そのとおりだ。夏之助が演った夏の噺を、一番弟子の小夏が演るのだ。

「それから、若夏は、『算段の平兵衛《へいべえ》』」

「あれも犯罪がらみの噺ですね」

「そうや。若夏、あいつ、映画、好きやろ。『算段の平兵衛』は、ヒッチコックの『ハリーの災難』ていう映画と、筋立てが似てるらしい」

「私も若夏兄さんからその話、聞いたことあります。若夏兄さんらしいですね。で、遊楽師匠は、何、演らはるんですか」

「遊楽師匠はな、『らくだ』を演りたいって、言うてはる」

「『らくだ』ですか」

らくだは上方落語の中でも屈指の大ネタだ。甘夏のような若手はとても手を出せない。

「けど、あの噺って、犯罪の噺ですか」

「犯罪は表立っては出てこえへん。けど、あの、らくだ、という男は、世間から完全にはみ出して生きてるやろ。貧乏長屋の家賃を何年も踏み倒すわ、家賃の催促に来た家主を羽交い締めにして包丁で脅すわ、近所の乾物屋で毎日ツケで買《こ》うて代金を支払わんわ。やってることを考えたら、まあ、犯罪者といやあ、犯罪者やなあ」

たしかに言われてみればそのとおりだ。

みんな、それぞれ面白そうだ。自分は何を演るべきか。

「まあ、もうちょっと、考えてみ。そろそろ行こか」

小夏が伝票を摑《つか》んで立ち上がった。

甘夏は小夏についてレジに向かう。

「二人、一緒で」

「兄さん、いつもごちそうさまです」

「あ、領収書、もらえますか」

小夏は財布から小銭をつまみながらレジの店員に言う。こういうところは小夏は細かい。千円以下でも必ず領収書をもらう。喫茶店のコーヒー代でも打ち合わせ費として申告のときに必要経費で落ちる、というのだ。

「はい」

店員が手書きで領収書に金額を書く。

「あ」

その手を見て甘夏は小さく呟《つぶや》いた。

「どないしたんや？　忘れ物か」

小夏が訊く。

「いや、違います」

店を出てから、駅まで一緒に歩く道すがら、甘夏は小夏に言った。

「兄さん、さっきの店員の人、左利きやったでしょ」

「え？　そうやった？」

「はい。左手で、字、書いてました」

「それは気づかんかったなあ」

「私、すぐ、気づくんです。子供の頃、左利きやったから」

「え？　甘夏、左利きやったんか」

「父親に無理やり直されたんです。左利きは直した方がええって。私、五月に演るネタ、思いつきました」

「なんや？」

「『一文笛』です」

「ほう『一文笛』か。掏摸《すり》の噺やな」

「はい。掏摸の噺です。私、ええこと、思いついたんです」

6

『一文笛』とは、こんな噺だ。

掏摸の男の名は秀《ひで》という。掏摸仲間では評判の腕利きだ。ある日、駄菓子屋で貧しい長屋の子供が笛を欲しそうにしていたので、盗んでやってこっそり子供の懐に入れてやった。しかし子供は駄菓子屋のばあさんに笛を盗んだと勘違いされ、それを苦にして井戸に身を投げる。秀は自分が盗みを働いたばかりに、と大いに悔やみ、掏摸の命である右手の人差し指と中指を匕首《あいくち》で落としてしまう。

子供はなんとか一命をとりとめたが、手術代に五十円の大金がいるという。秀は強欲な医者の懐から財布をすり、五十円を工面する。「おまえは名人やなあ。右手の人差し指と中指を切り落として、これだけの仕事ができるとは」と感心する兄貴分に、秀は言う。「兄貴、実は、わい、ギッチョやねん」

甘夏はこの噺が好きだった。秀のキャラクターに惹《ひ》かれるのだ。

そして、実は左利きだった、という、サゲ。

どんでん返しのトリックとしても面白いが、甘夏は、ここに秀のキャラクターが集約されている、と思うのだ。

この世の中は、右利きのためにできている。

自動販売機だって、お金を入れるところは全部右だし、改札だって、全部右利き用だ。トイレだって全部右利きの人が使いやすいようにできている。左利きの人がトイレのペーパーホルダーを使うのはとても不便だ。ウォシュレットのボタンだって右側にある。これは男性にはわからない人もいるかもしれないが、ネックレスも右利き社会だ。リング状の金具の右斜め上にツメがついていて、それを右斜め下に下ろすのだが、金具は小さいし、左利きにとっては、すごく難しい作業だ。

左利きの子供は子供の頃、右利きに直されることが多い。

甘夏自身が、子供の頃に左利きから右利きに直された。

昔はもっとそうだったと聞いたことがある。左利きは良くない。縁起が悪い。そんな考えがあったと。筆で字を書くのにも差し障りがある。それに職人の世界の道具はなんでも、右利き用にできている。左利きは、今よりずっと生きづらかったはずだ。

しかし、秀は左利きを直されなかった。

噺の中に、こんなくだりがある。

「わしゃ小さい時分から、あめ玉一個でも、親から買《こ》うてもろた覚えないなあ。菓子が欲しいちゅうたら仕事せえ言われて大きなったんや。俺ら、泥水が骨の髄にまで浸《し》み込んでるわい」

秀は左利きでも直されないような底辺の社会にいたのだ、ということを、左利き、ということで示している。甘夏にはそう思えた。そんな秀に、甘夏はどこか共感するのだ。うなぎ屋のレジで左利きの女性を見かけた瞬間に、この『一文笛』のことを思い出した。そしてぜひ演りたい、と思ったのだ。

いいことを思いついた、というのは、こういうことだ。

「秀」という掏摸を、女に置き換えて演ることはできないか。

女に置き換えることで、「女」であることの「壁」を突き抜けられる。そんな気がした。

思いつくと、早速演ってみたくなった。今、『一文笛』を得意とする噺家が、一人いた。

遊楽師匠だ。

今日は南條亭で出番のはずだ。

甘夏は南條亭に遊楽を訪ねた。楽屋に入ると、あの夜の嫌な思い出が蘇《よみがえ》った。

遊楽師匠は、あの夜と同じ位置に座っていた。

「師匠、おはようございます」

「あ、おはようさん。五月の寄席は、世話になるで。よろしゅう頼むわ」

『師匠、死んじゃったかもしれない寄席』のことは師匠の方から口に出した。

それで少し、気が楽になった。

「こちらこそ、お世話になります。ありがとうございます。それで、師匠、お願いがあるんです」

「お願い？　なんや」

「『一文笛』の稽古、つけてください」

第十一章　らくだ

五月の『師匠、死んじゃったかもしれない寄席』は大入りになった。初回よりも大勢の客が集まったのだ。

「夜中の0時にやる寄席に、これだけ人が集まるやなんて、えらいもんやなあ」

銭湯の主人の岡本さんが言った。

二回目の不入りを反省して、これまで以上にローラー作戦で宣伝を展開した。玉出や岸里《きしのさと》を中心に、人の集まる場所にチラシを置いた。駅前で自らチラシを配った。

そしてやはり、看板に遊楽師匠の名前があるのが大きいのだろう。しかも遊楽師匠の演《や》る演目は、上方落語の中でも屈指の大ネタ、『らくだ』だ。それを聞きたいお客さんがたくさんいるはずだ。そしてこれだけお客さんが集まったのには、もうひとつ理由があった。

甘夏の暴行事件の一件だ。あの暴行事件の発端になったのは、遊楽師匠のセクハラだった。その際、遊楽一門の弟子が、夏之助一門を侮蔑《ぶべつ》するような言葉を吐いた。それが後になってメディアに知れていた。そんな因縁のある遊楽師匠が、夏之助の一門会に出るのだ。

また何かひと騒動起こるのではないか、と、あのときの記者が記事にしたのだ。

勝手に騒げ。それが甘夏の本音だった。

今日、自分が演る『一文笛』が、遊楽師匠に稽古《けいこ》をつけてもらったものだ、と知ったら、あの記者はどうするだろう。もちろんそのことを甘夏は口外するつもりはなかった。

今回の開口一番は若夏だった。

『算段の平兵衛』だ。

「えー、とある大坂近郊の農村に、『算段の平兵衛』という異名をとった男がおりまして……」

あれはまだ師匠が失跡する前のことだった。甘夏は何かの打ち上げで酔って機嫌のいい若夏から、『算段の平兵衛』の話を聞いたことがある。

「甘夏、『算段の平兵衛』、知ってるか。あれは面白い噺《はなし》やで。平兵衛ちゅう男は、世渡り上手で要領のええ男や。ある時、金に困って、庄屋《しょうや》相手に美人局《つつもたせ》を仕掛けるんやが、過って庄屋を撲殺してしまう。平兵衛は悪いやっちゃで。死体を庄屋の家に運んで首を吊《つ》ったように見せかけるんや。その上、何も知らんと世間体を気にしておたおたする庄屋の女房に、死体を処理したる、と請け負ってまんまと二十五両をせしめる。今度は庄屋の死体を隣村の盆踊りの会場に運んで、隣村の連中が過って殴り殺した、と思わせるんや。連中もまた平兵衛のところに二十五両持って相談にやってくる。それも引き受けて、本人が過って落ちたように死体を崖《がけ》から突き落として、一件落着。と、思いきや……」

若夏は、そこまでを一気に語ってビールを呷《あお》った。

「とまあ、ほんまにようできた、クライムストーリーや。で、この噺は な、ヒッチコックの『ハリーの災難』にそっくりなんや。ある小さな村で、ハリーという男の死体が見つかる。自分がハリーを殺してしもたんやないか、と思うてる奴らがおって、保身のためにハリーの死体を埋めたり掘り起こしたり……。そうこうするうちに村の保安官が乗り出して、事態は意外な展開へ……」

たしかに、若夏の話を聞くと、展開がそっくりだった。

ヒッチコックの名前は甘夏でも知っていた。サスペンス映画で有名な監督だ。ヒッチコックが落語を知っていたはずはないから、偶然、ストーリーが似たのだろう。ヒッチコックが作ったサスペンスに匹敵するだけの噺が、ずっと昔から落語にはあったということが、甘夏には誇らしく思えた。

しかし甘夏の心に一番強く残っているのは、そこではなかった。その打ち上げの席に一緒にいた、夏之助師匠の言葉だった。

「『算段の平兵衛』、あの噺、たしかに、おもろいんやけどなあ、サゲが、できの悪いダジャレやろ。まったくおもろないんや。そやから僕も、サゲの前で、

『この後、按摩《あんま》が登場しまして、平兵衛を強請《ゆす》り、もうひと騒動起こります。おなじみ、算段の平兵衛という噺でございます』

と、先の展開に期待を持たしたところで終わるんや。けどなあ、自分ではまったく納得してないんや。なんか、ええサゲが思いついたら、ええんやが……」


あれから一年以上が経った。

今回『算段の平兵衛』を演る、と決めた若夏は、こう言っていた。

「僕は、あのとき、師匠が言わはった気持ちがようわかる。今まで散々悪事を働いてきた平兵衛が、最後に、目の見えへん按摩に強請られる。この展開は、ものすごい面白いんや。けど、本来のサゲが面白ないから、みんな、按摩のエピソード自体を落として切り上げる。それがもったいないと思うんや。そやから僕は、師匠が思いつかんかった、『算段の平兵衛』の、新しいサゲを考えたいんや。師匠が聞いても、納得してもらえるようなサゲを」

甘夏は、それが楽しみだった。

いったい、若夏は、この噺に、どんなサゲをつけるのか……。

若夏の『算段の平兵衛』はいい感じで進んでいる。

そして、いよいよ、サゲに近づいた。按摩が登場して、平兵衛を強請る。

「平兵衛はん、ちょっと、融通してえな」

「なんやねん、またかいな」

「なあ、あんたとこは、景気、良《え》えんやろう」

スネに傷持つ平兵衛は気色悪いもんやさかい、一分やり、二分やり、ちょいちょい、ちょいちょい小遣いとられてる。びっくりしたのは近所の連中で……。

「おい、あの按摩の徳《とく》さんちゅうのは、平兵衛のところへ来て、ゴジャゴジャ、ゴジャゴジャ言うては小遣い持って行くで」

「そやけど、あの算段の平兵衛からまだむしる奴がいてるか。上には上がおるもんやなあ」

「それにしてもあの徳さん、平兵衛を、なんであんな良え金づるにできるんや」

さあ、どう落とすのか。

「そりゃあ、そうやで。徳さんは、按摩やがな。平兵衛の、痛いところが、分かるんやろ」

拍手が起こった。

客が満足しているのが分かる、大きな拍手だった。

やったな。若夏。甘夏もまた、思わず拍手を送った。

楽屋がわりの女湯脱衣場に戻ってきた若夏に、甘夏は言った。

「兄さん、よかったです」

若夏は、ぽつりと言った。

「まだ、納得は行ってないねけどな。このサゲを、夏之助師匠が、どう言うか、聞きたいなあ」

甘夏は楽屋がわりの女湯脱衣場から男湯脱衣場の客席を見渡した。

師匠の姿は、なかった。


次に上がったのは小夏だった。

演題は『次の御用日』だ。


えー、また古い噺を聞いていただきます。これは夏のお噺ですが、船場の昔の商家の、夏のお昼すぎぐらいのお噺で……。

「常吉《つねきち》、常吉はどうしてますな」

「今、あのォ、お昼のご膳《ぜん》をいただいとおります」

「これ、他の子供はもうとうに済まして店へ出てるのに、そちゃいつまで御飯を食べてるねん」

「わて、佐賀屋《さがや》はんへお使いに行とおりまして、遅なりましたんで。一番べべちゃに御飯食べだしたんで、ほいで一番べべちゃになっとりますのん」

甘夏は、この「べべちゃ」という言葉が好きだった。「べべちゃ」とは、大阪弁の「べべた」「べった」が訛《なま》ったもので、「どんじり」「おしまい」の意味だ。そんな古い大阪弁に惹《ひ》かれるのだ。「けったい」「ねちこい」「えげつない」「なんぎやなあ」。好きな大阪弁はたくさんある。

小夏は『次の御用日』を無難にこなす。

「夏のこってございます。昼下がり、人通りの途絶えた道。往来の砂がキラキラキラキラ、小さな光の鼓笛隊が今まさに横切った、そんな不思議な心持ちのする昼下がりです」

夏の往来の描写を、夏之助の描写の通りに演じていた。

高座に、見えない夏之助がいるような気がした。

「アッ！……アッ！……ああ……、一同の者、次の御用日を待てい」

サゲを言って頭を下げた。いよいよ甘夏の出番だ。

「師匠、お先に勉強させてもらいます」

楽屋がわりの女湯脱衣場にいる遊楽師匠に深く礼をして挨拶《あいさつ》した。

マッサージチェアに座っていた遊楽師匠は目をつぶったまま、

「おう、思い切り演ってこい」

と言った。

遊楽師匠は、自分の『一文笛』を聞いて、どう思うだろうか。

『一文笛』の稽古をつけてほしいと頼みに行ったとき、遊楽師匠は、こう言った。

「甘夏、おまえに『一文笛』は、まだ早い」

甘夏は食い下がった。

「わかってます。けど、どうしても演りたいんです。お願いします。稽古つけてください」

「甘夏、おまえも、よう知っとると思うけどな、わしは、女の落語家は、認めてない。女に落語は、土台無理やと思てる人間や。そんな人間に、おまえは、稽古つけてほしいと頼みに来た。ええ度胸しとるやないか。その度胸を買《こ》うて、おまえに『一文笛』の稽古、つけたろ。ただし、今回、一回きりやぞ」

「ありがとうございます」

そうしてつけてもらった稽古だ。

師匠は、これから自分の演る『一文笛』を聞いて、激怒するのではないか。

甘夏は、遊楽師匠に稽古をつけてもらった『一文笛』を、設定をまるで変えて演ろうとしているのだった。

主人公の掏摸《すり》の「秀」を、男から女に変える。つまり、女掏摸師、「お秀」だ。


「ちょっと、旦《だん》さん、ちょっと旦さん」

「私ですかいな」

「へえ。突然お声をかけて、えらい相済まんことで。堪忍しとくれやっしゃ。いえ、実は、ちょっと、あんさんに、折り入ってお願いしたいことがございまして」

「何でございまっしゃろ」

「立ち話も、なんでおます。決してお手間はとらせませんよって、ちょっとそこの茶店まで、お付き合い願えませんやろか。へえ。じきに済むことで。お手間は取らせません。……どうぞ、どうぞ、そこへお掛けやす。あ、お婆さん、甘酒二つ、持って来とくれやす。

えらい、見ず知らずの女が、道の真ん中で突然呼び止めまして、さぞびっくりしはりましたやろ。気色悪い女やなあ、て。ほんま、申し訳ないことでございます。どうぞ、訳を聞いておくれやす」

お秀は男に訳を話す。私は掏摸で、あなたの腰につけたタバコ入れをすってやろうとずっと後をつけてきたが、まったく隙がない。すってみせると大見得を切ってしまった仲間への面目を保つために、こっそり売ってはくれないだろうか。それを聞いて悪い気はしない男は喜んでタバコ入れを売るが、お秀と別れた後に懐の財布がないのに気づく。お秀はすりにくいタバコ入れをすりやすい財布に代えて、まんまと手に入れたのだった。

なんといってもこの導入が見事だ。

客は甘夏の噺の中に引き込まれている。滑り出しは上々だ。

掏摸師が女であることの違和感はないはずだ。いや、むしろ、ここは女性である方が、男を茶店に誘い出すのは自然にさえ見える。女の方が、男のスケベ心をくすぐりやすい。

女湯の脱衣場から、遊楽師匠が顔を出したのが見えた。

甘夏が噺をアレンジしてやっているのに気づいたのだろう。

男湯の脱衣場の一番後ろに仁王立ちして、腕組みをしながら甘夏の噺を聞いている。

甘夏はかまわず、「秀」ならぬ、女掏摸師、「お秀」の噺を続けた。

そして噺は意外な展開となる。

自分の仕事の流儀を得意げに若い衆に吹聴していると、兄貴分がやってくる。

「お秀、えらい、売り出してるやないか」

「ああ、兄《あに》さん」

「兄さん、てなこと言わんといてくれ、もうとっくに足洗《あろ》うて、今では堅気や。お仲間扱いは堪忍やで。しかし、えらい女やな、おまえ。俺、あっちで聞いてて感心したがな、惜しい女や。それだけの才覚を、良《え》え方に使《つこ》うたら……」

兄貴分が、お秀の才覚をみて、足を洗うように諭すくだりだ。しかしお秀は極貧に育った我が身を語って今さらどうしょうもない、悪いとはわかっていてもやめられないと語る。

客が噺に引き込まれているのが高座の甘夏からもよくわかった。

しかしここからが肝心だ。

お秀は兄貴分から、貧しい長屋の子供を不憫《ふびん》に思って一文笛を盗んでやったことが原因となって、その子供が井戸に身を投げて生死の境をさまよっていることを聞かされる。

噺の大きなヤマ場だ。

「兄さん、すみません」

「俺に謝ったかてしゃあないやないかい。この子が死んだら、おまえ、親にどない言うて申し訳する気や」

「堪忍してください」

懐へ左手が入ったかと思うとすっと抜き出してきた匕首《あいくち》、右手の人差し指とたかたか指と二本を敷居の上へのせたと思うと、ポーン。

「何をするねん」

「わたい、今日から掏摸やめます」

掏摸には欠かせない二本の指を詰めて、今日から堅気になると誓うお秀。

会場が、しーんとなった。

ここから、噺は急転直下だ。

子供の一命は取り留めたが、腕はいいが強欲な医者は、手術代の前金、五十円を払わねば手術を請け負わない。そこで堅気になったはずのお秀が、五十円を用意してくる。

「これを使ったっておくれやす」こんな大金どないしたんやと訊《き》くと、強欲な医者の懐からすってきたという。

「しかし、おまえは名人やなあ。この指二本飛ばして、ようこれだけの仕事がでけたなあ」

「兄さん、実は、わたい、ギッチョでしてん」

湿った拍手が起こった。

客は、明らかに戸惑っている。

どこが悪かったのだろう。

甘夏は不本意な気持ちで高座を降りた。

いよいよ次は遊楽師匠の出番だ。ゆっくりと高座に向かう。

「お先に勉強させてもらいました」

頭を下げた甘夏と目を合わさなかった。やはり怒っているのだろうか。

甘夏は、遊楽師匠がマクラで何を喋《しゃべ》るかに注目した。

「えー、本日は、『桂夏之助死んじゃったかもしれない寄席』、ご来場、誠にありがとうございます。夏之助一門、そして、桂夏之助になりかわりまして、厚く御礼申し上げます」

大きな拍手が起こった。

「本日は、ありがたくも、トリを務めさせていただくんですが、私と、夏之助一門の騒動の一件はご存じの方も多うございましょう」

甘夏は固唾《かたず》を呑《の》んだ。

「そんなおまえが、なんでここに居てんねん、とお思いの方もいらっしゃるでしょう。実は、五月のこの会に、呼んでくれ、と頼んだのは、私の方なんです」

お客さんの誰もが遊楽師匠の一言一句に注目している。

遊楽師匠は、長過ぎる間を置いて、こう言った。

「実は、私、夏之助のことが、大嫌いでして」

客席の空気が張り詰めた。

「あれだけのイケメンでっしゃろ。女性にはモテる。おまけに独身でっせ。その上に、噺は面白いんです。こんな理不尽なことはおまへんやないか」

笑いが起こった。

「イケメンで女にはモテる。けど、噺はおもろない。これやったら、分かるんです。噺はおもろい。けど、女にはモテん。これは、もっと分かるんです。私をはじめ、そんな奴は山ほどおりますさかい。けど、あいつは、噺家の分際で、女にモテて、噺がおもろい。これがムカつくんです。私ね、いっぺん、あいつに言うたことがあるんです。

『夏之助、おまえ、噺家、やめ！』

『兄《にい》さん、なんでですか？』

『おまえは、噺家に、向いてない！』

『え？　どこが向いてませんか？』

『その面《ツラ》や』

『ツラ？』

『そうや。おまえの面は、整いすぎや。そんな綺麗《きれい》な顔の噺家が落語やってもな、客は笑わん』

『なんでですか』

『なんでて、そうやないかい！　イケメンがアホヅラ装って笑わしにかかったって、鼻につくだけやないかい』

『兄さん、そんなん言わんといてください。僕、落語、好きなんです』

『なんぼ好きやかて、向いてないもんは向いてない！　恨むんやったら、おまえ、母親似か父親似か知らんけど、そんな綺麗な顔に産んだ、親を恨め！』

そう、言うたりました。そしたら、夏之助、なんて言うたと思います？」

客が身を乗り出した。甘夏も身を乗り出した。

「『兄さん、僕は母親似らしいです。けど、母親の顔、一回も見たことありません。僕を産んですぐに、僕を置いて別の男と逃げたんですわ。師匠に言われんでも、親のことは恨んでます』

私、二の句が継げませんでしたわ。と言いますのも、実は私も、似たような境遇でね。人を笑かさなあかん高座で、こんな湿っぽい話すんのはどうかと思いますけど、今夜は、もう0時過ぎてますし、まあ、ええでっしゃろ。それから、夏之助は、こう言いました。

『顔のことは、もう自分ではどうにもなりません。けど、噺の上手《うま》い、下手は、努力次第で、なんとかなります。なんとかなると信じてます。人を笑わせる落語家に、きっとなりますから、遊楽兄さん、どうか、見といてください』

結果は、皆さん、もう、ご存じでっしゃろ。あいつは、それをやりよったんです。人を笑わせる落語家になりよったんです」

甘夏の胸に熱いものが込み上げてきた。

「夏之助、おまえ、どこ行ったんや」

遊楽は、客ではなく、宙に語りかけるように呟《つぶや》いた。

「夏之助、もし、まだどこかで生きてるんやとしたら、おまえ、それはおまえが言うたことと違うやないか。おまえはわしに、おまえを置いてどこかに行った母親を恨んでる言うてたやないか。おまえには弟子が三人、いてる。その弟子は、おまえの子供同然や。その弟子を置いてどこかに行ったとしたら、おまえは、おまえの母親と同じことをしてるんやないか。

子供のために、帰って来たれよ。

それから、夏之助。もし、おまえが、もう死んでんねやったら、それは、もう、しゃあないな。この寄席は、『師匠、死んじゃったかもしれない寄席』という名前やけど、おまえがいつでもここに帰ってこれるように開いてる寄席や。けど、もう、おまえが死んで、おらんのやったら、もう待ってても、しゃあないな。

夏之助、おまえは、勝手なやっちゃなあ。今日は、おまえのために、この噺をやるで」

そう言って、遊楽師匠は『らくだ』を始めた。

「……おい、らくゥ、らくだァ、留守かいな、オイ、居やがれへんのかい。何じゃこんなとこに寝てけつかる。らくだ、おい、起きんかい、らくだ……、アッ、こら寝てよるっのと違うで。死んでよるのやがな。はあ、このへんふぐのアラだらけや。どこぞで腐ったふぐを貰《もろ》うて来て喰《くろ》うたんや。それで中《あた》って死にやがったんや。しかし、こいつは、親も兄弟も何もない、ほんまの独り者やがナ。……さしずめ、兄弟分の俺が葬礼《そうれん》をしてやらにゃ仕方がない。それにしても、えらい時に死にやがったもんやナ、折悪う、負け続けで一文の銭もあらへん。と言うてこのまま放ッとく訳にも行かず、困ったもんやナ」

「屑《くず》ーは、たまってまへんか。屑ー、紙屑」

「ア、ええ所へ屑屋が来よった、オイ屑屋ッ」

甘夏は遊楽師匠の『らくだ』を固唾を呑んで聞いた。客もしんとして噺の世界に引き込まれている。

「へーイ、お呼びになりましたのは、どこさんで」

らくだを訪ねて来たのは兄弟分の脳天《のうてん》の熊五郎《くまごろう》。部屋で死んでいたらくだの葬式をなんとか出してやろうと、たまたま長屋の前を通りがかった紙屑屋を使い走りにして葬式の準備をしようとする。しかし長屋の連中は嫌われ者のらくだが死んだと聞いて大喜びする。災難なのは紙屑屋だ。早く仕事に戻りたいのに家主のところへ行って酒と肴《さかな》をもろうて来い、漬物屋へ行って、らくだを入れる棺桶《かんおけ》がわりの樽《たる》をもろうて来い、と、熊五郎にあれやこれやアゴで使われる。紙屑屋は脅されて泣きながらも熊五郎の言いなりになるしかない。

やっと役目が終わり、そそくさと帰ろうとする紙屑屋に、熊五郎が無理やり酒を飲ませたところ……。

「だ、大丈夫、大丈夫。三杯や五杯の酒には、酔いやしまへん。実はね、恥を言わぬと解りまへんが、私も、根からの紙屑屋やおまへんねん。こう見えても、昔は、島之内の方で、使用人の三、四人も使うた、小間物屋の、主人《あるじ》でしてん。それがねぇ……」

紙屑屋は酒を飲むほどに、だんだんと自分の人生を語り出す。

ここから噺が大きく転調する。

紙屑屋はどんどん強気になっていき、やがて熊五郎と紙屑屋の立場が逆転。

今度は紙屑屋が、熊五郎をアゴで使うようになる。そして、いよいよ、らくだの出棺だ。そこで紙屑屋は、

「どうせ人足雇うような銭はないのやろ。俺もついて行ったる。コラァ、熊五郎！　何をぼうっと突っ立っとんねん！　そのカンヌキをこう通して、おまえが先を担げ。俺が

あとを、担いだる」

外に出る。らくだを嫌っていた長屋の連中は戸を閉めて誰も出てこない。

「誰も出てこんか……そうか……。悪い奴でも死んだら仏や。罪はない。そうと違うか。……それやったら、熊五郎。わしらだけでも、カラッと陽気にらくだを送り出したろうやないか」

紙屑屋はそう言って、熊五郎と二人で死骸《しがい》を入れた棺桶を担ぎ出して焼き場まで運ぶ。

「さあ担げ、担げ。どっこいしょっと。陽気に行くで！　アアコラコラコラと。ヤーとこせ、ヨーイやな、葬礼《そうれん》や、葬礼や。らくだの、葬礼や。葬礼や、葬礼や。らくだの、葬礼や」

甘夏は、いつもこのくだりで、泣いてしまう。なぜだかわからないのだが、涙が溢《あふ》れて止まらなくなるのだ。

遊楽は、陽気にらくだを送り出す。

甘夏の目に、千日前の焼き場へ向かう熊五郎と紙屑屋の姿が浮かぶ。

その後ろ姿が、もう甘夏には涙で滲《にじ》んで見えなくなる。


「ここはどこじゃ」

「千日の火屋じゃがな」

「ヒヤでもかまわん、もう一杯」


遊楽師匠がサゲをつけて頭を下げた。大きな拍手が起こる。

気がつけば、一時間を超える熱演。時計は午前二時を回っていた。

しかし途中で誰も席を立たなかった。

「えー、本日は誠にありがとうございました。どうぞお気をつけてお帰りくださいませ。なお、本日は時間も遅うございますので、打ち上げはございません。来月のご来場を、心よりお待ちいたしております。ありがとうございました」

若夏が客を追い出す。

「遊楽師匠、ありがとうございました。お車、呼んでございます」

「ありがとうございました！」

小夏と甘夏が頭を下げた。

「おいおい、ビールの一杯も飲まさんと帰らすんかい。ヒヤでもかまわんから、一杯ぐらい飲ませて帰せ」

遊楽の一言で、演者だけの簡単な打ち上げが始まった。

「師匠、今日は、ほんまにありがとうございました」

「ご苦労はん。いや、感謝せなあかんのは、わしの方やで。よう、呼んでくれたな」

「師匠の『らくだ』が聞けて、感激です」

小夏が言った。

「そういやあ、夏之助は、『らくだ』、演りよらんなあ」

「私、夏之助師匠に、訊いたことあるんです。なんで師匠は『らくだ』、演りはらへんのですか？　って。そしたら、言いはりました。『らくだ』は、遊楽師匠のが、あるやないか。あの『らくだ』を聞いたら、もう、僕は、よう演らんって」

「そんなこと言いよったんか。ふん、なにも遠慮せんかて、ええのにな」

遊楽がぐいと缶ビールをあおった。

「もともと、あの『らくだ』という噺はな、熊五郎と紙屑屋の立場が酒を飲むことで入れ替わる、いうだけの軽い噺やったんや。それを紙屑屋が酒を飲みながら人生を語り出すという工夫をつけたんが、明治の終わり頃に京都の寄席で活躍した四代目桂文吾《ぶんご》という人や。あの紙屑屋はな、ただの通りすがりの人物や。そんな通りすがりの人物にも、人生がある。当たり前のことなんやが、そこにスポットを当てたことで、この噺が大ネタになった」

「モブキャラですね」

甘夏が口を挟んだ。

「モブキャラ？」

「アニメやゲームで使われる言葉です。役名もないような、地味な通行人役や脇役のことを言うんです。あの『千《せん》と千尋《ちひろ》の神隠し』のカオナシも、後半すごく重要な役どころになりますけど、最初は、ただの橋の上を歩く通行人、つまりモブキャラですもんね」

「おお、そうか。それやったら、この紙屑屋も最初はまさにモブキャラやな。なんせ、この紙屑屋、名前で呼ばれることは一回も無《の》うて、最後まで『紙屑屋』やもんなあ」

明治の落語にもモブキャラはいた。そして、そのモブキャラにスポットを当てた噺家がいた。やっぱり落語ってすごいと甘夏は思った。

「ええ噺は、みんな演りたがるんや。文吾の『らくだ』に心酔したんが、東京落語の三代目の柳家小《やなぎやこ》さんや。三代目小さんといえば、あの夏目漱石《なつめそうせき》が、何かの小説の中で『小さんと同じ時代に生きている我々は幸せ者』とまで書いてる名人や。その名人が、文吾に口伝で『らくだ』を教えてもろうて、東京で演ってた。もちろん上方にもこの文吾の『らくだ』を崇拝してた噺家がおった。それぞれ工夫が加えられて、今の『らくだ』がある。わしも、後半は、自分の工夫を入れてる。

わしがこの噺に惹かれるのはな、誰からも嫌われて葬式さえ出してもらえんらくだを、最後は紙屑屋が葬ってやろうとするとこや。ここにグッとくるねん。紙屑屋は、これまで荒くれ者のらくだに散々な目に遭わされてきたから、死んだとわかってからもなるべく関わり合いになりたないと思ってたんやけど、らくだが死んでさえも誰にも相手にされへんことを知って、らくだは自分と同じやと気付くんやな。つまり社会の底辺で、世間では上手に要領よく生きていけん、そして最後は誰からも顧みられずに死んでいく。紙屑屋はらくだの中に、自分を見たんや。そやから、わしは、紙屑屋のそんな心情が出るように演ってる」

そうか。そういうことだったのか。

遊楽師匠の今の言葉で、甘夏は、なぜいつも、あの最後に紙屑屋が陽気にらくだを送り出すシーンで泣いてしまうのか、わかったような気がした。

「これはあくまでわしの『らくだ』や。さあ、夏之助が演ったら、どんな『らくだ』になったやろうな」

聞いてみたい。夏之助の『らくだ』を。

「おい、甘夏」

甘夏は遊楽に突然呼びかけられて心臓が飛び出しそうになった。

「はい！」

「おまえの、今日の『一文笛』や。演ってみて、どうやった？　お客さんの反応は？」

「はい……正直言うて、あんまり伝わってなかったと思います」

「あの秀を、女に替えて演ってたな」

「すみません。稽古つけてもらいながら、勝手に替えて」

「それは、かまへん。かまへんけどな、なんで替えた？」

「女が落語を演るときに、男を演るよりも、女を演る方が自然にできると思たんです。それにあの秀は、女でもハマると思いました。むしろ女の方が魅力的になるんと違うか、と」

「ところが、結果は、そうはならんかった」

「はい」

「もちろん、根本に、おまえの力不足がある。けど、それだけやない、お客さんはおまえの『お秀』に、違和感を持った。設定を男から女に替える、ということは、何も言葉遣いや仕草を女に変えたらええだけやない。そんな表面的なことやない。そうするならそうするで、細かいところを全部変えて行かなあかんのや。それは、そう簡単なことやないで」

　甘夏はうなだれながら遊楽の言葉を聞いた。

「決定的なんは、改心しようとして、指を詰めるシーンや。たとえ極道、外道の世界であっても、女が、指を詰めたりするるか？　実際の世界でどうかは、関係ないで。大事なんは、お客さんがそこにリアリティを感じるかどうか、や。落語にはな、リアルでない嘘の描写がいっぱいある。けど、客はそれを嘘やとは思わんと受け入れて観る。それが、リアリティというもんや。逆にリアリティを損なうと、客は一気に落語の世界から現実の世界に引き戻されて、醒《さ》めてしまう。今日のおまえの『一文笛』が、そうや。百歩譲って、あのお秀が指を詰めるとするなら、ああこの女は、女であってもこういうときには指を詰めてしまう女なんやな、と客に思わさんとあかん。そう思わせるためには、それまでのお秀のすべての言葉、行いを、その行動に矛盾がないよう、描いとかんとあかん。しかし、おまえの今日の『一文笛』には、そんな工夫が、まるでなかった。そやから、客は、離れた」

言われる通りなのだ。自分の一番痛いところを錐《きり》で突かれている気分だった。

「甘夏」

遊楽は諭すように言った。

「わしはな、女は落語家に向いてないと思うてる。今でも、そう思うてるで。今言うたような工夫を、すべて自分一人でやって行かなあかんからや。男が培ってきた伝統に頼ることができきんねや。それは、生半可なことやない。けどな、甘夏、それでも演るんなら、演ってみい。ただし、逃げるな。女であることに逃げるな。おまえが女であろうとなかろうと、あの『秀』を、きっちりと、演じるようになってみい。話は、そこからや」

「師匠、ありがとうございました」

「タクシーの運転手さんを、あんまり待たしたらかわいそうやから、わしはそろそろ帰るで」

「師匠」

席を立った遊楽を呼び止めたのは若夏だった。

『らくだ』を、ありがとうございました。師匠の『らくだ』の中に、僕は、夏之助師匠と遊楽師匠の姿を見ました」

「若夏、気恥ずかしいことを言うなよ。けどまあ、そう言うてくれて、嬉《うれ》しいわ。おおきに。今日の『らくだ』は、わしから、夏之助への、弔辞みたいなもんや。最後に、縁起の悪いことを言うて、悪かったな。ところで、おまえら」

遊楽師匠が、小夏、若夏、甘夏の顔を見渡して、言った。

「いつまで、師匠を、待つつもりや」

小夏と若夏がうつむいた。

甘夏が言った。

「ずっと、待ちます。師匠は、稽古のとき、私が泣き止むまで、ずっと待っててくれたんです。今度は、私らが、待つ番です」

「そうか」

遊楽師匠は、ふっと笑った。

「夏之助は、ええ弟子を持って、幸せやな。ほな、帰るで」

遊楽師匠は、下足場で靴を履き、鼻歌を歌いながら、松の湯を後にした。

葬礼《そうれん》や、葬礼《そうれん》や。夏之助の、葬礼《そうれん》や……。

第十二章　仔猫

1

バイクの音と郵便受けがコトンと鳴る音で、甘夏は目が覚めた。

時計を見る。午前五時三十分。いつもと同じ時間。新聞配達が朝刊を届ける時間。もう何度、このベッドの上で、あのバイクの音と郵便受けがコトンと鳴る音を聞いただろうか。雨の日も、風の日も、夏も、冬も、いつもあのバイクと郵便受けのコトンと鳴る音で、甘夏の一日が始まる。

ニュースなんか今はもうスマホで見られる。それでも甘夏には新聞が必要だった。

こうして毎日、毎朝、誰かが新聞を届けてくれる。そうして自分は、新聞を届けてくれる顔も知らない誰かと、この世の中で繋《つな》がっている。新聞の中で書かれている、世界で起こっている出来事と自分が、いったいどう繋がっているのかはあやふやでうまく実感できなくても、新聞を届けてくれるその人とは、確実に繋がっている。自分は「世界」と繋がっている。そのことを一日の始まりに確認できる。そのために新聞は必要なんだ。

窓の外を見る。日はもうすっかり東の空に昇っている。

カレンダーを見る。六月二十二日。

今日は夏至で、一年で一番日の長い日だ。

そして明日は、夏至から一日過ぎた日。甘夏が、一年で一番嫌いな日。

明日から少しずつ、少しずつ、日が短くなっていく。まるで目に見えない泥棒が時間を盗んでいくみたいに。大好きな夏が少しずつ削られていく。そして気がつけばいつの間にか、朝、目が覚めたら外は真っ暗な季節になっている。これから半年かけて、時間泥棒が盗みを働く、今日はその前の日だ。

布団を蹴飛《けと》ばし、跳ね起きる。

「ピーコ、おはよう」

鳥かごの中に敷いてある新聞紙が濡《ぬ》れている。

今朝は新しいのに取り替えてやろう。

パジャマ姿のまま化粧もせずに一階へ下りて、コインランドリーの清掃を済ませて、郵便受けから新聞を抜き取る。

師匠のいない一日が、また当たり前のように始まった。

まだ西の空の端に微《かす》かな明るさが残る午後八時前。甘夏は松の湯の湯船に浸《つ》かりながら、今夜のネタを小声で繰る。

『牛ほめ』だ。

四回目となる六月の『師匠、死んじゃったかもしれない寄席』。

テーマは『お金が欲しい！』

甘夏の収入源は、ときどき落語会に呼んでもらって得るギャラと単発のアルバイトだけで、生活に余裕があるはずがない。住居費がいらないのがせめてもの救いだが、服はフリーマーケットで安い古着を買い、食は先輩噺家《はなしか》に奢《おご》ってもらうか、自炊生活。スマホの料金を払えば、もういくらも残らない。ああ、お金、欲しい！　と、ある日楽屋で叫んだら、横にいた小夏がほんまやなあ、とやけに真面目な顔になって、次のテーマはそれで行こう、となった。

それで甘夏は『牛ほめ』を選んだ。

家の普請と牛をほめて、小遣いをせしめようとする噺だ。

師匠から稽古《けいこ》をつけてもらっていたし、得意なネタだった。

今夜も、きっとそこそこはウケるだろう。

しかし甘夏の気持ちは晴れなかった。

甘夏はネタを繰るのをやめ、水滴で濡れた目の前の白い壁を、じっと見つめた。

わずか二メートルばかりの、男と女を間仕切る壁。今の甘夏にとってはチョモランマよりも高い壁に見えた。

間仕切り壁は浴室の奥のタイル絵と直角に交わり、真ん中から絵を分断していた。今、甘夏は、女湯からこの風景を見ている。帆掛け船が浮かぶ凪《な》いだ海の向こうに富士山《ふじさん》が見えている。掃除のときには男湯に入ることができた。だから男湯から見るこの絵の風景も知っている。白砂青松の向こうに見える富士山だ。一枚の絵なのだが、男湯と女湯で、絵の印象はずいぶん違う。どちらも趣のあるいい風景だ。しかし松の湯の男湯に入る男の客は、女湯から見えるこの絵の風景を知らない。女湯に入る女の客は、男湯から見えるこの絵の風景を知らない。

甘夏は、この間仕切り壁をぶち壊したかった。ぶち壊して、男と女、関係なく、ひと続きの一枚の絵として、この風景をみんなに見せたかった。

そんな落語を、甘夏は演《や》りたかった。

しかし、その術《すべ》を、甘夏はまだ持たなかった。

甘夏は、壁を見上げる。

天井との間には大きな隙間が空いていた。

女湯から立ち上る湯気と男湯から立ち上る湯気が、壁の上で混じり合って生き物のように揺らめいていた。

男と女の壁を軽々と乗り越える、あの湯気になりたいと甘夏は思った。

2

「今日は小夏の『はてなの茶碗《ちゃわん》』が、一番ウケたなあ」

打ち上げの席で、昇之助師匠が言った。誰もがうなずいた。

六月の『師匠、死んじゃったかもしれない寄席』。テーマは『お金が欲しい!』。

若夏は男がなけなしの金で買ってしまった一枚の富くじを巡る『高津の富』。

小夏は、安物の茶碗を値打ち物と見込んで全財産をはたいて買う男の悲喜劇を描いた『はてなの茶碗』。

ゲストは夏之助のすぐ上の兄弟子、昇之助師匠で天狗《てんぐ》のすき焼き屋という奇想天外な商売で一儲《ひともう》けを企《たくら》む『天狗さし』を演った。

甘夏の『牛ほめ』は、予想通りそこそこ笑いが来た。

しかし一番笑いが来たのは、小夏の『はてなの茶碗』だった。

「珍しいこともあるもんね」

打ち上げに参加したミヤコさんが口を挟んだ。

あの坊主頭の若者もいたが、相変わらず何も喋《しゃべ》らないまま、うつむいている。

「師匠、僕ね、このネタだけは、ちょっとウケるんです」

小夏が昇之助に言った。

「けど、夏之助師匠からは、このネタ演ると、いつもダメ出し、食ろうてました。今日、お客さんが笑《わろ》うたんは、おまえの力やない。噺の力や。おまえの『はてなの茶碗』は、まだまだや。いつも、そう言われてました」

たしかに、今日小夏の演った『はてなの茶碗』は、筋立てが抜群に面白いのだ。清水寺《きよみずでら》の茶店で茶を飲んでいた京都一の茶道具屋、金兵衛《きんべえ》が、飲んでいた茶碗をしげしげと眺めつつ、はてな、と首を傾げて立ち去ったのを大坂の油屋が目撃する。きっとあの茶碗は大変な値打ちものに違いない、と、油屋が全財産の二両をはたいて茶碗を買い取ることから思わぬ展開を見せる噺だ。

「ほう。そうか」

昇之助が興味を示した。

「たとえば、夏之助には、どういうとこをダメ出しされたんや？」

「おまえの油屋は、薄っぺらい」

「ほう」

「あの油屋はな、三年間、地道に汗水垂らして働いて、ようやく貯めた全財産の二両を、あの茶碗につぎ込むんや。いわば、この博打《ばくち》に、人生賭《か》けたんや。その真剣味、そして狂気が、おまえの油屋からは、まったく感じられん。そう言われました」

「なるほど」

昇之助がうなずいた。

「さすがは夏之助。弟子の落語をよう見てるな。わしも、夏之助と、同じ意見や」

「はい。それから、師匠にさっきのことを言われました。この噺は筋立てが面白いから、おまえのような薄っぺらい油屋でも、お客さんは、笑うてくれる。けど、それは、ほんまの『はてなの茶碗』を演ったことにはならんのやで、と」

「うん。いつか、ほんまもんの『はてなの茶碗』を夏之助に聞かせられるように、精進しいや。ほな、わしはこのへんで帰るで」

昇之助を見送った後、小夏が言った。

「よっしゃ、ほな、次のテーマを決めて、今日は我々も、解散としよか。来月は、七月二十三日です」

「もう、真夏よね。夏らしく、怪談噺って、どうかしら」

ミヤコさんが提案した。

「いいですねえ。夏之助師匠も、化けて帰ってくるかも」

銭湯の主人の岡本さんが言った。

「死んだみたいに言わんといてください」

甘夏が言った。

「いやあ、たとえ幽霊でも、帰ってきてくれたら嬉《うれ》しいやないか」

小夏が答えた。

「兄さん、ゲンの悪いこと……」

「冗談やがな。よっしゃ。来月は『怪談噺』で行きましょう。タイトルは、そうやな。『こわーい噺は、お好き？』てなとこで、どうや？　怪談噺、落語の中にも、いっぱいあるな。『死神』『質屋蔵』『皿屋敷』『化物使い』『狸の化寺』『へっつい幽霊』『借家怪談』……」

「小夏兄さん、僕、『皿屋敷』、演らせてもろていいですか」

「『皿屋敷』、ええな。よし、若夏は『皿屋敷』で、決定。甘夏、おまえは、何、すんね？」

「私、『仔猫《こねこ》』、演りたいです」

即座に答えた。真っ先にこの噺が頭に浮かんだ。

「『仔猫』？　おお、たしかに、あれも、怪談噺や」

「はい。私、あの噺の中の、おなべどんが、大好きなんです。年季が明ける前に師匠に稽古、つけてもろたこともあります。ぜひ、演らせてください」

「あんな気色の悪い噺、やめとけよ」

若夏が険のある言葉で言った。

「気色悪い？」

「そうやないか。気色悪いやないか」

「兄さんの言うてる意味もわかります。けど、この噺は、それだけやありません。とにかく私は、この噺の中のおなべどんが、好きなんです」

「ふん。どこがええねん。とにかく僕は、あの噺、大嫌いや」

「若夏兄さんがなんと言おうと、私、『仔猫』、演りたいです。演らせてください」

「よっしゃ」

小夏が言った。

「甘夏は、『仔猫』や」

若夏はぷいと横を向いている。

3

甘夏は『つる』の道を歩きながら『仔猫』を稽古した。

冒頭の、船場の店にやってきたおなべどんと番頭の会話だ。

「ちょっくら、ものを尋ねるがのう」

「この忙しいさなかに、けったいな奴が来たで、おい。何を尋ねるねん」

「わし、この横町の人置屋から来よりましたんじゃがな」

「人置屋……。ああ、口入屋のことかいな、ふんふん」

「今、こまげな子が来ようてのう、やれ来い、それ来いちゅうて、連れのうて来よりましたんじゃがの。その子供にはぐれてしまいよっての。わしゃ行く先がわからんようになってしもたんじゃ。わしの行くとこ、どこかい」

船場のある店に、おなべという女子衆《おなごし》がやってくる。女子衆とは、女の使用人のことである。番頭がおなべどんの持っている書付を見ると、おなべが探している店というのは、まさに番頭が働く店だった、という件《くだり》だ。

それにしても、おなべの言葉はえらい方言だ。

夏之助師匠は稽古の時に言っていた。

「これはな、どこの方言、ちゅうことはない。いかにも方言らしいにこしらえた、落語の世界の方言や」

いかにも、感じが出ている、と甘夏は思う。

「ちょっくら、ものを尋ねるがのう」

この最初のおなべの訛《なま》りのあるひと言を舌で転がしたとたんに、甘夏は、すっと、おなべになりきれる。

あの『一文笛』の秀を、お秀に替えて演ったときよりも、ずっと自然におなべそのものになりきれた。

おなべは、風貌《ふうぼう》が不細工だ。「あんな女に飯、炊いてもろたら、飯がまずくなる」と奉公人たちは陰でぼろくそに言い、番頭は追い返そうとするが、御寮《ごりょん》さんが出てきて置いてやる、と言う。

するとこのおなべ、見かけによらず、とにかく裏表なく一所懸命働く。誰彼なしに分け隔てなく面倒をみる。人が見ていないところでも手を抜かずに働く。そして力持ちだ。店の若い連中が、しきりにおなべのことを誉め立てる。ここは演っている甘夏も嬉しくなる。おなべ、みんなに好かれてよかったな、と心から思う。

ところがある日、このおなべに、妙な噂がたつ。

夜な夜な、店を抜け出してはどこかに出歩いているとか、夜中におなべの部屋を覗《のぞ》くと、口の周りに血をつけて、ニターッと笑っていた、とか。

そんな噂のある者をこのまま店に置いていたんでは暖簾《のれん》に傷がつく、と、番頭は主人と相談し、おなべが芝居を観に行っている間におなべの持ち物を調べて、怪しいものが出てきたらそれを理由に暇を出そう、と算段する。当日、やはりおなべの葛籠《つづら》の中からは、血まみれの獣の皮が出てきた。芝居から帰ってきたおなべを番頭は一室に呼び、言葉を濁しながらも暇を告げる。おなべはさては知られてしまったか、と自分の秘密を白状する。

田舎の父親は山猟師で、殺生を生業《なりわい》としていた。ある日おなべは怪我をした仔猫の生き血を吸ったところ、その味が癖になり、猫を食らうようになった、と。

若夏が、この噺を「気色悪い」と言ったのは、この部分だろう。

もうしませんから、どうぞこのまま置いてください、とおなべは懇願する。

そして、訳を聞いた番頭は、最後に、こう言うのだ。

「ほんなら、おまえ、猫捕りかえ、おまえ。あー、びっくりした。わしゃ人間の生き血、吸うのやないかと思たがな。しかしおまえ、昼間見たら、あないおとなしいのが……ああ、猫かぶってたんや」

　甘夏はこの噺の稽古を師匠からつけてもらった時の、師匠の言葉を、今でもはっきり覚えている。師匠は、最後のサゲのところの稽古で、こう言った。

「ええか。甘夏。この噺は、怪談めかしてるが、単なる怪談噺やない。これは特別な話やないで。世の中には、人には言えんことを抱えて生きてる人が、ぎょうさんいてる。そんな人の話や。それと、この噺には、最後に、わずかながら救いがある。番頭が、おなべの口から、秘密を聞くやろ。そのときな、番頭が言うんや。『なんや、猫かいな、わしゃまた、人間の生き血吸うのかと思たで』もちろん、猫、食らうだけでも、大変なことやで。それでもな、この番頭のひと言は、おなべを救うたはずや」

　そしてさらに師匠の『仔猫』には、他の噺家にはない、師匠独自の工夫があった。秘密を知られ、全てを打ち明け、店に置いてくれ、と懇願したおなべは、この後、いったいどうなるのか。聞いている客は気になるはずだ。やっぱり、暇を出されるのか。それとも、元通り、店に置いてもらえるのか。そこは、元の噺の中では一切、描かれていない。しかし夏之助の『仔猫』は、番頭に、こんなひと言を言わせている。

「それはそれで、また考えんと、いかんねけどな」

断言はしていない。しかし、もしかしたら、おなべはまた店に置いてもらえるかもしれない。そんな一縷《いちる》の希望が、このひと言には、ある。

どうしようもない秘密を抱えながら、昼間は懸命に働くおなべの健気《けなげ》さと、最後に番頭が向ける、おなべへの眼差《まなざ》し。それが、甘夏がこの噺を好きな理由だった。

ただひとつ、この噺の中で、どうしても受け入れがたい部分があった。

まだ、おなべの秘密が明かされる前だ。みんながおなべのいないところで彼女の働きぶりを賞賛しているところに、ひとりの男が、こんなことを言い出す。

「この横町のぼて屋の女子衆を嬶《かか》にするか、うちのおなべを女房に持つかちゅうたら、どっちにする？」

みんなは、そらおなべが可哀想や。横町のぼて屋の女子衆というたら、界隈《かいわい》きっての別嬪《べっぴん》と評判や。それとおなべと比べるのは殺生や、百人が百人、ぼて屋の女中を選ぶに決まってる、と言う。そんな中で、一人だけ、「わいは、おなべを嬶にする」と言い出す。理由を訊《き》くと、

「ああいう女を嬶に持ってると、男に箔《はく》がつくさかい、わしゃ、おなべ嬶にするちゅうてんねん」

甘夏は、この台詞《せりふ》のところで、どうしても引っかかってしまう。見た目じゃなくて、中身で女房を選ぶと、自分という男に箔がつく。自分の値打ちを上げるために、おなべを選ぶ、と言うのだ。結局、この男は、おなべを利用して、自分が世間からよく見えることしか考えていない。甘夏は、この台詞を、どうしても言いたくなかった。

落語をやっていると、ときどきこんなシーンに出くわす。男が女を買うシーンが当たり前のように出てくる。そんな噺を甘夏はできない。前々回の『師匠、死んじゃったかもしれない寄席』で、遊楽師匠が言っていた。逃げるな。女であることに逃げるな、と。その言葉の意味は、今では痛いほどよくわかる。男である人物を演じる。演じきる。そうでなければならない。あの遊楽師匠の言葉で、自分は目が覚めた。だが、噺家である前に、自分は女なのだ。女を貶《おとし》めるような台詞を、たとえ落語の中の人物の口から出た言葉だとしても、甘夏は言いたくなかった。

結局、「男に箔がつく」という台詞は削ることにした。

それでこの『仔猫』の値打ちは微塵《みじん》も下がらない。

甘夏はおなべが好きなのだ。

『つる』の道を、甘夏はおなべと一緒に歩いていた。

4

七月二十三日。

第五回の『師匠、死んじゃったかもしれない寄席』だ。

ゲストには、わざわざ東京から立山燕四郎《たてやまえんしろう》師匠が来てくれた。

燕四郎師匠が会の噂を聞きつけて、「深夜0時から怪談噺? 面白そうじゃねえか」と交通費は自腹で出演すると申し出てくれたのだ。

「玉出は、ちょうど孫が住んでる近所だ。久しぶりに孫の顔見に行きたかったところだから、気にするなって」

燕四郎師匠は怪談の名手だ。どんな噺をしてくれるのか、甘夏も楽しみだった。

開口一番は若夏の『皿屋敷』。おなじみ、番町《ばんちょう》皿屋敷のお菊《きく》さんがスターになって見物客がひっきりなしにやってくるという、怪談噺でありながら、爆笑噺だ。

客は沸いている。若夏はこのところ、さらに腕を上げている。

小夏は『まんじゅうこわい』を演った。長屋の連中が「怖いもの」を言い合う噺だ。途中に、身投げを止めてやれなかった女の幽霊の話が出てくるので、これも怪談噺と言えば怪談噺だ。みんなが「怖いもの」で盛り上がっている中で、一人だけ、「まんじゅうが怖い」と妙なことを言う男がいる。この男、みんなの話には入らず、いつも冷めているので、いっぺん懲らしめてやろうと、先に帰った男の家に嫌いなまんじゅうを投げこんだところ、男は美味《おい》しそうにまんじゅうを食べている。ほんとは大好物だったのだ。

男の計略に乗ってしまった仲間たちが訊く。

「ほんまは、何が怖いねん？」

「今度は、あつーいお茶が、一杯、怖い」

幽霊が登場するくだりはそれなりに怖かったが、噺全体としては、前回の『はてなの茶碗』ほどにはウケなかった。

「うーん。小夏には、フラが無《ね》えなあ」

楽屋がわりの女湯脱衣場で、燕四郎師匠が呟《つぶや》いた。

「フラってなんですか？」

「口では説明できねえ、おかしみのことを、江戸の噺家の世界でそう言うんだよ」

甘夏の出番だった。慌てて高座に向かった。

そして、甘夏の『仔猫』だ。

「ちょっくら、ものを尋ねるがのう」

最初のおなべのひと言から、いきなり笑いが起こる。出足は好調だ。

おなべの気持ちに添って、丁寧に、丁寧に、噺を進める。

お客さんも、健気なおなべの心情に寄り添ってきているのがわかる。

「そういうことを言うてるところをみるとお前、おなべの一件を知らんな」

「一件て、なんや」

「知らな言うたるがなあ。半月ほど前や、宵からシトシト、シトシトと雨が降って、いやな、陰気な夜があったやろ」

いよいよおなべの秘密が暴かれる。

お客さんは、微動だにしない。あのおなべに何があるのかと固唾《かたず》を呑《の》んで聞いている。

おなべの秘密が明らかになって、番頭が一室におなべを呼び、暇を告げる。

おなべも観念して、全てを白状する。そして、懇願するのだ。

「……あれを見られたからには仕方がない。番頭さん、一通り聞いとおくれ。こういうわけじゃ。わしの父《とと》さんはのう、百姓片手の山猟師。生き物の命を取るのは悪いことじゃと再三意見はしたれど聞いてはくれず、親の因果が身に報い、七つの歳に飼い猫が足を咬《か》まれて戻ったを、なめてやったが始まりで、猫の生き血の味を覚え、それから先は人様の可愛がる猫とさえ見れば、矢も盾もたまらず、とって食らうがわしの病。あれは鬼じゃ、鬼娘じゃと噂され、村にはおられず大坂で、奉公すれば治るかと、出てはきたれど番頭さん、昼の間は何事もないが、夜になると心が狂い、閉まりを越えて町へ出て、仔猫とらえて喉笛《のどぶえ》へ、食らいつくまで夢うつつ……。生温かい猫の血が、喉を過ぎれば我が身に返り、またやくたいをしてのけたと、悔やんでみても後の祭りじゃ。

そんなわけじゃで、番頭さん、わしゃここ出されたら帰るところがない。今日からは慎みます。手足しばって眠りますゆえ番頭さん、どうぞ置いとおくれ、このとおりじゃ」

そして、番頭のひと言。

「……ああ、猫かぶってたんや」

頭を下げた。大きな拍手が起こった。

おなべの気持ちは伝わっただろうか。

「なかなか、良う、ござんしたな」

楽屋で燕四郎師匠が褒めてくれた。

中入り後の燕四郎の演題は『一眼国』だった。

大阪ではあまり演らない演題だった。

ある男が、江戸から百里あまり北に行ったところに大きな原があり、そこに四、五歳ぐらいの女の子がいて、顔をみるとのっぺらぼうで、額のところに眼がひとつだけあったという噂話を耳にする。

それを生け捕ってきて見世物小屋に出したら大儲けできる、と、男はさっそく、教えられた原へやってきた。するとたしかにひとつ目の娘が現れた。小脇に抱えて拐《さら》おうとすると、どこからかたくさんの大人が出てきて、男は捕らえられる。気がつくと、男はお白州に座らされて裁きにかかっている。

そうして、サゲは、

「子供のかどわかしの罪は重いぞ。面を上げい！　面を上げい！」

男が面を上げると、

「あっ！　こいつは不思議だねえ、目がふたつある」

「調べは後回しだ。さっそく、見世物に出せ」

なかなか切れ味の鋭いサゲだ。

大きな拍手が起こって、会はお開きとなった。

恒例の打ち上げである。今夜はタクシー運転手の大西さんも、あの無口な青年も参加している。

「今夜の噺、全部、心に響いたわ」

ミヤコさんが言った。

「みんな良かったけど、特に私が好きなのは、若夏さんが演った、『皿屋敷』のお菊さん」

「ありがとうございます」

若夏が頭を下げた。

「最初は怖がられてたお菊さんが、だんだん人気が出てきてアイドルみたいになっていくじゃない。差し入れなんかされたり、十日間連続で通う追っかけが出てきたり。お菊さんはお菊さんで、みんなの期待に応《こた》えようと、だんだんサービス精神持ってくじゃない。ほんと、そこが好き。なんか、お店、出てた時のこと、思い出しちゃった。こんな恰好《かっこう》してるでしょ。街で、バケモノって言われる時もあるのよ。でもね、お店出るようになって、変わった。こんな私だって、人を楽しませることができるんだってね。そこから、ガンバったなあ。だから私、お菊さんの気持ち、わかるの」

「ほう。いろんな感想が、あるもんですなあ」

小夏が感心したように言った。

ミヤコさんがちょっとムッとした。

「何よ、ほう、いろんな感想が、あるもんですなあって。まるで今日、あんたが演った『まんじゅうこわい』の徳《とく》さんみたいね。なんでいつも、そうやって、引いて見てるのよ。素人の私がプロのあんたに偉そうには言いたくないけど、そういうのが、あんたの落語にも出てるのよ」

「ミヤコさん、ちょっと」

若夏がとりなした。

「いいの。今日は、ちょっと言わせて。小夏さん、あんた、誰かを、本気で好きになったこと、あるの？　好きで好きでたまらなくなって、この人が自分に関心を持ってくれるならなんでもするって、思ったことあるの？　女を、本気で口説いたことあるの？　それでも思い通りにならなくて、心が掻《か》きむしられるような気持ちになったことあるの？」

「ミヤコさん！」

甘夏が叫んだ。

「いいんです。いいんです」

小夏が片手で制した。

「それがダメなのよ！　素人にこんなこと言われて、いいんですって何よ！　素人が偉そうに言うな！　って、怒りなさいよ！　甘夏ちゃんが誰かにやったみたいに、私を殴りなさいよ」

「ミヤコさん、それは余計です」

「まあまあまあまあ」

岡本さんが間に入った。

「楽しゅう、飲みましょうな。東京から、燕四郎さんも来てはることですし」

「いやあ、十分、楽しい酒ですよ。ハハハハハ」

燕四郎は豪快に笑った。

日本酒好きの燕四郎のために用意された清酒の一升瓶を持ち上げ、言った。

「さ、小夏さんも一杯どうぞ。ミヤコさんもどうぞ。ぐいっといってください」

それで空気が少し和んだ。

「それにしても、私は、夏之助さんが、羨《うらや》ましいよ。こんな師匠思いの弟子たちを持ってね。自分がいなくなった後も、こんな会を開いてくれるんだからね。『師匠、死んじゃったかもしれない寄席』って、題名が洒落《しゃれ》てるじゃねえか。私も、弟子は三人いるけど、正月と盆の挨拶《あいさつ》に顔出すぐらいだよ。もし私が突然、いなくなったって、師匠の姿を最近見ないね。ほんとだよ。それで今夜のジャイアンツは勝ったのかい、てなもんだよ」

みんなが笑った。それからまた三十分ほど喋って、お開きとなった。

「ミヤコさん、今日もありがとうございました。また来てください」

靴箱からハイヒールを取り出して履くミヤコさんに甘夏は声をかけた。

「今日は、場を乱しちゃってごめんなさい」

ミヤコさんは言った。

そして、甘夏だけに聞こえるように、こっそりささやいた。

「ほんとは、あんたの『仔猫』が、一番良かったの。でも、みんなの前で、それを言うの、なんだか気恥ずかしくてね。おなべどん、私も好きよ」

第十三章　小夏乱心

1

「小夏が、お盆の南條亭の出番に穴を空けよった」

　そんな噂が噺家《はなしか》の間に駆け巡ったのは、八月二十三日の第六回『師匠、死んじゃったかもしれない寄席』を一週間後に控えた頃だった。

「いったいどういうわけや」

「毎年八月の最初に、広島で地元主催の落語会があるやろ。それに小夏が招《よ》ばれよったんや。そこで出会《でお》うた女に、入れあげたらしいんや」

「それ、ほんまか」

「ああ。一緒に落語会に出た壱丸《いちまる》が言うてたから、間違いない」

「あの小夏が、女にトチ狂うとはな」

「しかも相手は、ストリップ嬢やて」

「ストリップ嬢⁉」

「落語会は八月二日にあったらしい。ところが、小夏は今も、大阪に帰ってきよらん」

「今も、広島か」

「いや、今は松山《まつやま》らしい」

「松山？」

「ストリップ劇場の踊り子ちゅうのは、わしら芸人の世界と同じで、小屋への出演は、月の上旬、中旬、下旬。十日ごとの契約や。小夏が追いかけてるストリップ嬢の広島の出番は八月の十日までで、そこから松山の劇場に移ったストリップ嬢を、小夏はそのまま追いかけて行きよったらしい」

「ちょっと待て。そこでまた十日か。大阪には帰らんと」

「そういうことや。それで、お盆の南條亭の出番に、穴を空けよった」

「完全にトチ狂っとるがな」

「ストリップ嬢と駆け落ちかい。あいつ、噺家、辞めるつもりか」

「稼ぎどきのお盆の出番に穴を空けたとなると、協会も、タダでは済まさんやろなあ。しかも、原因が、女となると」

「夏之助といい、小夏といい、あそこの一門は、どないなっとんねん」

2

夕方十六時四十分になんばＯＣＡＴ前を出たバスは六時間ほどで松山に着いた。

バスターミナルに降りると、ムッとした熱風が甘夏の体を包んだ。

時計を見る。二十二時二十五分。

小夏との待ち合わせは午前0時だ。

路面電車で道後《どうご》温泉《おんせん》駅まで行き、ストリップ劇場を目指した。

商店街の突き当たりのコンビニを右に折れると、有名な道後温泉の本館らしい。

甘夏は左に折れた。百メートルほど行った先に、劇場はあった。壁に蔦《つた》が絡まる二階建ての地味な建物だった。思っていたよりずっと小さい。

案内板によると今夜の最後の公演時間は二十二時三十分とある。終わるのは0時前だろう。小夏はそれが終わってから来るつもりなのだ。

『お盆特別興行・怪談ストリップ』とある。

怪談ストリップって、いったい何だ。

建物の中からかすかに音が漏れてくる。アップテンポの音楽とタンバリンと手拍子と、何を言っているのかわからない、くぐもったマイクの声。

思い切って中に入ろうかとも思ったがやめて、まだ時間は少し早かったが小夏が指定した喫茶店に向かった。

喫茶店は商店街から一本南にそれた通りにあった。昔ながらの古い純喫茶だった。こんな深夜に開いていることに驚いたが、温泉町なのでそこそこ客は来るのだろう。

小さなフロアに数人の客がいた。観光客風の浴衣《ゆかた》姿の若い男が二人と、地元の老人らしき客が一人。

「甘夏さんですね」

突然名前を呼ばれて驚いた。カウンターの中の初老の主人が声をかけてきたのだ。

「池上《いけがみ》さんから聞いてます。一番奥にどうぞ」

池上は、小夏の本名だ。

小夏は、この街では小夏ではなく、池上という名で暮らしている……。

小夏は約束した午前0時を少し回ってからやってきた。

「おう、甘夏、久しぶりやな。元気か」

アイスコーヒー、と立ったまま主人に注文して、甘夏の前に座った。

小夏と会うのはおよそ三週間ぶりだった。

しかしもう何年も会っていなかったような気がした。

小夏の見た目は前と何も変わらない。いや、前に比べると、どこか泰然としているように見えた。その表情に後ろめたさは微塵《みじん》も感じられなかった。

「元気にやってます。兄さんは？」

「元気で、やってるで」

「兄さん、三日後に、『師匠、死んじゃったかもしれない寄席』です。八月二十三日です。どうしはるんですか」

甘夏は単刀直入に切り出した。

「ああ」

と、小夏は、小さく呟《つぶや》いた。

「申し訳ないな。今回は、出られへん」

答えは予想通りでさして驚かなかった。

大事な南條亭のお盆の出番に穴を空けたのだ。しかも、まだ協会に何の事後報告も、謝罪もなく。今さら、のこのこと自分の一門会にだけ顔を出すことはないだろう。

「明後日《あさって》からまた十日間、小倉《こくら》へ行くんでな」

「入れあげてる、ストリッパーとですか？」

「ああ」

「小夏兄さん」

甘夏は小夏の目を見つめて言った。

「なんや」

「兄さんに、何があったか、知りません。兄さんには兄さんの事情があるんでしょう。夏之助師匠に、私らにはわからん何かの事情があったように。けど、もし、八月二十三日、兄さんが会に出やはれへんのやったら、今回は中止します」

「なんでやねん。おまえらだけでやったら、ええやないか」

その答えに、心の奥底に抑えていた何かが噴き出した。

「おまえらだけで？　兄さん、よう、そんなことが言えますね。あの会は、師匠が帰ってくるのを待つために、三人で始めた会と違いますか」

「すまんなあ」

小夏は、人ごとのように言う。

「兄さん！」

その声に険があったのだろう。小夏は一瞬ビクッとした。

甘夏は再び感情を押し殺した。そしてできるだけ冷静な声で訊《き》いた。

「何が、あったんですか」

小夏は天井を見上げ、しばらく黙った。そして、呟いた。

「恥を言わんと、あかんなあ」

それから小夏は、思いを吐き出すように話し出した。

*

……八月一日のことやった。次の日が広島の落語会で、ふらっと気が向いて、広島行きの新幹線に乗って前乗りしたんや。着いたのは夜の十時ぐらいか。一人でお好み焼きをビールで胃に流し込んでから、カプセルホテルにチェックインして寝てた。どういうわけかその夜は、変に目が冴《さ》えてな。時計を見ると、0時すぎや。それでどこか外へ出ようと思うたんや。まあこういう時は風俗へ行く男も多いんやろうけど、僕はそんなん行ったことないしな。スマホでホテルの近くを検索してると、午前一時まで営業してる銭湯を見つけた。ホテルからも歩いてすぐや。ふらふらと夜の街に出た。

銭湯はええ湯やった。閉店間際のせいか湯船の中の客は数えるほどで、ゆったりと湯に浸《つ》かってた。それで思い出した。うちの師匠も、仕舞い湯が好きやったな。

もしかして、ガラッと浴場の戸を開けて、師匠が入ってけえへんかな。

そんなあるはずもないことを思うてた。

上がったときはもう、一時、ちょっと過ぎてたな。

さっぱりした体で銭湯を出て、出口の下足場に腰掛けて靴紐《くつひも》を結んでたら、女湯の引き戸が開いた。洗面器を持った若い女が出てきた。僕は目を疑《うたご》うた。

菜穂子《なほこ》やないか。

菜穂子は、高校時代のクラスメイトや。僕はずっと彼女のことが好きやったけど、ょう言い出さんかった。一学年上のサッカー部の先輩とつきおうてるという噂があって、実際につきおうてたはずや。先輩の練習が終わるのを駅前で待ってる菜穂子の姿を見かけたことがあったからな。それとは別に、他の高校の生徒とつきおうてる、という噂もあった。あいつは、魔性の女や。いろんな男に色目を使《つこ》うて、遊びまくっとる。そんなことを言う奴もおった。噂が本当かどうかは分からんかったけど、どっちにしろ自分なんかどうせ無理やと気持ちに蓋《ふた》をして、それっきりや。彼女が高校出てからどうしてたかは何も知らん。一回も会うてないしな。

女湯から出てきた女の化粧を落としたすっぴんの顔は、ちょっと栗色がかった瞳《ひとみ》の色や、小さいけどもつんと高い鼻やキュッと引き締まった口元が、菜穂子と似てた。

息を呑《の》む僕に、女は視線も合わせんとサンダルを履いてさっさと通り過ぎて行った。

慌てて靴紐を結び終えた僕も銭湯を出た。

僕の前を、彼女が歩いてた。洗面器を持ってるんできっとここらあたりのマンションかどこかに住んでるんやろう。彼女はコンビニの角を右に曲がった。僕のホテルはまっすぐ先やったけど、後ろ姿を追って、足が勝手に右に曲がってた。

三階建てのビルの外階段を上る、彼女が見えた。

ビルの一階の看板には、大きく『ヌード劇場』と書いてあった。

……もしかして、ストリッパーか。

そのとき、彼女が階段を上りながら、初めて僕の方を見た。

一瞬、目が合うたような気がして、慌てて目をそらして、通り過ぎた。

カプセルホテルに帰って、そのストリップ劇場の名前をスマホで検索してみた。

メニューリストの出演者紹介をタップしたら、彼女の写真があった。

写真の顔はずいぶん派手な化粧をしてたけど、間違いなく、さっき女湯から出てきた彼女やった。「蛍《ほたる》」という名前やった。

電気を消してそのまま寝ようとした。けど、銭湯に行く前よりも、悪ぅに目が冴えて、寝られんかった。半分寝てるような半分起きてるような感じで朝、目が覚めた。

「蛍」のことが頭に残ってた。

その日の落語会は夜の七時からや。僕は、昼間、そのストリップ劇場に行ってみることにした。スマホで調べたら、午後二時からやった。

今まで、ストリップ劇場なんか、行ったことなかった。

というかな。これも恥を言うけど、僕は今まで、女の人の裸を、生で見たことがなかった。ソープやその手の店も行ったことなかったしな。いや、これも正直に言お。実は、入門したてのころ、先輩の落語家に連れられて、一回だけ、飛田新地《とびたしんち》に行ったことがある。緊張しまくって、それこそ萎縮《いしゅく》して、何にもせんと帰ってきた。女の人が嫌な顔してたのをよう覚えてる。

それからも、女の人の裸を見たいな、と思うことはあった。けど、その気になったら、ネットでいくらでも見られるやろ。それで十分やった。

けど、その日は違《ちご》うた。

菜穂子にそっくりの、昨日銭湯の出口でたまたま見かけた、蛍という女の裸が、そこに行ったら、見れる。それは、どこの誰かわからん女の人の裸を見るのとは違う、ちょっとした興奮やった。あの子の、裸が見たい。それやった。

不安はあった。あのとき、階段を上るあの子と、目が合うた気がしたことや。

もし劇場に行って、ステージの上から彼女に僕の顔を見られて、昨日のあの人が来てる、と思われたら、嫌やった。銭湯で会うた私の裸を見に来たんや、と思われるのが嫌やった。たまたまそこに座ってる、見ず知らずの客でいたかった。

こっちは相手のことを知ってる。けど、相手は僕のことを何も知らん。

そういう関係で観たかった。そこにちょっと倒錯した快感を覚えてた。

不安と期待が混じったまま、入り口で金を払《はろ》うて中に入った。

客は十人を超えるほどで、突き出た丸いステージの前に、何席かずつ間隔をあけて座ってた。彼らから距離をあけて二列目の端の席に座った。

照明が暗くなって派手な音楽が流れた。ステージの中央にスポットライトが点《つ》いて、踊り子が立っていた。

蛍やった。

アップテンポの曲に乗せて、体にぴったりくっついた黒のボディスーツを着たまま蛍はダンスを始めた。誰かに追われているような、誰かを追いかけているような、ストーリーを感じる趣向になってた。ハニートラップを仕掛ける女スパイ。そんな感じやった。曲が終わるとステージ袖《そで》に引っ込み、今度はシースルーのドレスの下にかなり大胆な黒の下着をつけた蛍が出てきた。

ドレスが床に落ちるとスローテンポな曲に替わって、最後の下着を外す。蛍は腰を落として、片手を天に突き出して何かをつかもうとする決めのポーズで、足を開く。何も身につけていない、女の裸が僕の目の前にあった。

その時には、蛍があの菜穂子かもしれんという妄想はもうどこかに消えていた。

僕はただ、目の前の女の裸を凝視した。

それはストリップに対して今まで持ってたイメージと、全然違うてた。ストリップというのは、もっと殺伐とした、即物的なもんやと思うてた。

蛍は踊っている間、一度も客席の男たちと目を合わせんかった。

視線を宙に浮かして、誰ということもない、客全員に微笑んでた。

僕は、ちょっと助かったような気がしてた。

ステージの上から蛍に見られたら、きっと恥ずかしくて目を伏せてしまうやろう。蛍の踊りにどきどきしながらも、僕はいつもの自意識過剰病に囚《とら》われてた。

けど、ほっとしてたと同時に、どこかちょっと寂しい気もしてた。

蛍は立ち上がって一礼し、スポットライトが消えた。

「続いてはポラロイド撮影タイムです。一枚千円です」

そんなアナウンスが流れて蛍がまたステージに登場した。

数人の客が彼女の前に並んだ。客は写真を撮りながら蛍と会話を交わす。蛍と顔見知りのような客もおった。差し入れを渡す客もいた。この撮影タイムは、客たちと踊り子のコミュニケーションタイムなんやろう。さっきステージで見せた表情とも、昨日の夜、銭湯で見かけたときの表情とも違う女がそこにいた。

僕はどうしようか迷うたけど、結局、そのまま劇場を出た。

劇場を出て五メートルも歩かんうちに、後悔していた。

列に、並んだらよかった。

二十一時に落語会が終わると、主催者との打ち上げにも参加せんと、ストリップ劇場に向かった。蛍の裸を、もう一回、観たい。

客は昼間よりずっと多かった。意外やったんは若い女性の客が何人もおったことや。ストリップは、今は女性にも人気があるらしい。

やっぱり一人目に蛍が登場した。

真っ暗になって、スポットライトの中に彼女が現れたときにはびっくりした。

昼間に見たステージと、曲も衣装も踊りも、すべてガラッと変わってた。

蛍は西洋の貴婦人のような恰好《かっこう》で現れて、タカラヅカばりの踊りを見せる。曲も昼間とは打って変わって、しっとりとしたバラード。しかも選曲がおそらく一九七〇年代ぐらいの、僕らの親ぐらいが聴いてた感じのちょっと昔の洋楽を使うてた。

今回も、蛍の踊りの中にストーリーを感じた。

上流の貴婦人と、冴えない男のラブストーリーや。身分の違いを超えて、やがて貴婦人は自らの地位を捨てて、男と結ばれる。そんなストーリーやないかと思うた。

蛍は最後のドレスを脱いで生まれたままの姿になる。

僕はまた打ちのめされた。打ちのめされながら他の客と一緒に彼女を覗《のぞ》き込んだ。男の客も、女の客も、彼女の身体に見入ってた。

その時にかかってた曲が、頭の中に残った。

聞いたことのない曲や。英語の歌詞の内容はわからん。けど、女を思う男の切ない心が、その声を聞いただけでも伝わってきた。

写真撮影の時間になった。今度は列に並んだ。

いったんはどこかに消えていた不安が、またひょいと頭をもたげた。

もしかしたら彼女は、昨日の僕のことを覚えてるかもしれん。面と向かって話をすれば、昨日の人、と気づかれるかもしれん。

けどそれも、もう、どうでもいいような気になった。

蛍は一人ずつ丁寧に会話し、写真を撮って、握手して笑顔を送る。

もうすぐ自分の番や。なんて言おう。いや、いらんことを言う必要はない。

ただ一言、「よかったです」と言えばいいんや。そして、自分の順番になった。

彼女が笑顔で僕の顔を見る。舞台の上に置かれたポラロイドカメラを手に取る。

「すごいよかったです」

「ありがとう」

ファインダーの中の彼女が言うた。それだけの会話やった。

シャッターを押してカメラのファインダーから目を外したときやった。

「昼間も、観に来てくれたよね」

蛍は、昼間の僕を覚えてた。一度も視線を合わさへんかったのに。

「はい」とだけ短く返事した。

「一日に二回も観に来てくれてありがとう」

その言葉に背中を押されて、聞いてみた。

「あの、最後の曲、なんていう曲ですか」

彼女は、笑顔で答えた。

「次に来てくれたときに、教えてあげる」

僕はうなずいた。

大阪に帰るのをやめて、次の日も行った。

ポラロイドカメラの列に並ぶ僕を見て、彼女は「え？　もう来てくれたの？」とつけまつげの下の目をいっぱいに見開いて驚いた。

「あれね、エルビス・コステロの『Ｓｈｅ』っていう曲。いいでしょ」

その日も大阪に帰らんと広島に泊まった。カプセルホテルの狭い空間に横になって、コンビニで買《こ》うたイヤホンで、スマホからエルビス・コステロの『Ｓｈｅ』を聴いた。狂ったサルみたいに何回も何回も繰り返し聴いた。

そうして次の日も劇場に行った。

蛍は、ステージの上から客席に座っている僕に気づいた。

呆《あき》れた表情を一瞬見せたあとに、にこっと笑った。

ポラロイドカメラで彼女を撮影してるときだけ、彼女と会話できた。

「毎日来るけど、広島に住んでるの？」

三日目、蛍は僕に訊いた。

「いいや。大阪やけど、ちょっと、いま、仕事で、こっちいてるんです」

ほんとうのことは、言わんかった。

彼女は笑いながら言うた。

「いい身分だね。年金暮らしでもないだろうに」

そりゃあそうや。ええ若い男が毎日毎日、昼間から、時には一日に二回、ストリップ通いしてるんや。まともな会社員やないやろう。

そんな自分が彼女にどう見えてるか気になったけど、僕はもう止まらんかった。毎日、彼女の踊りと、裸を見る。そのことに完全に溺《おぼ》れた。

そうや。八月六日は、原爆の日やったな。

その日も劇場は普通に営業してて、僕も通うた。彼女の裸を見るために。

彼女は広島の劇場に八月十日まで出ることになってた。八月の上旬は、落語会の仕事は何も入ってなかった。九日間、全部通おうと心に決めてた。

いよいよ最終日の八月十日になった。

ポラロイドの列は自分が最後やった。撮影したポラロイドの写真をもらうとき、彼女は言うた。

「明日から、愛媛の道後温泉の劇場なの」

愛媛か。お盆には南條亭の出番があった。

「大阪の劇場にも、行くことあるから。天満か、布施《ふせ》。遊びに来てね。また会いたい」

頭の芯《しん》が熱うなった。反射的に答えた。

「いや。愛媛に行くよ」


そうして、いま、ここにおる、というわけや。

*

小夏は、長い話を終えて、一息ついた。

沈黙がふたりの間を流れた。

「あ、ちょっと、言うとくけど」

小夏がその沈黙を破った。

「まだ、彼女と、男女の関係は、ないで。僕は、ただの客や」

「そんなこと、どうでもええです。今、世の中で起こってる出来事の中で一番、どうでもええことの、ダントツランキング一位です」

甘夏は冷たく言った。心底、どうでもいいと思った。

「僕は、プロポーズしようと思てる。高校の時に言えんかった言葉を、彼女に伝えるんや」

それもどうでもよかった。

「あのな。僕は、ひとつ決めたことがあるんや」

小夏が急に思い詰めた顔で言う。

「蛍さんのステージに、百日、一回も休まんと通うと決めたんや」

「なんのために？」

「願掛けや」

「何の願掛けですか」

「百日、劇場に通うて、百日目に、プロポーズする」

「兄さん、『景清《かげきよ》』気取りですか」

「そうや。『景清』や」

『景清』という落語がある。

盲目の男が、百日間、清水寺に通って、目が明くように願掛けする、という噺だ。

「『景清』と一緒にしたら、あの『景清』の定次郎《さだじろう》がかわいそうです」

小夏は口元を歪《ゆが》めて笑った。

「甘夏、僕のこと、狂ってると思うか」

「狂ってるとは思いません。けど、間違うてると思います。どこかが、根本的に、思いっきり間違うてると思います」

「そうか。根本的に間違うてるか。僕も、そう思うわ。けど僕はな、あの蛍に惚《ほ》れてるんや。菜穂子と違う。蛍に心底惚れてるんや。生まれて初めて、そんな気持ちになったんや」

「小夏兄さん」

これ以上話していても無駄だった。

「わかりました。けど、兄さんに伝えたいことが二つあります。それを兄さんに伝えるために、今日、私は松山まで来ました」

「なんや」

「三ヶ月後。十一月二十三日の『師匠、死んじゃったかもしれない寄席』は師匠がおらんようになってから、ちょうど一年です。それまでに、兄さんの願掛けが成就するかどうかは知りません。けど、同じ夏之助の一門として、この会は、師匠のために出てください」

「それは……約束できんな」

意外な返事だった。それは承諾すると思っていたのだ。

承諾すると考えていた自分に甘夏は腹が立った。

甘夏の中の何かが切れた。

「そうですか。それやったら勝手にしてください。師匠のことを忘れて、その女と一緒になるなり、振られてボロボロになるなりなんなりしてください。あと、伝えたいことのもうひとつ。来年の三月の『東西若手落語バトル』に、若夏兄さんと私はエントリーしようと思ってます。あの参加資格は、年季が明けた入門三年目から十年目までの若手の落語家です。もちろんまだ駆け出しの私らにはハードルの高いコンクールです。けど、来年からは大手のスポンサーがついて、決勝は、テレビで全国放送されるそうです。もしかしたら、師匠がどこかでこのテレビを観るかもしれません。そやから、若夏兄さんと、出ようと決めたんです。小夏兄さんも、エントリーする資格あります。それを伝えに来ました」

「……それも、出るかどうかは、約束できん」

「もちろんです。兄さんが決めることです」

「返事は、待ってくれるか」

「待ちません。私ら、師匠を待つので精一杯なんです。兄さんのことを待ってる余裕なんか、ないんです。好きにしてください」

一人分のコーヒー代をテーブルに置いて喫茶店を出た。

松山の夜空を見上げた。

涙で夏の星座が滲《にじ》んで見えた。

甘夏は、何に対して泣いているのかわからなかった。

この先がどこに続いているかわからずにたった一人で線路沿いを歩いていた、中学のときの昏《くら》い心が蘇《よみがえ》って、涙が頬を伝うのだった。

第十四章　西の旅

1

「小夏さんが、ストリップ嬢と？」

喫茶アルルカンのマスターが目を剝《む》いた。

八月の『三夏の会　師匠、死んじゃったかもしれない寄席』の中止を、出演予定だった師匠に電話で伝えた後、甘夏は、気持ちのやり場をなくしてアルルカンのドアを開けたのだった。

「あの、小夏さんがねえ」

マスターがため息交じりに言った。

「真面目な人間は、一旦《いったん》ネジが外れると、こうなるんかなあ」

「気楽なもんです」

甘夏は冷たく言った。

「今まで、女に免疫がない分、きついんやろなあ」

「きっと、振られてボロボロになって帰って来ます」

「そう言う甘夏さんは、どうなんです」

「え？」

「今まで、男の人を、いや、別に男の人やなくてもいいですけど、誰かを、とことん好きになったことってあるんですか」

甘夏は答えに窮した。好きになった男の子はいた。中学の時だ。木嶋《きじま》君という名前だ。初恋といってもよかった。

しかしいつも誰とも話さず教室の隅で一人でノートに絵ばかり描いていた自分が、木嶋君に気持ちを伝えるなんて考えられなかった。こっそりノートに木嶋君との妄想デートを描いていた。あるとき、レイコが机に近づいてきて、「私、木嶋君と家が近所で幼稚園の頃から知ってるねん。この前、木嶋君と話したんやけどな、木嶋君、言うてたで。誰にも内緒やけど、ぼくは、北野さんが好きやねんって」

ああ、木嶋君は私のこと、なんとも思うてないんや。

レイコの言葉でそう確信して、ノートをゴミ箱に捨ててそれで終わりだ。

大学に入って、初めて男の人と付き合った。バイトしていた喫茶店のマスターだった。マスターはバツイチで、その時は随分熱中して一人暮らしのマスターの部屋で親の目を盗んで何週間か同棲《どうせい》のようなこともしていたが、ある日、突然冷めた。理由は自分でもよくわからない。自分はここにいてはいけない、と思った。相手も追ってこなかった。あれを恋愛と呼んでいいのかさえわからなかったが、誰かと付き合ったのはそれっきりだ。

　恋愛をしてみたいと思うこともある。

　しかしそのタイミングを摑《つか》む前に、落語に恋してしまった。

「……多分、ないです」

　マスターの質問に、そう答えた。

「マスターは今回の小夏兄さんのこと、どう思わはるんですか」

　今度は逆にマスターに訊《き》いてみた。

「僕はねえ」

　ちょっと考えてから、マスターは話し出した。

「今回の騒動、小夏さんの背中を押したんは、夏之助師匠やと思います」

「うちの師匠が？」

　甘夏は意味がわからなかった。

「どういうことですか」

「あれは、いつのことやったかな。この店で、夏之助師匠と小夏さんが、話してたんです。夏之助師匠は、小夏さんに、こう言うてはりました」

　マスターは夏之助師匠の口真似で言った。

「小夏、おまえ、一回ぐらいトチれ。思いっきり、トチってみい……」

　思い出した。それに近い言葉を、甘夏も小夏の口から聞いたことがあった。

「あまりにも生真面目な小夏さんに対して、師匠が言いはった言葉です。小夏さんは、神妙な顔して聞いてはりました。僕はあのときのことが妙に頭に残ってましてね。小夏さんが、自分自身でどこまで意識してはるのかはわかりませんけど、僕は、小夏さんは、あの時の師匠の言葉を、実践してはるんやないかなあ、と思いました」

そうなのだろうか。そうなのだとしたら、それはそれで、甘夏には許しがたい気がした。

それは「蛍」という女に対して、失礼すぎはしないか。

そんな計算ずくで女にトチ狂っているとしたら、私は小夏兄さんを軽蔑《けいべつ》する。

それでは、あのおなべを嬶《かか》にもらったら男に箔《はく》がつく、と考えた、『仔猫』の中の男と同じではないか。

甘夏は、小夏がプロポーズまで百日通う、と言ったことにも、胡散《うさん》臭さを感じていた。

本当に好きなら、百日も待つだろうか。百日も我慢するだろうか。それはある種の逃げではないか。本気で好きなのだったら、毎日毎日、プロポーズして、振られて振られて打ちのめされても、ぶつかっていけばいいいじゃないか。

兄さん、その人を本当に愛してるんなら、師匠が言った言葉に従うとかやなくて、そんな師匠の言葉すらも裏切るぐらいに、アホになってください。

甘夏は、そう言いたかった。

「で、八月の会は中止したとして、それ以降は、どうしはるんですか」

マスターが聞いた。

「私は、小夏兄さんがおらんでも、やるべきやと思います。この落語会は師匠が戻って来やすいように始めた落語会です。淡い淡い期待ですけど、今もそのつもりでやってます。けど」

「けど？」

「若夏兄さんは、『三夏の会』と銘打ってる以上、小夏兄さんがおらんのやったらやめとくべきやって言うんです。師匠がおらんようになって始めた落語会で、待ってる弟子がおらんようになったところを世間に晒《さら》すやなんて、カッコ悪すぎる。そやから三夏の会は、一日休止して、小夏兄さんが戻ってくるのを、待とうって。私には、もう正直いうて、小夏兄さんを待つ気はありません。世間に対してもカッコ悪いとは思いません。けど、若夏兄さんに押し切られました。それで、結局、十一月で師匠の失跡からちょうど一年経つし、それまでは休もう。そして師匠失跡から一年の会は、小夏兄さんが帰ってこようが帰ってこまいが、絶対に開こうとなったんです」

「なるほど。それにしても、三夏の会が、夏に、中止とはなあ」

マスターはそう言って甘夏に煎《い》りたてのコーヒーを出した。

いい香りが甘夏の鼻に届き、甘夏はカップを手にとって一口啜《すす》った。

「で、十一月までは、どうしはるんです」

「全く未定です。スケジュールはガラガラ」

甘夏はため息をついた。

「ああ、私も、いっそのこと、小夏兄さんみたいに、全部ほっぽり出して、どっか知らんところに旅に出たいわ」

「ええんちゃいますか」

マスターが涼しい顔で言う。

「たまには旅に出るのも、ええもんですよ。夏之助師匠も、スケジュールが空いたら、よう何日か、ふらっとどこかへ行ってはりました。甘夏さんも行ってきたら？　たとえば、落語の『東の旅』にちなんで、お伊勢さんまで、歩いて二人旅とか」

「二人旅？」

「『東の旅』は喜六と清八の二人旅と決まってますやん。若夏さんと二人でどうです？」

「ぞっとするわ」

甘夏が肩をすくめた。

2

「そのアイディアは、まんざら、悪うないなあ」

南條亭近くの喫茶店、「ワーズカフェ」で、竹之丞がカツサンドを頬張りながら言った。

「兄さん、やめてください」

「僕も嫌です」

甘夏と若夏が、口を尖《とが》らせて言った。

二人は竹之丞に、四月に続いて十一月の『師匠、死んじゃったかもしれない寄席』のゲスト出演を依頼するためにやってきたのだった。竹之丞に節目となる今回、ゲストとして出てほしい。それは甘夏と若夏の一致した意見だった。

竹之丞は快諾してくれた。十一月の『師匠、死んじゃったかもしれない寄席』までどうして過ごすかという話の流れの中で、アルルカンのマスターが漏らした言葉を竹之丞に何気なく言ったところ、そんな答えが返ってきたのだった。

「それにね、『東の旅』を実際に歩く、というのは、過去に、噺家《はなしか》がもうやってますよ」

若夏が言った。

「そうやなあ。二番煎《せん》じは、おもろない」

竹之丞がまたカツサンドを頬張った。

「そしたら、『西の旅』は、どうや」

「ああ、『西の旅』。明石《あかし》から、金毘羅《こんぴら》宮に渡る旅の噺ですね。それも遠慮しときます」

若夏が素っ気なく言った。

「そうか」

竹之丞はしばらく考えて、

「そういうたら……あれは、いつやったかな」

　カツサンドを口に運ぶ手を止めて言った。

「夏之助師匠と二人で飲んだ時、師匠が、言うてはったんを、今、思い出した。師匠は、山頭火《さんとうか》という人が好きでなあ」

「サントウカ？」

「そう。種田《たねだ》山頭火や。行乞《ぎょうこつ》、つまり、お恵みをいただきながら、日本各地を放浪しては、句を詠んだ俳人や」

「ハイジン」

「俳句を詠む人やな。有名な句が、いくつもあるで。

『分け入っても分け入っても青い山』

『うしろ姿のしぐれてゆくか』

『まっすぐな道でさみしい』」

　竹之丞がいくつかの句をそらんじた。

「まっすぐな道でさみしいって……。それ、俳句ですか？　五七五と違いますやん。季語もないし」

　若夏が突っ込む。

「自由律俳句というやつや。形式にはこだわらん俳句や。山頭火その人も、まあ、この句のとおり、どうしようもない人でな。酒が好きで、泥酔してはせっかく工面した金を使い果たしたり、飲みすぎて俳句の会をすっぽかしたり、無銭飲食で警察に連行されたり、市電を止めたり。まあ、ひと言で言うと、あかん人や」

「いつ頃の人ですか」

「戦前の人や。太平洋《たいへいよう》戦争が始まる一年前に死んではる。こんな句もあるで。

『ついてくる犬よおまえも宿なしか』」

「へえ。まるで落語の『鴻池の犬』ですね」

「ほんまやなあ」

甘夏は、夏之助が山頭火という俳人を好きな理由が、なんとなくわかった気がした。

竹之丞が答える。

「夏之助師匠はきっちりしてはった人やけど、根には放浪の魂を持ってはって、今、思うたら、山頭火のような生き方に憧《あこが》れてはったところもあったんやろうなあ。それで、夏之助師匠、いっぺん、山頭火の足跡を辿《たど》って、九州の温泉を巡ったことがあるらしい。ただ回るんは面白ない、『行乞落語会』と銘打って、行く先行く先で、即興の落語会を開いて投げ銭をもろうて旅を続けはったらしい」

「へえ。そんなことやりはったんですね」

「もしかしたら、師匠、今も、どこか、放浪してるのかもな」

そこで竹之丞が言った。

「夏之助師匠が山頭火の足跡を辿ったように、おまえらも、師匠の足跡を辿ってみたらどうや。師匠が十何年か前に落語会したところで、落語会、やってみるのは、どうや。もしかしたら、師匠が観にきてくれるかもしれんで」

「僕は行かんで」

若夏が投げ捨てるように言った。

「嫌です。行くんやったら、甘夏、おまえ一人で行け」

「若夏。そないに甘夏と二人で行くのは、嫌か」

「嫌です」

「私も嫌です」

甘夏の答えに、竹之丞が言った。

「よし。それやったら、三人や」

「三人？　けど、小夏兄さんは、もう……」

「小夏やない。俺が行く」

「え？　竹之丞兄さんが？」

「そうや。俺はな、夏之助師匠のその話を聞いたとき、たまらなく行きたたなったんや。いつか自分も行ってみようと思うた。そやから夏之助師匠がどういうルートを巡ったかも聞いて、ちゃんと手帳に残してある。今まですっかり忘れてたけど、今、思い出した。よし。決めた。三人で行こ」

「兄さん、そんなん、無茶です」

「無茶なことあるかい。『西の旅・夏之助ヴァージョンツアー』や。夏之助師匠のことで、何かわかることがあるかもしれん。若夏、おまえも来い。先輩の言うことが聞けんか。それでも嫌やと言うんなら、俺は十一月の会には、出んぞ。甘夏、若夏、どないすんねん？」

3

『西の旅・夏之助ヴァージョンツアー』は、十月二十二日から四泊五日で行くことになった。忙しい竹之丞のスケジュールをなんとかやりくりし、これが最大限長く取れる日程だった。五日で三ヶ所の宿を巡り、現地で落語会を三回演《や》る予定だ。

新大阪《しんおおさか》駅で待ち合わせ、七時十五分発の新幹線「さくら545号」に乗り込んだ。行程は竹之丞に完全にお任せだ。夏之助師匠から聞いたという十三年前の旅程をもとに組まれている。

「最初の目的地は、熊本県の八代《やつしろ》。日奈久《ひなぐ》温泉や。師匠は、春先に訪ねたみたいやけど、まあ、秋の九州旅行も、悪うはないやろ」

突飛な計画だったが、甘夏の心はどこか弾んでいた。

九州に行くのも生まれて初めてだった。行ったこともない九州のどこかの町を歩いている夏之助の姿が浮かんだ。一方、若夏は終始浮かない顔だ。

「若夏。どないしたんや。身体の調子でも悪いんか」

竹之丞が心配そうに訊く。

「いいえ。大丈夫です。昨日、遅うまで、ネタ、繰ってたもんで」

新幹線は十時四十四分に新八代《しんやつしろ》駅に着いた。

そこから在来線で八代駅まで行き、肥薩《ひさつ》おれんじ鉄道というしゃれた名前の二両編成の電車に乗り換えて、十分ほどで日奈久《ひなぐ》温泉《おんせん》駅に着いた。

駅を出ると正面が、なんと、ちくわ屋だ。駅を出て一番目立つところにちくわ屋があるところもなかなか珍しいだろう。国道の手前に車一台が通れるか通れないほどの細い路地があり、案内板を見るとそれが薩摩《さつま》街道だった。江戸時代はこの道を通って江戸まで大名たちが参勤したと書いてあるが、とてもそんな道には見えない。

とにかくくねくね曲がりくねっていて、真っ直ぐなところがどこにもない。そしてやはりこの路地の中にも、ちくわ屋がたくさんあるのだった。

路地にはあちらこちらに山頭火の句を書いた板が掲げられていた。山頭火が愛した温泉町ということで、町もずいぶん山頭火にあやかっているようだ。

数え切れないほどの句が掲げられていたが、甘夏が好きになったのは、次の句だ。

うつむいて石ころばかり

そして歩くとちくわ屋ばかり、と、甘夏は心の中で一句詠んだ。

曲がりくねった路地を十分ほど歩くと、広場のようなところに出た。

どうやらここが町のへそなのだろう。

「日奈久温泉センター」と書かれた立ち寄り湯の建物があり、広場の四方には靴屋があり、カラオケ屋があり、コインランドリーがあり、そしてやはりちくわ屋があった。町のへそにしては、なかなかカオスだ。甘夏はこの町が気に入った。

「ここを右に曲がると、山頭火が泊まった宿がある」

竹之丞の言うまま右へ曲がると国道に出る。道の向こうの散髪屋の裏手に、その宿はあった。『織屋《おりや》』という古い看板がかかった二階建ての日本家屋だった。

「ここが山頭火が泊まった木賃宿や。とっくの昔に営業はやめて、今は建物だけが残ってる」

竹之丞が古い引き戸にそっと手をかけると、すっと開いた。鍵《かぎ》がかかっていないのだ。中には誰もいない。

まるで時間が百年も遡《さかのぼ》ったような風景がそこにあった。

三和土《たたき》の土間の脇に畳敷きの部屋。三和土は奥まで続いており、奥は炊事場のようだ。

正面に二階へ上がる階段がある。歩くとギイギイと音が鳴る。これまでどれほど多くの旅人がこの階段を踏みしめただろう。その中の一人に夏之助がいたはずだ。

二階には破れた障子に仕切られて、畳の間が二つ。

およそ九十年前、山頭火は旅芸人や行商人たちとともに、この部屋で雑魚寝《ざこね》したのだろう。どんな会話を交わしたのだろうか。三人は座敷に座って、聞こえるはずのない会話に耳を傾けた。

窓の外に、交尾したままのトンボが二匹、飛んでいた。

山頭火なら、何か句を詠んだだろう。

「師匠もここに泊まりたかったそうやが、もうその時分は営業をやめてたんで、別の宿を探して泊まったそうや。その宿はここからすぐ近くのはずや」

階段を下り、引き戸を開けて外に出ると、かすかに潮の匂いがした。

日奈久温泉は小さな町だ。夏之助が泊まった宿はすぐに見つかった。さっき歩いた薩摩街道の一本南の路地にひっそりと佇《たたず》んでいた。

質素な造りの玄関を入ると、

『歓迎　桂夏之助一門様』

と書かれた札が掛けられていた。

宿の主人が三人を出迎える。

「ようこそお越しくださいました。いやあ、あの夏之助師匠のお弟子さんが、こうしてまたうちを訪れてくださるとは。ありがとうございます」

玄関の正面が二階に上がる大きな階段で、大黒柱には古い柱時計。奥の中庭にはお稲《いな》荷《り》さんの赤い鳥居があった。さすがに歴史を感じさせるのだが、床や中庭の引き戸などの素材が新しく見えた。

「いつからの営業ですか」竹之丞が訊く。

「大正の初めです。山頭火が訪れたときには、もうありましたね。ただ、あの熊本地震で、うちも大きな被害に遭いまして。四ヶ月休みました。復旧に四千万円以上もかかりました。国からの補助は出ましたが、一千万円以上は持ち出しです。一時はもう閉館かと覚悟したんですが、おかげさまで、古くからの常連客さんからの義援金などもありまして、なんとか復旧いたしました」

熊本に大きな地震が起こったのは、三年半前だ。

「地震の時は、師匠からもお見舞いのお電話と、幾らかの義援金もいただきましたよ。その節は本当にありがとうございました。落ち着いたら、また行かせてもらいますと、師匠、おっしゃってましたが、あれから、もう三年半なんですね」

宿の主人はちょっと声を落とし、それからことさら明るい声で言った。

「さあ、今夜の落語会までは、どうぞゆっくりなさってくださいまし」

宿での落語会は今夜午後七時からだ。師匠もここで即興の落語会をやったのだ。

「当時の写真が残ってますよ。これです」

十三年前の師匠がそこにいた。先ほど上がった玄関の広間に俄《にわ》かづくりの高座を作って演ったらしい。どことなく『師匠、死んじゃったかもしれない寄席』に似ている。温泉宿の落語会。銭湯の落語会。師匠も弟子も、同じようなことを考えたのだ。

宿の主人は、十三年前の夏之助のことをよく覚えていた。

「いやあ。あの日はねえ。予約もなしに突然、師匠が宿においでになって、ここで即興の落語会を演らせてくれって。面食らいましたよ。おかげさんで、二日後に演った会にはたくさん人が集まってくれましてね。ここは山頭火ゆかりの町ですから。みんな山頭火が大好きなんです。『行乞落語会』というのが、けっこう、ウケたんですな」

宿の主人は相好を崩した。

夏之助は一ヶ所に三泊ずつして、二週間ほどかけて熊本と宮崎を旅したという。飛び込みでやる行乞落語会の告知のために日数を要したということもあるだろうが、山頭火が歩いた町をひとつずつ、ゆっくりと歩いてみたかったのだろう。

「日奈久の町も、ええとこですね」

「ええ。この町の歴史は、古いんですよ。室町《むろまち》時代から、湯が湧いてますからね」

「なんでこんなに、ちくわ屋が多いんですか」

甘夏は訊いてみた。

「ここは海が近いんですよ。不知火《しらぬい》海ですね。昔は魚が捨てるほど獲《と》れました。それで、捨てる魚で、ちくわを作ったんですね。それが始まりです」

部屋に案内された。

竹之丞と若夏は相部屋。甘夏は別の部屋だ。

しかし二階の窓からは、海は見えなかった。野良猫が何匹か路地を徘徊《はいかい》しているのが見えた。十三年前、夏之助も、この部屋から同じような風景を眺めていたかもしれない。

夜の落語会は旅のネタを演ろう、ということで、甘夏は『煮売屋』、若夏は『七度狐』。竹之丞は『深山《みやま》隠れ』を演った。

「えぇー、この『深山隠れ』というお噺は、噺家が御難に遭うという噺でして、昔から、この噺を演った噺家は以後、売れんようになるという、恐ろしいジンクスのあるお噺でございます。ですので、噺家は誰も演ろうといたしません。しかしながらこのお噺は、ここ、熊本は天草《あまくさ》が舞台という、珍しい旅のお噺でございます。ここで演らんとどこで演るねん、という心意気で、私、今夜は、噺家生命を懸けて、一席、演らせていただきます」

笑いの中で、竹之丞が語り出した。

『深山隠れ』とは、こんな噺だ。

旅回りの一座に入って熊本、天草で巡業を行った大坂のある噺家が、その後あてもなく放浪し、ひなびた天草の漁村にたどり着く。村に住み着いて暮らしていたが、ある日、噺家は町に買い出しに出たまま帰らなくなる。彼を迎えに行った村の者も帰ってこない。その者を迎えに行った者もまた……。

ついに最後に残った男が、村を出て山を越えると、女の山賊に出会う。大格闘の末、退治するが、そこへあの島原《しまばら》の乱で天草四郎《あまくさしろう》の参謀役を務めた男の妻だという老婆が現れる。そしてまた大立ち回りの末、男は老婆を川へ放り投げる。

そして、サゲ。老婆が言う。

「ひと思いに殺せ。なんでこんな年寄りを川に浸《つ》けて、えらい目にあわすのじゃ」

「ええい、婆《ばば》は川で洗濯じゃ」

サゲは他愛のないものだが、かなり奇想天外でスペクタクルな展開の噺だ。

甘夏は初めて聞いたが、ジンクスを恐れて誰も演らないのがもったいない、と思った。ご当地天草が登場するし、竹之丞の熱演もあって、日奈久の客にも大いにウケた。

若夏と甘夏も、そこそこウケた。西の旅の落語会は上々の滑り出しだ。

会がお開きになった後は、いつものように打ち上げがあった。

「今日の竹之丞師匠の噺は、なかなか面白い噺ですな」と、徳利を傾けながら宿の主人。

「ところで、話の最初に登場した、あの噺家ですが、行方不明になってから、どげんなったとですか」

宿の主人の問いに竹之丞が答える。

「ほんまですね。どこへ行ったんですやろ」

宿の主人が言った。

「まるで夏之助師匠みたいですな」


打ち上げの後の温泉は肌に馴染《なじ》んで心地よかった。

甘夏は、露天の湯に浸かりながら、夜空を見上げた。

秋の星座だ。

白鳥座。アンドロメダ、魚座、牡羊座《おひつじ》、カシオペヤ。

師匠にオリオン座のことで叱られて以来、甘夏はずいぶん星座を覚えた。

それでも頭上には、まだまだ甘夏の知らない星座がいくつも燦然《さんぜん》と輝いていた。

落語だって同じだ。

今日、竹之丞が演った噺以外にも、まだ甘夏の知らない、面白い噺が山ほどあるはずだ。旅に出る前に竹之丞から教えてもらった、山頭火の句を思い出した。

分け入っても分け入っても青い山

落語という青い山の向こうへ、甘夏はどこまでも歩いて行きたかった。

師匠は、今日も、やってこなかった。それでも、この旅は良い旅になりそうだ。甘夏はもう一度夜空を見上げてから、ざぶんと頭から湯に浸かった。

4

日奈久温泉を朝早くに出た。

出立するとき、玄関の入り口に山頭火の句板があるのに気づいた。

ふりかへらない道をいそぐ

次に向かったのは人吉《ひとよし》、というところだ。

人吉は海沿いの八代とは違い、山間《やまあい》の町らしい。

「山頭火は、日記に球磨川《くまがわ》沿いに五里歩いた、と書いてる。夏之助師匠も、八代から人吉までを歩いた、と俺に言うてはった」

「五里というと……」甘夏が訊く。

「二十キロや」

「へえ。そのとき、二人は何歳ですか？」

「ええっと、山頭火は明治十五年生まれで、昭和五年やから……。四十八歳やな。師匠は……」

「四十歳です」

朝からずっと黙っていた若夏が初めて口を開いた。

若夏が即座に答えたことに、甘夏はちょっと驚いた。

「われわれも、歩いてみたい気はするけど、そうすると夜の落語会の頃はヘトヘトや。電車で行こう」

肥薩線の八代駅から乗り込んだのは二両連結の赤い電車だった。途中、十ほどの小さな駅に停まりながら、一時間あまり。人吉《ひとよし》駅はこれまでの山間の駅に比べればかなり大きい。とはいえプラットホームに降りると取り立てて大きな建物は何も見えず、深呼吸すると山の匂いが胸いっぱいに広がった。

「山頭火は、ここで『宮川屋』という宿に泊まってる。ええ宿やったみたいやな。日記に、こう書いてる」

竹之丞は岩波文庫の『山頭火俳句集』を読み上げた。

「『この宿はよい、若いおかみさんがよい……』」

けど残念ながら、と、竹之丞は文庫を閉じた。

「この宿は、今は、もうない。夏之助師匠が訪れた時にも、もうなかった。師匠は、昭和初期から人吉にあった別の旅館に泊まってる。われわれも、今日はそこに泊まって、夜は、また落語会や」

古い街道筋には昔ながらの鍛冶屋《かじ》があったり、味噌《みそ》蔵があったりと、人吉の街並みも良かった。

宿での落語会もうまく行った。演《だ》し物は昨日と同じだ。

そして翌日。人吉駅からさらに南へ向かい、県境を越えて宮崎県へ入る。

県境の峠越えの車窓からの絶景に、甘夏は思わず声をあげた。なんでも「日本三大車窓」のひとつに数えられているらしい。やがて霧島《きりしま》連山の山々に囲まれた盆地の町が見えてきた。えびの市という町だった。

三人は吉松《よしまつ》という駅で吉都《きつと》線に乗り換え、京町温泉《きょうまちおんせん》駅で降りる。駅前の『京町銀天街《きょうまちぎんてんがい》』と書かれたアーケードを越えて、百メートルほど歩くと、そこがかつて山頭火も投宿した京町温泉郷だった。道中は歓楽街ではなく、普通の民家とスナックが数軒ある程度だ。ひっそりと落ち着いた風景の中に、目指す宿があった。洞窟《どうくつ》露天風呂《ぶろ》が名物の、この界隈《かいわい》では古い歴史を持つ旅館だという。

宿近くの温泉広場には、山頭火の句碑があった。

ありがたや熱い湯のあふるるにまかせ

今夜は温泉にちなんだ落語を演ろう、ということで、夜の落語会では甘夏が『延陽《えんよう》伯《はく》』、若夏は『湯屋番』、竹之丞は『不動坊』を演った。

甘夏の『延陽伯』も若夏の『湯屋番』も、出来が悪かった。

しかし竹之丞の『不動坊』は彼の十八番《おはこ》のひとつで、大いにウケた。なんとか落語会の面目を保った恰好《かっこう》だ。


簡単な打ち上げのあと、部屋で三人で飲むことにした。

酒は地元の球磨焼酎《くまじょうちゅう》だ。

「忙《せわ》しない旅やったけど、なかなか楽しかったな」

焼酎がなみなみと注がれたコップに竹之丞が口を近づける。

「今夜は反省が山ほどあります」

甘夏も焼酎を一口飲み、

「けど、今回の旅は、私、九州が初めてやったんで、めちゃよかったです。こんな旅行したん、何年ぶりやろ。兄さん、言うてくれてありがとうございます」

「若夏も飲めよ。今日の『湯屋番』は良うなかったけど、そんなこともあるわい」

「ありがとうございます」

若夏は竹之丞が注いだコップを一気に呷《あお》った。

「さあ、あと一泊や。明日の最後の一泊は、予定なしや。宿も取ってない。成り行き任せで、どこかに泊まろう。どこに出る？　宮崎でもう一泊か？　南に下って鹿児島まで出るか？　熊本まで戻るか？　いっそ福岡という手もあるな。俺は、どこでもええで。甘夏、おまえは、どこ行きたいんや」

「私、九州、よう知りませんので。でも、私、海、好きやから、海が見えるとこがええです」

「海か。それやったら、鹿児島まで出て、桜島《さくらじま》でも見るか」

「はい。それ、ええですね。『西郷《せご》どん』の舞台、見てみたいです」

返事した後に、ふと思いついた。

「夏之助師匠は、十三年前、この後、どこへ行かはったんですか」

「それがなあ」

竹之丞が眉《まゆ》を八の字にした。

「夏之助師匠は、熊本の日奈久温泉、人吉温泉、それから宮崎の京町温泉と山頭火の足跡をたどった後、熊本に戻ってる」

「熊本に？」

「ああ。師匠から旅の行程を教えてもろうた時には、なんとも思うてなかった。てっきり、山頭火も同じように熊本に戻って、師匠は、その足跡をたどってる、と思うてたから。ところが、今回、おまえらと旅することになったやろ。念のために山頭火の足跡を調べてみたんや。そうしたら、山頭火は、宮崎の京町温泉を出てから、そのまま東に向かって、大分に旅してるんや。つまり、師匠は、山頭火の足跡から外れて、熊本に戻ったことになる」

「……日奈久温泉に、戻ったんですか」

「違う」

「そしたら、どこですか」

「師匠が向かった先は、日奈久温泉のある八代から、三十キロほど南に下った、水俣《みなまた》や」

「ミナマタ？」

「そうや。聞いたことあるか」

「教科書に載ってる、あの水俣ですか」

「そうや」

ミナマタとは、水俣だ。

中学の教科書に載っていた。たしか、昔、大きな公害病があって、工場が垂れ流した水銀で汚染された魚を食べた地元の人たちがたくさん病気になった。それが教科書に載るほどの大変な事件になった。そう、水俣病だ。授業で写真を見た。母親が水俣病になった女の子を抱きかかえている写真だった。女の子は宙を見つめ、笑っているようにも見えた。甘夏にはその表情が強烈に印象に残っている。

「なんで、師匠は、水俣に行かはったんですか」

「それが、わからんねん。師匠は、何も言わはれへんかったしな。俺も、何も訊かんかった」

若夏は黙ってうつむいている。

甘夏が訊く。

「兄さん、水俣には、海があるんですか」

訊いたあと、我ながらアホな質問だと思った。

水俣病の原因となった水銀は水俣の工場から、海に垂れ流されたのだ。

「もちろん、ある。八代と同じ、不知火海に面した街や」

「私、水俣に行ってみたい。師匠が、なんで水俣に行ったんかも、気になるし」

「若夏」

竹之丞が訊いた。

「おまえは、どうや?」

「僕は……、鹿児島の方が、ええです。鹿児島の海の方が、見たい」

そう言ったきり、黙った。

しばらく沈黙が続いた。

「そうか。ほな、ここは、兄弟子の意見を尊重して、明日は、鹿児島にしよか」

そう決めて、宴《うたげ》はお開きになった。

翌朝、宿を出て駅に向かっていると、『京町銀天街』のアーケードの下で、突然、若夏が立ち止まった。

「若夏、どないしたんや」

竹之丞がうつむいている若夏に訊く。

「兄さん」

若夏が顔をあげた。

「なんや」

「今日の予定ですけど」

「ああ」

「……僕、やっぱり、水俣に行きたいです」

しばらく間があった。

竹之丞はポンと言った。

「よっしゃ、予定変更や。甘夏、それでええな」

「はい」

京町温泉駅の窓口で、竹之丞が駅員に言った。

「水俣まで。片道、三枚」

「吉松と八代で乗り換えて新八代まで行って、新幹線を利用する方がだいぶ早いですよ。降車は、新水俣《しんみなまた》駅でいいですね」

乗り込んだ電車に客はほとんどいなかった。三人は向かい合わせの席に座る。進行方向に向かって、竹之丞と、甘夏。

電車がガタンと動き出す。三人は無言だった。

二駅先の吉松駅で八代行きの各駅停車に乗り換える。やはり乗客はほとんどいない。

電車が動き出してから、竹之丞が訊いた。

「若夏、なんで気が変わったんや」

若夏は、向かいに座る竹之丞と甘夏に、ゆっくりと語り出した。

「水俣は……、僕の母親の、ふるさとです」

5

「水俣は、僕の母親の、ふるさとです。母の名前は、絹子《きぬこ》っていいます。ちょうど東京オリンピックの年に水俣で生まれたんです。そのとき『東洋の魔女』って呼ばれた日本の女子バレーボールチームが金メダルを獲って、日本じゅうが熱狂したそうです」

「東洋の魔女。聞いたことあるな」

竹之丞が相槌《あいづち》をうつ。

「エースアタッカーの名前が谷田《たにだ》絹子《きぬこ》っていうらしくて、母の両親は、彼女の名前を自分の娘につけたんです。名前が良かったんでしょうか。小学生の頃から、駆け足はクラスで一番。中学と高校でもバレー部に入ってずいぶん活躍したそうです。大阪の実業団チームのスカウトも、見に来てたそうです」

「ほう。それは大したもんやな」

絹子。いい名前だな、と甘夏は思った。見たこともない若夏の母親の、すらりと伸びたしなやかな肢体を勝手に想像した。

「けど、練習中に足が攣《つ》る癖が直らずに、選手になる夢は諦《あきら》めたそうです。高校を卒業して大阪に出てきました。美容師を目指したそうです。もともと興味のあった道やったらしくて、持ち前の頑張りで此花《このはな》区の千鳥橋《ちどりばし》の美容院で下働きをしながら専門学校へ通って技術を覚えたそうです。それで二十六歳のときかな。父と結婚したんです」

「大阪で？」

「ええ。カラオケボックスで出会ったそうです」

「カラオケボックス？」

「当時、鉄道のコンテナみたいなんを利用してカラオケを歌う店が流行《はや》ったんやそうです。母は歌うことが好きでしたから。職場の仲間としょっちゅう通ってたそうです。そこに歌いに来てた父と会うようになって、結婚したって言うてました。父は左官の職人でした。父はサザンオールスターズの歌が得意でね。特に『チャコの海岸物語』が十八番で、一緒に歌ったときに替え歌で『心から好きだよ、絹子！』って目を見つめながら言われて、それで母は父と結婚したそうです」

「絹子の海岸物語、か」

竹之丞がちょっと笑った。

そこで、若夏は一息置いて車窓を眺めた。

何を、どう話そうか、考えているようだった。

電車が一駅ほど走ったあと、ようやく口を開いた。

「その頃は僕もまだ生まれてないんで、これは、ずっと後になってから知ったことですけど、母は、高校を卒業して大阪に出てきてから、絶対に、人に言わんかったことがありました。それは……自分が、水俣出身や、っていうことです」

「出身を？」

「美容院でも、近所でも、絶対に言いませんでした。それでも訛《なま》りがあるので九州であることは悟られて、中には熊本やないかと気づく人もいました。千鳥橋には、九州や四国から出てきた人も多かったんです。熊本のどこね？　と聞かれた時は、市内の水前寺《すいぜんじ》公園の近くと偽って答えたそうです」

竹之丞の表情が曇った。

「母には、高校の時に、忘れられない経験があったそうです。バレーの試合で、県外に行った時に、試合前、相手の選手に言われた言葉です。『おまえら、水俣から来たんか。あんまり近寄るなよ。水俣病が感染《うつ》る』」

「ひどい」甘夏は思わず憤った。

「水俣病っていうのは、チッソっていう会社の工場から、メチル水銀を含んだ廃水が海に垂れ流されて、それに汚染された魚を食べて体に入った毒が、脳の神経を冒すんです。

それで体のいろんなところに障害が出てくる。だから感染るもんじゃありません。遺伝もしません。けど、世の中の水俣病、いや、水俣に対するイメージって、そんなもんでした。外に出て、水俣出身って知れたら、ものすごう差別される。母は、それを身をもって体験した。そやから、絶対に、言わんかった」

「お父さんには、言うたんやな」

竹之丞が言った。

「はい。結婚する前に、本当に、勇気を振り絞って言うたそうです。父は、そんなこと、気にせんでええって言うてくれたそうです」

「お父さん、ええ人でよかった」

甘夏の言葉に、若夏は曖昧《あいまい》な表情を浮かべた。

「僕は、父の記憶は、ないんです。三歳のときに死にましたから。クモ膜下出血で、突然のことやったそうです」

甘夏は絶句した。言葉を継げなかった。

「母は、一人で小さな子供を育てることができなくなって、三つ上の姉と僕を連れて水俣に帰りました。祖母も祖父もすでに亡くなっていて、母の兄弟もみんな水俣を出てました。伝手《つて》を頼って、湯の児《ゆのこ》温泉という海辺の温泉街の旅館で住み込みで働きました。

水俣に戻ったとき、僕は三歳でしたけど、はっきり記憶があるんです。海の記憶です。母と姉と三人で、向かい合わせで電車に乗ってるんです。今日みたいにね。そのとき、窓の外の視界がぱっと開けて、海が見えたんです。それで僕は、海を指差して、『海や！』って叫んだんです。母と姉が大笑いしてた顔まではっきりと覚えてます。

それが僕の、生まれて最初の記憶なんです。父のことを覚えてなくて、海のことを覚えてるって、今でもなんか、変な気がします。

子供の頃の記憶は、ほとんど海の記憶です。

よく覚えてるのは、海辺で母に散髪してもらったこと。母は美容師でしたからね。天気のいい休みの日に、海辺に、椅子を出して、姉と並んでね。母は、髪を切りながら、いろんな話をしてくれました。高校の頃、よく練習でこの浜辺を走ったよ、とか。いろんな歌もたくさん歌ってくれました。海の歌や、水俣の子守唄なんかも」

「気持ち良さそう」

甘夏は思わず言った。

「気持ち良かった。そのときのことが今も頭に残ってます。それで」

それで、と言って、若夏は、またしばらく無言になった。

甘夏と竹之丞は言葉を待った。電車のレールの軋《きし》む音だけが聞こえていた。

「あれは、小学校四年の時でした。ちょうどアテネオリンピックをやってた頃ですから、二〇〇四年。母は、ちょうど、四十歳ですね。僕ら家族は、いつも三人で一緒に寝てたんです。その日、なぜか夜中にふっと目が覚めたら、母が布団の中にいてへん。隣の部屋で、電話してるんです。その声が聞こえてきたんです。

『私、申請するのは、おそろしか。仕事のこともあるし、娘の将来のこともあるけん。それに、自分が水俣病じゃちわかったら、将来、どげんなるかち思うたら、おそろしゅておそろしゅて、しょんなか。自分があげん病気ちな、思いたくなか』

申請、水俣病、そんな言葉が頭にこびりつきました。

電話の相手は誰かわかりません。姉は寝てました。僕はその電話を聞いたことを母には黙ってました。姉にも黙ってました。言ってはいけない。直感的に思いました」

重い空気が車内に漂った。

「お母さんは……」

竹之丞の言葉を遮るように、若夏は言った。

「母がね、僕の頭を散髪するとき、途中で、しょっちゅう、ハサミを地面に落とすんですよ。お母さん、プロやのに、なんでやろ、と思ってました。僕は小さかったから気がついてなかったんですけど、母の身体は大阪にいてたころからもうすでにいろんな症状が出てたんです。手の指先が痺《しび》れて感覚がない。めまいがする、耳鳴りがする、頭痛がする。体がだるい。食べ物の味がわからない……。けど、そういう症状は、外からはわからないんです。母も必死で隠してたんでしょう。父にすら言ってなかったそうです」

「お父さんにも？　お父さんは気づかへんの？」

「気づかれへんように、一人で、じっと我慢してたんです」

「お母さん、病院には、行かへんのですか」

「行ってました。体がしんどいから、薬をもらいに。けど、お医者さんにも、水俣出身であることは言わんかったんです。過労やとか、心因性のもんやとかいつも適当なことを言われて帰ってきたそうです。けど、母には、思い当たることがあったんです」

「思い当たること？」

若夏は、また視線を車窓に向け、言葉を選んでいるようだった。そして竹之丞と甘夏の方に向き直って、口を開いた。

「祖母も、よく物を落としてた。それに祖父も。ふたりとも頭痛持ちで、夜は体がだるいとよく臥《ふ》せってた……これは、うちの家の、性分なんかな。母は、そう思おうとしました。でも、母の頭の中は、もっと恐ろしいことがよぎってたんです。祖父は大工で、祖母は魚の行商をしていました。毎日のように水俣の海で獲れた魚を食べていたんです。祖母と祖父にも、同じ症状がある。けど、両親は水俣病、と絶対に言わんかったそうです」

「水俣病は、遺伝しないんでしょ？」

「遺伝しません。一度傷ついた神経細胞はもう修復できないんですが、水銀の毒自体は、やがて体から出ます。けど、母親が水銀中毒になっている時にお腹の中にいた子供には、母親の胎盤を通じて、水銀の毒が回るんです。胎児性水俣病というそうです。祖母が母を妊娠したときにも、魚を食べていました」

重い沈黙が漂った。

次は、人吉、という駅名を告げる車内のアナウンスだけが、はっきりと聞こえた。

「水俣に帰ってからも、母は仕事は絶対に休みませんでした。症状があることを誰にも隠していました」

「なんでそこまで、隠すんです？　自分の夫にも。お医者さんにも、家族にも」

「なんでそこまで……」

若夏が甘夏の言葉を繰り返す。そして静かに言った。

「勇気を出して水俣病であることを認定してもらって、国やチッソから補償をもらう人もおりました。けど、水俣病患者は、地元でひどく差別されてたんです」

「なんで差別されなあかんの？　被害者やないですか」

「地元では、大会社のチッソのおかげで生活できている人がたくさんいてる、この街はチッソで成り立ってる、そう考える人たちがたくさんおったんです。そう思う人たちにとって、水俣病の患者というのは、疎ましい存在なんです。騒いだら、チッソがこの街から出て行く。そうなったら、この街は終わりや。あいつらは、水俣の街を潰《つぶ》す。そういう空気なんです」

そんな理不尽なことがあるか、と甘夏は憤慨した。

会社のせいで病気になった人たちが、その会社を守るために差別されるなんて……。

「母が大阪に出る前の頃、水俣病になって這《は》うように道を歩いてたり、見た目にも明らかに体が不自由な人を、よう見かけたそうです。そんな人たちに比べれば、自分たちはあんなんじゃない、同じ病気じゃないと、誰にも言わずに黙っている人たちが、水俣には多かったんです。母も、母の両親も、まさにそうでした。差別されることを恐れる気持ちがあったんです。自分が水俣病であることを認めたくないという気持ちがあったんです。水俣病のことを家族同士で語ることさえタブーのような空気の中で、母は育ったんです。だから、自分の、夫にさえ、言えんかった……」

二人は、声にならないため息をついた。

「けど、それは……お母さんの子供のころの話と……」

甘夏の言葉に若夏は静かに首を振った。

「学校では、小学一年から、水俣病の授業があったんです。それでも、僕が子供の頃も、水俣病のことは、言うたらあかんこと、触れたらあかんこと、という空気がありました。タブーになってるんです。

同級生には、父親がチッソに勤めてることを、やたらに自慢にしてる子もいました。あれは、何年生の頃やったかな。学校の図書室に、たった一冊だけ、水俣病の写真集があった。僕は母のことがあったんで、周りに誰もおらんのを確認して、手に取ったんです。何ページかめくったそのとき、同級生の何人かがどやどやと図書室に入ってきました。僕は慌てて本を閉じて棚に戻しました。そして何事もなかったような顔をして、彼らと遊びに行きました。二度とその本は見ませんでした。近づくのも怖かった」

またしばらく無言が続いた。

車窓の向こうには球磨川が見えていた。まるで海のようなエメラルドグリーンの川面《かわも》が陽の光を浴びてきらめいていた。渓谷の底を縫うように走る電車は海路《かいじ》という名の無人駅に停まった。不思議な名前の駅だった。海はまだ遠いはずだ。

やがて電車が八代駅に着いた。甘夏は手の中にあった切符を見た。

ここから新八代駅に出て九州新幹線に乗り換えれば、新水俣駅までは十五分で着く。

「すみません。新幹線じゃなくて、在来線で、水俣まで行きませんか。水俣に着くまでに、もう少し二人に話しておきたいことがあるんです」

「そうした方が良さそうやな」

竹之丞が言った。

三人は乗車変更の手続きをして、在来線の電車に乗り込んだ。

そこから、若夏は一気に語った。

6

あの電話を盗み聞きしてから、母の身体の異常が目につくようになりました。それまで気づかなかった母の症状に、気づくようになったんです。

ものを落とす。何もないところでよくつまずく。仕事から帰ると、疲れて何もできなくて、ぐったりと寝てしまう。そして夜中にしょっちゅう目《うめ》を覚ます。「ああ、セミが鳴いとるごたる。やかましいて、寝られん」寝床からそんな呻くような独り言が聞こえてきたこともあります。真夜中にセミが鳴いてるわけがありません。あとからわかったんですが、それは、耳鳴りの音やったんです。僕はただ、じっと寝たふりをするしかありませんでした。母の耳鳴りが、僕にも聞こえてきそうでした。

そんな日々が、ずっと続きました。

そして、あの日です。今から十三年前の、二〇〇六年。僕は十二歳で、小六でした。母の働いている旅館で、落語会がある、というので、母と、中三になる姉と観に行きました。

桂夏之助が、水俣にやってきたんです。

落語はそのとき、生まれて初めて観ました。

こんな職業があるんや、と思いました。

正直、そのとき、師匠がやった落語の内容は、よう覚えてないんです。

ただ、母と姉が、大笑いしてた。あんなに笑う母と姉を、あのとき、初めて見た。

それだけを、よう覚えてるんです。

翌年は、姉が高校受験でした。水俣で僕と姉は、母と同じ経験をしました。母が子供の頃に受けたのと同じ差別を、僕らも受けました。

クラブ活動で他の地域の学校に行ったときや、修学旅行に行ったとき。

ひどい言葉が耳に入ってきました。

中学に入り、思春期に入った姉は言ってました。

「水俣はいやや。水俣ば出たか。好きな人ができても、水俣出身ちな言えん。子供ば水俣生まれにしたくなか」

母も、生活を立て直したら、もう一度大阪に出たい、と思っていたようです。

翌年、家族三人で再び大阪へ出ました。

母は食堂の裏方で働きました。姉もアルバイトをして家計を助けました。

大阪に戻ってきてから、母の症状は、さらに重くなっていました。

母は、そのときはもう、自分の体の不調を僕ら子供にも訴えるようになりました。

それぐらい辛《つら》かったんやと思います。夜中の耳鳴りが特に辛かったようです。

水俣の言葉で「からす曲がり」というんですが、突然両足が攣って目が覚めてしまう。

そんなことも毎晩のようにありました。

しかし母は相変わらず僕らきょうだい以外には体の不調を誰にも言わなかったし、水俣出身であることも誰にも言いませんでした。

そして、姉と、僕も。絶対に水俣の方言を出しませんでした。

完璧《かんぺき》に大阪弁を喋《しゃべ》ろうと必死で頑張りました。

大阪に出て三年後、姉が大阪の高校を卒業し、就職しました。

その三年後、僕も高校を卒業して就職しました。

その翌年に、お酒を一滴も飲まない母が、肝臓がんで亡くなりました。五十歳でした。水俣病の人は、内臓系、特に肝臓のがんになることが多いんやそうです。

死ぬ前に入院した病室で、母はようやく、僕と姉に、辛かった自分の半生を話し出しました。そして、それ以上にたくさん話したのは、まだ健康だった頃の、水俣の思い出、そして、大阪で出会った父との思い出でした。今、僕が二人に話したことも、病室で母が初めて話してくれたことです。何十年も心の中に溜《た》まっていたものが、母からどっと溢《あふ》れ出したんでしょう。

そして、母は小さな声で呟《つぶや》きました。

「どげんして私は、こげん病気に、なったとかいねえ。誰が、悪かとやろかねえ」

母を亡くした僕は、空っぽになった心を引きずって生きてました。

映画を観ることが唯一の心の慰めでした。映画を観てるときだけ、嫌なことを忘れられました。将来は、映画監督になりたいな、と夢みたいなことを、それこそ夢想してました。

そんなとき、たまたま何かのコミュニティ雑誌で、師匠の名前を見つけました。

ああ、この人、あのとき、水俣に来た落語家さんや。

二〇一五年でした。僕は雑誌に載っていた大阪の落語会に行ってみました。そこで夏之助師匠の落語に再会したんです。あの日から九年経ってました。

師匠は『蔵丁稚』を演ってはりました。

その噺が、そのときの僕の心情とぴったりでした。

映画の『ライフ・イズ・ビューティフル』を観たときと同じぐらいの感動がありました。落語って、こんなことが表現できるんや。

座布団と扇子と小拍子ひとつで、映画と同じぐらいの世界が表現できる。自分も演ってみたい。あの日の母や姉や、今日の自分のように、大勢の人を笑わせたい。そう思うて、師匠に弟子入りしました。二十一歳でした。

僕は最初、水俣で初めて師匠の落語を聞いたことは隠しておこうと考えてました。母の実家が水俣であること、自分も水俣にいたことを、知られたくなかったんです。

けど、師匠には弟子入りしたその日に熊本の訛りを見抜かれました。

師匠だけには全部正直に言うとかなあかんと思って、三歳から十二歳まで母の故郷の水俣におり、そこで師匠の落語を観たことを告白しました。母のことも言いました。

しかし水俣にいたことは誰にも言いたくない。

水俣で師匠の落語を観たことも言いたくない。

母親が水俣生まれであることも誰にも知られたくない。

師匠に、そう言いました。

それを聞いた師匠は、こう言いました。

「言いたないんなら、言わいでもええ。僕も黙っとく。けど、それは、いわれのない差別や。おまえが悪いんやない。まして母親が悪いんでもない。水俣という町が悪いんでもない。悪いのは水銀を垂れ流した企業や。ずっと放置した国と行政や。水俣出身であるということを言えんようにしてる世の中や。言えんようにしてる世の中というのは、誰のことや。水俣病のことを間違った偏見の目で見てる、目を背けてる、自分とは関係のないこととして、ないことにしてる、僕らひとりひとりや。おまえのお母さんは、ずっと、そのことで、苦しんでたんやなあ。きつかったやろうなあ。今も、水俣病で苦しんでる人が、それを言えんで苦しんでる人が、ぎょうさんいてるんやなあ。しかも、僕が住んでる大阪に、そして、きっと日本じゅうに。僕は、そのことを知らんかったことを恥に思う。知らんということは、罪なことやな。水俣のことは、いつかおまえにそのことと向き合う心が生まれたときに、もう一度考えたらええ」

僕は最初、竹之丞兄さんが提案したこの旅に出るつもりはありませんでした。師匠が兄さんに説明した旅程には水俣が入ってたはずやし、水俣に行くことになる、と思ったからです。

しかし、竹之丞兄さんが考えた旅程に水俣が入っていなかったことで、参加することにしました。

でも、旅の途中で、ずっと、僕は、師匠に言われた言葉を考えてました。

……水俣のことは、いつかおまえにそのことと向き合う心が生まれたときに、もう一度考えたらええ……。

それから旅の途中で、師匠の、こんな言葉も思い出しました。

それは、僕が、訊いたんでした。

「師匠、なんであの時、水俣に来たんですか」って。

師匠は、こう言わはりました。

「あのときな、僕は、山頭火の足跡を訪ねるつもりやった、で、熊本から宮崎を抜けていくつもりやったんや。けどな、八代から日奈久温泉に向かうローカル線に乗ったときに気づいたんや。そのローカル線の路線図の中に『水俣《みなまた》』という駅があることに。

水俣か。あれは僕が中学の時や。入ってた施設に、石牟《いしむ》礼《れ》道子《みちこ》という人の『苦海浄土』という文庫本があったんや。僕は何気なく手にとって読んでみた。そうしたら、まず、その文章に圧倒された。美しい、とか、強い、とか、そんな通り一遍の言葉で表せん世界が、そこに広がってた。『語り』っていうもんが、こんなに人の心を揺さぶる力を持ってるんかと、びっくりした。それから『水俣病』について知った。自分が、何も知らんかった、ということを知った。そうして、石牟礼さんの描く水俣の風土、特に海の情景が、強烈に頭に焼きついた。あの海の風景は、きっと石牟礼さんの心の眼で見た風景や。自分は同じ風景を見ることはできんやろう。それでもいつか、自分の目で見てみたい。ローカル線の路線図に『水俣』の文字を見つけたときに、そんなことを思い出したんや。

　結局、そのことが頭から離れずに、途中で予定を変えて、来た路線を逆戻りして、水俣に向かったんや。あの本を読んでなかったら、僕は、水俣には行ってないやろなあ。そうしたら、若夏、おまえも、僕の落語を聞いてない。噺家になることもなかったやろうなあ。

　人生は、不思議なもんやなあ。思わぬところに、つながってるんや。たかが、落語や。けどいつか、おまえの演る落語が、誰かの人生を変えるかもしれん。そう思って、頑張りや」

7

　三人は水俣駅で降り、タクシーで湯の児温泉を目指した。

　国道3号線を東に走り、橋を渡って海のほうに曲がり、川沿いを走る。急な坂道を登っていく。住宅地はやがて果樹園に変わる。山道を縫うように高度を上げていく。

　突然左側の視界が広がる。眼の前いっぱいに海が広がっている。

　その絶景に甘夏は息を呑《の》んだ。

　雲間からこぼれる太陽の光を受けて輝く海の向こうの島影は、天草だろう。

山腹を切り開いた崖道《がけみち》を車は走る。坂を降りると、海沿いに鉄筋コンクリートの建物がいくつも並んでいる。

湯の児温泉だ。

「母が働いていたのは、あの旅館です」

若夏が指を差した。タクシーはそこで停まった。

玄関に入る。すぐ左横がフロントだ。竹之丞が受付にいた女性に言った。

「予約をしていませんが、今日、男二人と女ひとり、ふた部屋一泊で空いてませんか」

「はい。空いてございます」

奥から女将《おかみ》らしい女性が出てきた。

「どうぞ、いらっしゃいませ」

「ご無沙汰《ぶさた》しています。速水達也《はやみたつや》です」

若夏が女将に頭を下げた。

「えっ！　たっちゃん？　絹子さんの？」

「はい」

「まあ、こげん、ふとなって！　水俣に、戻らしたと？」

「近くに来たけん」

「何年ぶりかなあ」

「十二年ぶり」

「そげん、なるか」

「ここは、なーん、変わっとらんなあ」

甘夏は若夏の顔を見た。

若夏が人前で方言を話すのを、初めて聞いた。

「今日は、ゆっくりしなっせ」

荷物を置き、三人は水俣の海辺を歩いた。

海は凪《な》いでいた。

三人は船着場の岸壁に足を投げ出して腰掛けた。

波が岸壁を洗う音が心地よい。小指ほどの白い魚が群れをなして泳いでいた。

海の底がさっと揺らめいた。青い魚の鱗《うろこ》が陽光を受けてきらめいたのだった。

遠くの岸壁で何人かが釣り糸を垂れている。

「よう、ここで、姉さんと一緒に釣りをしましたよ。チヌ、ガラカブ、クロ。チヌはなんでも食べるんで、夏はスイカで釣ってました」

漁船だろうか、白い船が一艘《そう》、静かな海に留《とど》まっている。

「あれは……真鯛《まだい》かイサキを釣ってるんかな。水俣の海は、天草の島々に囲まれてるから、内海なんです。そやから魚がよう獲れます。どんなに海が荒れても、どこかで魚が獲れます。隣の宮崎なんかは太平洋に面した外海なんで、僕がいてた頃にも、宮崎方面から、ぎょうさん釣り客が来てました。あと、やっぱりここは魚が美味《おい》しいから、料理目当てでね。今夜の料理、楽しみにしといてください」

竹之丞がため息を漏らした。

「水俣は、ええとこやなあ」

船着場の前には四階建ての木造の建物があった。正面の木彫りの破風を見ただけでも、かなりの贅《ぜい》を尽くした建物だとわかる。しかし今は営業はしていないようだ。

「あれ、立派な建物やね。旅館？　もう廃業したんかな」

「僕がいてた頃はまだ営業してましたけどね。この辺りでは一番古い旅館やと母が言うてました。湯の児の旅館はどこも、天草から移住してきた人たちが始めたんやそうです。漁師をやめて、手掘りで温泉を掘って、苦労して、やっと湯が出た。そのとき、『湯の児が産まれたごたるなあ』と喜んだのが名前の由来やって聞いたことあります」

若夏は天草の島影を見つめて言った。

「さっきはなんにも変わってないって言うたけど、よう見たらこの温泉街も、いろいろ変わってます。あそこに見える鉄筋のきれいなホテルは僕がおった頃は老舗《しにせ》の木造旅館やった。名前も、今の若いお客さんにウケそうな名前に変わってる。水俣病が騒がれた頃はこの温泉街もかなり大変やったやろうし、それでのうても地方の温泉街は、今、どこでも大変や。けど、水俣の温泉街は、今も頑張ってる。僕にはそう見える」

廃屋になった旅館の傍らに大きな松の木があった。樹齢は百年を優に超えるだろう。

松の木は、ここで水俣の海を、ずっと見てきたのだろう。多くの魚の死を。多くの人の死を。

ただ人の営みは変わっても、松が見つめる海の風景は、何も変わらなかったはずだ。

若夏は、じっと海を眺めていた。甘夏も竹之丞も、海を見つめた。

「母の人生は、何やったんやろう。自分の出身と病気を、痛みや苦しみを、死ぬまで隠し続けて生きてきた母の人生は、何やったんやろう」

若夏が呟いた。

波の音だけが聞こえていた。

若夏は、自分に言い聞かすように、言った。

「明日は、帰ります。でもいつかまたすぐに、水俣に来ようと思ってます。そして、夏之助師匠が演ったあの旅館で、母が働いていたあの旅館で、水俣の人たちの前で、僕の落語会を演りたいです。それが僕に落語の世界を教えてくれた師匠への恩返しやと思います。ふるさとと、自分の病気を隠し続けたまま死んでいった母への、供養やと思います。そして何より、自分自身に対する、けじめやと思います」

防波堤の向こうから、着物を着た女性がこちらに近づいてくる。旅館の人だった。

「おひるごはん、まだじゃなかったですか。どうぞ、旅館《うち》で召し上がってください。美味しい水俣のごはんと銀太刀の、銀太刀弁当です」

「ギンタチ？」

「毎年、秋に不知火の海で獲れる太刀魚です。今が一番よか季節です。あったかいご飯に、合うとですよ」

「それは楽しみやなあ」

三人は立ち上がった。

旅館に向かいながら、宿の人が言った。

「春先なら、甘夏があるとですけど、それだけが残念かです」

「甘夏？」

竹之丞と甘夏が声を揃えた。

「ええ。海があげんことなったときに魚の獲れんようになった漁師が、陸《おか》に上がって、一所懸命育てたのが始まりで、今や甘夏は、水俣の名物ですけん。皆さんのお師匠の夏之助さんも、甘夏が、えらい気に入りなさったですもんねえ」

「師匠が、甘夏を？」

竹之丞と甘夏が顔を見合わせた。

若夏は素知らぬ顔をしている。

「甘夏、食べたかったなあ」

竹之丞が大げさな口調で悔しそうに言った。

若夏が笑った。

三人の目の前を、白いトレーニングウエアを着た高校生ぐらいの女の子が走って追い越した。

　三つ編みがリズミカルに揺れている。

「絹子さん、かも」

　甘夏が呟いた。

　白い背中はどんどん小さくなり、やがて、海の色と溶け合う十月の青い空のなかに消えた。

第十五章　ちくわとドーナツ

1

「ちょっち、ものば尋ねたかばってん、よかばい？」

松の湯の高座に上がって喋《しゃべ》っているのは、若夏だ。

演題は、『仔猫』だ。

師匠が失跡して一周年となる『三夏の会　師匠、死んじゃったかもしれない寄席』。

七月以来、四ヶ月ぶりとなる。

小夏は、帰ってこなかった。

しかし八月に若夏と相談して決めた通り、弟子二人と、竹之丞の三人で開いた。

八月に中止になったとき、若夏と相談したことがもうひとつある。

来年三月に、若手噺家《はなしか》の大きな落語コンクールがある。決勝に残れば、全国ネットで放送が決まる。そうなると、師匠がどこかで観るかもしれない。十一月の落語会は、来年三月にかけるネタの、ネタおろしの場にしよう。

そう決めていたのだ。

甘夏は、『仔猫』を演《や》るつもりだった。

今まで高座にかけた中で、一番自信があった。

師匠に、自分の『仔猫』を聞いてほしかった。

ところが、九州の旅から帰ってきた数日後、若夏が甘夏にこう言った。

「甘夏、実は、頼みがあるねん」

「兄さん、あらたまって、何ですか？」

「実はな、あの『仔猫』、僕に譲ってくれへんか」

「えええっ」

甘夏は声を上げて驚いた。

「そんなびっくりすんなよ」

「そうかて、兄さん、私が七月に『仔猫』演る、言うたとき、言うてましたやん。あんな気色の悪い噺、やめとけて」

「いや、そうや。たしかに、言うた。その通りなんやけど」

「どういうことですか」

「いや、これは、割って話をせんとあかんねやけどな。あの『仔猫』な、僕、水俣弁で演ってみたいねん」

「水俣弁で？」

「そうや、あの、おなべ、田舎から大阪へ働きに出てきよるやろ。自分の秘密を隠してな。あの、おなべどん……、僕には、自分の母親と、ダブって見えてきてな」

「お母さんと？」

「そうやねん。そやから、あのおなべどんを、水俣弁で演りたい。頼む。甘夏。一生のお願いや。頼む」

若夏は、手を合わせて頭を下げた。

甘夏は逡巡《しゅんじゅん》した。

「勝手なこと、言わんといてくださいよ」

若夏は黙っている。黙って頭を下げている。

私の、大好きな、おなべどん。

若夏に、あんなに嫌われていた、おなべどん。

今、若夏にも、こんなに好かれている。

おなべどんは、幸せもんや。

甘夏は、にっこりと笑みを浮かべて口を開いた。

「この貸しは、大きいでえ」

若夏は一瞬頭を上げ、子供みたいな笑顔を見せ、また深々と、頭を下げた。

若夏は『仔猫』を演る前にマクラでこんなことを話した。

「えー、昔から、訛《なま》りは国の手形、てなことを申しまして、言葉の訛りは、通行手形のように、その人の出身地を表す、という意味ですな。私も、今、こうして、偉そうに大阪弁を喋ってますが、純粋な大阪人やないんですよ。生まれは大阪ですが、三歳から十二歳まで、母親のふるさとで暮らしてました。まあいわば、言葉を吸収する、一番多感な時期を、母親のふるさとで過ごしてるんです。ですので私の中には、母親のふるさとの言葉が、がっちり染み込んでるわけです。つまりこうして大阪弁を喋っておりましても、それは、いわばある意味、無理して喋ってるわけでして。

母親のふるさと、というのは、熊本です。熊本の一番南の端にある、水俣、という街です。実は先日、十二年ぶりに、水俣へ帰りましてね。水俣の言葉を、いっぱい聞きました。なんか、そのとき、死んだ母親に会えたような気がしましてね。そこで、今夜は、私の、もうひとつの言葉のふるさと、母の生まれ故郷の、水俣弁で、一席、お付き合いを願います。

ちょっち、ものば尋ねたかばってん、よかばい？……わい、こん、横町の口入屋から来たとやばってん、こまんか子供が来て、けえ、けえ、っち言われて、こけ来たばってん、そん子がおらんごたなって、どけ行きゃよかかわからんごとなりました。わいはどけ行きゃよかっですかいね」

水俣から大阪に出てきたおなべどんがそこにいた。
若夏の噺には力が入っている。
やがておなべどんの秘密が知れる。
そしてクライマックス。おなべどんが告白する。

「……あれば見られたからにはしょんなか。番頭さん、わいの言うことば一通り聞かんね。こげんわけたい。わいの父ちゃんなな、百姓片手の山猟師。生き物の命ば取るこた悪いことじゃと再三言うたばってん聞ちゃくれん、親の因果が身に報うたか、七つの歳に飼い猫が足ば咬《か》まれて戻ったとば、なめてやったとが始まりで、猫の生き血の味ば覚え、そっから先は人様の可愛がる猫と見れば、矢も盾もたまらんごたなって、とって食らうがわいの病。あれは鬼じゃ、鬼娘じゃと噂され、村にはおられず大坂で、奉公すれば治るかと、出てみたが因果なもんじゃ、番頭さん、昼の間は何事もなかが、夜になると心が乱れ、閉まりば越えて町へ出て、仔猫《こねこ》ばとらえて喉笛《のどぶえ》へ、食らいつくまで夢うつ……。生温かい猫の血が、喉ば過ぎれば我が身に返り、ああまたやくたいばしてのけたと、悔やんでみても後の祭りじゃ。
そげんわけで、番頭さん、わい、ここ出されたら帰るうちがない。明日からは慎むけんが。手足くくって眠るけんが。番頭さん、どげんか置いてくれんやろか。このとおりじゃ」

「猫か？　猫かいな？　わしゃまた人間の、喉元、ガブッと行くんかと……はあ、猫なあ」

番頭のここでの思いは複雑だ。手放しで喜ぶでもない。おなべどんは重いものを背負っている。ここは若夏の工夫だ。

しかし、番頭の心情は、おなべの話を聞く前とは、明らかに変わっている。

「まあ、それはそれで、これから考えんといかんけどな」

ここは、夏之助師匠の工夫だ。おなべのその後に、ほのかな希望が見える。

そして、いよいよ、サゲ。

「おなべ、おまえ……昼間は、あんなにおとなしいのに……今まで、辛《つら》かったやろう。しんどかったやろう」

若夏はふっと正面を向き、柔らかな表情で、そっと言葉を置いた。

「ずっと、猫、かぶってたんやなあ」

「昔から、恋は盲目、てなことを申しますが、これが、通りすがりの『一目惚《ぼ》れ』やと、一層、恋煩いが募るようでして……」

2

二番目に上がった甘夏のネタは、『崇徳院』だ。

自分の初舞台のとき、ネタがループしてしまってめちゃくちゃになったあと、師匠がこのネタを演って救ってくれたのだった。

いつか、師匠があのとき演じたこのネタを演りたい、と思っていた。

しかし、難しいというのも解っていた。

船場の商家の若旦那《だんな》が偶然、神社で見かけた娘に一目惚れし、出入りの職人の熊五郎が、娘が短冊にしたためた和歌の上の句だけを頼りに、娘捜しに奔走する。

いくつもの壁があった。まず、これは男性の恋煩いの噺だ。男性の恋心を、男性になって演じなければならない。噺の中に色恋ごとが挟まると、女性が男性を演じることの違和感がいつも以上に鮮明になりやすい。

そしてこの恋心を助けて奔走するのが、手伝いの熊五郎だ。この熊五郎という男、落語の国の住人の中でも、ひときわ俠気《おとこぎ》のある人物だ。いかにも男臭い人物の強さと弱さを、どううまく演じるかが、この噺の大きな鍵《かぎ》だ。

そして、中盤には、熊五郎夫婦のやりとりも出てくる。ここでも妻と夫をうまく演じ分けねばならない。アホや酔っ払いや子供が出てくるだけの、単純な噺ではない。

それでも、甘夏はこの『崇徳院』をいつか演りたいと思っていた。

若旦那のために奔走する熊五郎の、一途《いちず》さに惹《ひ》かれるのだ。

どこにいるかわからない娘を、声を嗄《か》らしながら捜し歩く、そのわずかな希望にすがる切なさに共感するのだ。

そして精根尽き果てた後に、熊五郎にふり注ぐ奇跡に、震えるのだ。

うまく演れるだろうか。

夏之助の言葉が蘇《よみがえ》る。

「見えへんもんを、あたかもそこにあるがごとく見えるようにする。男が女を演じて、女が見える。女に見えるんやない。女が見えるんや。甘夏、おまえは女や。女が男を演じて、男が見える。男に見えるんやない。男が見えるんや。そんな落語を、演ってみい」

甘夏は小拍子を叩《たた》いた。

「熊五郎でやす。えらい遅なりまして」

「おお、熊はんか、待ってたんじゃ、さぁさ、こっち来とぉくれ」

甘夏は演じながら、客席を見た。

高座からは、客が思っている以上に、客の顔がよく見える。

知った顔がいくつもあった。

喫茶アルルカンのマスター、ユーちゃん。深夜寄席にずっと来てくれているミヤコさん。坊主頭の無口な若い男、タクシー運転手の大西さんも、今夜は来てくれている。

見覚えのあるいくつかの顔の中に、レイコの顔があった。

甘夏は一瞬たじろいだ。なぜだかわからない。レイコの顔を見つけて、胸がどきどきした。意識を噺に集中して、なんとか平静をとり戻す。

しかし途中から、客のことは全く気にならなくなった。

完全に、落語の中に没入した。

失踪した夏之助のことも、全部頭から消えていた。

甘夏は熊五郎になりきった。

ただ熊五郎となって、一途に娘を捜した。

「瀬を早みー！　岩にせかるる滝川のー！」

熊五郎は若旦那が一目惚れした娘が残した、崇徳院の歌を叫びながら、町中を歩く。

人が集まりそうな大阪じゅうの床屋を十八軒、風呂《ふろ》屋を二十六軒、回る。ひとめぐりしたあと、同じ店に、もう一度。

それでも手がかりはまったく摑《つか》めない。ついに日が暮れる。

そして、精も根も尽き果てた末、身体を休めるために入った床屋で一服していると、ひとりの男が入ってくる。

男は髭《ひげ》を剃《そ》られながら、床屋の主人にこぼす。

「主家の娘さんが、床に臥《ふ》せって、今日明日の命や。なんでも、お茶会の帰りに、高津さんへお参りに行ったところに……」

その時、甘夏は一瞬、落語の世界からふっと離れて、目の前の現実の世界に戻った。

お客さんが、ぐっと前に身を乗り出して来たのがわかったのだ。

(熊五郎！　そいつや！　そいつや！　そいつが、娘の居所、知っとるで！)

お客さんが心の中でそう叫んでいるのが、はっきりわかった。

甘夏は再び落語の世界に戻った。

髭を剃られている男がその日の顚末《てんまつ》を喋る。

「ワシらやったら、『瀬を早み』てな歌、短冊に書いてもたかて何のこっちゃわからんが、そこらがやっぱりわれわれとは、違うなあ、ちゅうて……」

「チョワーッ！　チョワーッ！」

「あんた、なんちゅう声、出しなはんねん！」

「その歌、書いてもろて来たんは、わしとこの、本家の若旦那や！」

「ぎゃいーっ！」

お客さんの笑いがピークに達した。甘夏も現実の世界に戻って来た。

「こうして、めでたく夫婦となりまして、二人は幸せな家庭を築きます。おなじみ、崇徳院の一席でございました」

大きな拍手が起こった。

3

トリは、竹之丞だ。

竹之丞には、来年三月の東西若手落語バトルの出場資格がない。夏之助師匠が消えて一周年の夜に、何を演るのだろうか。『代書』か、『天神山』か、『不動坊』か……。

竹之丞が高座に上がった。

「えー、先ほども若夏が申しておりましたが、実は先月、私と若夏と三人で、九州へ落語会に行ってまいりまして。実はこの落語会、あの夏之助師匠が十三年前に行った、九州行乞《ぎょうこつ》落語会の足跡をたどるという、四泊五日の旅でございました。

夏之助師匠は、あの、放浪の俳人、種田山頭火が大好きでございましてね。その昔、山頭火が行乞、つまり、お布施をもらいながら、九州を旅したわけでございますな。それで師匠は十三年前、山頭火に憧《あこが》れて、行乞落語会を思いついたわけでございます。今回、われわれ三人は、そんな師匠の足跡をたどったわけでございます。

まあ、五日間、いろいろ印象に残った出来事がございましたが、私が一番、印象に残ってますのは、熊本の日奈久温泉という町でしたな。町じゅう、いたるところに、ちくわ屋さんがあるんですよ。駅を降りてすぐの、一番目立つ国道に、ちくわ屋。町のど真ん中、いわゆる、町のへそのような場所に、ちくわ屋。普通やったらね、でかい街の駅前なら、銀行。小さな町の駅前なら、コンビニがあるような場所です。そんな一番ええ場所に、その町には、ちくわ屋さんがあるんです。

私、感心しましてね。私にはまだ弟子がおりませんが、もし弟子ができたら、名前を、桂竹之丞の竹を一文字取って、桂竹輪《ちくわ》にしようと、心に決めました。どうです？　桂竹輪。ええ名前でしょ？

名前と言いますとね。私、夏之助師匠の、三人のお弟子さんの名前が好きなんです。小夏、若夏、甘夏。皆、ええ名前ですな。

しかし、名前はよろしいけど、寄席の出番をすっぽかして、いまだに帰って来ん小夏は、けしからんやつですな。もし帰って来たら、思いきり懲らしめなあきません。頭丸めるぐらいではあきません。まず小夏の名前は返上ですな。改名させましょう。桂小夏改め、桂ドー夏《なつ》なんてどうでしょうね。

ドーナツは穴、空いてるでしょ。

出番に穴を空けよったやつ、という汚名を、一生背負わせる。十字架として背負わせる。

それで私の未来の弟子の竹輪とコンビ組ませて、穴アキコンビで売り出すというのはどうでしょう。アナーキーな二人、ということで。

まあ、小夏のことはともかく、今日の主役は若夏と甘夏です。私の方はごく軽いお噺を。いつの世も、子に名前をつける親心というものは、変わらんもんでございます。

「こんにちは。和尚《おしょう》さん、いてはりますか」

「おお、誰やとおもたら、魚屋の辰《たつ》つぁんやないか。さあ、こっち入りなはれ」

『寿限無《じゅげむ》』だった。

生まれた子供に、長生きで元気になるような縁起のいい名前をつけてもらおうと和尚さんに相談に行ったところ、とんでもなく長い名前になってしまう。数ある落語の中でも一番有名な噺だろう。甘夏が落語に一切興味がなかった頃でも、この噺だけは知っていた。

しかしこれは、はっきり言って前座ネタである。竹之丞のような噺家が演るネタではない。しかし、これを竹之丞が演ると、抜群に面白いのだ。

夏之助師匠も、言っていた。単純な噺ほど、難しい。演者の力量が問われる。

甘夏は竹之丞の『寿限無』の中に落語の奥深さを見たような気がした。

「言うてる間に、たんこぶが、引っ込んだ」

サゲで追い出し太鼓が鳴った。

4

打ち上げが始まった。

「四ヶ月ぶりでしたけど、私、この日を楽しみにしてましてん」

口火を切ったのはタクシー運転手の大西さんだ。

「この深夜寄席に来たのがきっかけになって、今まで勤務中にラジオでしか落語を聞いてなかった私が、生で落語を聞く喜びを知りました。やっぱり、落語は、生がええです。今日、三人の落語を聞いて、あらためて、そう思いましたよ」

「はい。ネットやCDで聞く落語は、死んだ魚と一緒ですよ」

竹之丞の言葉にみんながうなずく。師匠も、いつか同じことを言っていた。

「僕はね、今日の若夏さんの『仔猫』が、ものすごい、心に残りました」

ユーちゃんだ。

「前に、甘夏さんが演らはった『仔猫』もよかったですけど、今日の、『仔猫』は……おなべどんが、目の前に見えました。僕ね。おなべどん、きっと、番頭さんがうまいこととりなして、あのお店に、また置いてもらえるような気がするんです。若夏さんがサゲを言いはったあと、あの店で、また、甲斐甲斐《かいがい》しく働くおなべどんの姿が、見えたんです」

「そうなったら、ええなあ」

銭湯の主人の岡本さんだ。

「僕ね、あの噺の最後の部分に、まだ、納得いってないところもあるんです」

若夏だった。

「おなべどんが、必死に謝って、置いてくれと頼むでしょう。そこが……。おなべどんがああなったのは、何もおなべどんが悪いわけやないでしょう。親の因果が身に報うた訳でもないと思うんです。そこが……演ってて、辛いんです。なんとか、工夫のしようが、あるんやないか、と……」

竹之丞が言う。

「そこは、あの番頭どんと同じで、これから、考えていったらええんと違うか」

甘夏は若夏の気持ちがわかるような気がした。もし夏之助師匠だったら、どう言うだろう。師匠の答えが聞きたかった。しかし答えは、自分たちで見つけねばならないのだった。

「そういうたら」

レイコが急に口を開いた。

「今夜の落語会が始まる前、小夏さんが、電信柱の陰に隠れて立ってはりましたよ」

レイコが甘夏の同級生で、いつも嘘ばかりついていた、ということを、甘夏はみんなに話していた。

「ああ、そう」また始まった。甘夏は心の中でため息をついた。

「人違いじゃないの」

ミヤコさんが軽くいなした。

レイコはそれ以上何も言わず、口をつぐんだ。

「私はね」

ミヤコさんが巨体を揺すって膝《ひざ》を乗り出してきた。

「熊五郎に惚れたの。甘夏ちゃんが演った、『崇徳院』の熊五郎」

「惚れた？　そこまで行きましたか？」

「行ったわよ！　不器用でもなんでも、一途な男っていうのに、女はぐっとくるの」

「ミヤコさんに惚れられて、私、嬉《うれ》しい」

「あんたに惚れたんじゃないわよ。熊五郎に、惚れたのよ」

みんなが笑った。

あんたに惚れたんじゃない。熊五郎に惚れた。

最高の褒め言葉をもらったと思った。甘夏は胸がいっぱいになった。

「竹之丞さん、あなたは今夜の二人の落語、どうだったの？」

みんなが竹之丞が何を言うかに注目した。

「はっきり言うとこう」

竹之丞がビールの入ったコップを置いた。

「今のままでは、二人とも、来年の三月の東西若手落語バトルは、予選で落ちる」

手応《てごた》えを感じていただけに、竹之丞の言葉は甘夏にとって意外だった。

若夏も同じのようだ。

「あと四ヶ月、俺のところへ通え。『仔猫』と『崇徳院』を、みっちり、稽古《けいこ》つけたる。

あかんところが、それぞれ、百ヶ所以上ある」

「ありがとうございます」若夏が頭を下げた。

「よろしくお願いします」

「おう、遠慮すんな。どんどん来い。毎日でも来い」

「竹之丞兄さん」

若夏が訊《き》く。

「ずっと、訊きたかったんですけど、なんでそこまで、僕らに肩入れしてくれるんですか」

「肩入れ？」

竹之丞が返す。

「おかしな物言いをすんな。同門、他所《よそ》の一門、関係なく、誰にでも稽古をつける。いわば、商売敵《がたき》に、企業秘密を伝授する。噺家の世界は、ずっとそれでやって来てんねん。なんでやと思う？　落語というのはな、今でこそお客さんがたくさん来てくれはるようになった。噺家も大阪だけで三百人近《ちこ》ういてる。常打ちの寄席もある。けどな、これまで、何回も滅びかけてる。漫才が人気になって、落語は誰も聞かん時代があった。大阪の噺家の数が、十人を切ったこともあった。戦後のことや。そのときや、残った噺家は、思うた。これから噺家になろうとするやつは、宝や。大事に育てんとあかん。落語を残さんとあかんのや。それが落語の未来を作るんや。

そうして、弟子を積極的に取って、同門、他所の一門関係なく、噺を教えた。教えを受けた弟子たちも、また同じ思いで後に続く者に教えた。そして、今があるんや。俺は、そんな師匠たちと、同じことをしてるだけや」

そのときだった。

松の湯の引き戸が開いたのだ。

小夏が、そこに立っていた。

一瞬、空気が凍った。奇妙な沈黙だけが流れた。

これまでひと言も喋ることのなかったあの坊主頭の若い男が、そのとき、初めて低い声で呟《つぶや》いた。

「ドー夏が、帰って来た」

第十六章　前夜

師匠、お元気ですか？

どこに出していいかわからない手紙を、こうして書くのは、今日を最後にしようと思います。

師匠が帰ってくるのを待つために始めた『三夏の会　師匠、死んじゃったかもしれない寄席』も、始めてから、もう一年になろうとしています。

そして、いよいよ明日は、『東西若手落語噺家《はなしか》バトル』の予選決勝です。

予選会には大阪だけで四十五人の若手噺家がエントリーしました。予選を通過したのは十人です。そこから予選決勝で三人が選ばれ、東京から選ばれた三人と一緒にグランプリ大会に出場して優勝を競います。グランプリ大会は、全国放送です。

小夏兄さん、若夏兄さん、そして私は一次予選を通過して、いよいよ明日の予選決勝に臨みます。夏之助一門が三人とも予選決勝に残ったことにみんな驚いてます。

三人は、グランプリ大会に進むことができるでしょうか。

そして師匠は、その放送を、どこかで観ることがあるでしょうか。

そのために、今日までやってきました。

師匠に、どこかでその放送を観てもらうために、今日までやってきました。

全力で頑張ります。

小夏兄さんは、桂ドー夏に改名することなく、今も桂小夏の名前でやってます。

兄さんは私の予想通り、ボロボロになって帰ってきました。最初は、彼女の舞台に百回通ってからプロポーズするって『景清』みたいなことを言うてましたが、百日をファンのまま過ごすことに耐えられなくなって、ひと月も経たんうちにプロポーズしたそうです。当然振られたんですが、振られても振られても、プロポーズしたそうです。いままでコツコツと貯めた貯金の百万円を、全部、彼女につぎ込んだそうです。時間とお金をただただ彼女を口説くことに費やしたそうです。そうして、素っ裸になって帰ってきました。ストリッパーを追いかけて、自分が裸になって帰ってくるやなんて、シャレにもなりません。

それでも、帰ってきた小夏兄さんの落語は、これまでの小夏兄さんの落語とは、変わってました。こんなことを私が言うのは偉そうですけど、これまで半径三メートルぐらいにしか届いてなかった落語が、会場の、一番後ろのお客さんまで届くようになってました。

そのことを小夏兄さんに直接言うたことがありました。兄さんは、こう答えはりました。会場の一番後ろにいてるお客さんを口説くような気持ちで演《や》ってるんや、と。

小夏兄さんが予選で演りはったネタは、『はてなの茶碗』です。

ただの水漏れする茶碗《ちゃわん》を、三年間働いて貯めた二両をつぎ込んで買《こ》うた、アホな油屋の噺です。兄さんが演る油屋は、お客さんを惹《ひ》きつけました。特に、目をつけた茶碗を茶店の主人から譲り受けようと口説くところと、それを茶道具屋の金兵衛に買うてもらおうとするところは、必死さが真に迫って爆笑を取ってました。

　これまで真面目に生きてきたのに、たまたま見つけた茶碗に人生の博打《ばくち》を張る。そんな油屋のズレた無鉄砲さに、なんとも言えんおかしみが出てました。

「小夏、化けよったな」

遊楽師匠も言うてはりました。

若夏兄さんは『仔猫』を演ります。

予選でも、兄さんは、おなべどんを水俣弁でやりました。

私の母親のふるさとの言葉です、と。

今日も、私に言いました。

明日の予選決勝を通過したら、自分の落語が全国で放送される。水俣でも放送される。いつか、自分は水俣で落語会を開きたい。そのとき、水俣のお客さんにぎょうさん来てもらえるように、明日は絶対に勝ちたいと。

　若夏兄さんは、お姉さんにも連絡を取りました。明日、自分がどんな落語を演るかを、全部正直に説明したそうです。お姉さんは、だいぶ考えたみたいですけど、観に行くと返事をくれたそうです。

婚約している、彼氏を連れて来るそうです。


そして、私は『崇徳院』を演ります。

今日もあの『つる』の道を歩きながら、稽古《けいこ》しました。瀬を早みー！　と、大声を出しながら、歩きました。みんなビックリしてこっちを振り返ってました。

万策尽きてどうしょうもなくなった時、私には、熊五郎がいてます。

熊五郎と一緒に、明日は頑張ります。


深夜寄席に来てくださったお客さんたちのことも、ここで書いておきます。

あれから、いろいろとわかったことがあるのです。

一回目から、ずっと来てくれていた、あの坊主頭の若い男の子です。

今も毎月の深夜寄席には来てくれるのですが、あの落語会でしか、彼の姿を見たことがありませんでした。そして相変わらず、打ち上げに参加しても、何も喋《しゃべ》らずに帰ります。

ところが先日、たまたま、彼の姿を見たのです。

師匠についていた頃と同じように、今も朝は五時三十分に起きるのですが、その日はたまたま、三十分ほど早く目が覚めたのです。それでふと、早朝の『つる』の道を歩いて、ネタを繰ろうと思いついたのです。『崇徳院』を繰りながら『つる』の道を一周回って松の湯の前に戻ると、ちょうど五時三十分でした。

部屋に戻ろうとすると、路地の向こうから、聞き覚えのある音が聞こえました。

いつもの、朝刊を配達するバイクの音です。

バイクが姿を見せて路地を曲がり、こちらに近づいてきました。

停まったバイクに乗っていたのは、あの坊主頭の若い男の子でした。

彼と目が合いました。彼も私に気づきました。

彼は黙ったまま、私に直接、朝刊を手渡しました。

「おはよう」

声をかけると、

「おはよう」

と挨拶《あいさつ》を返しました。彼の声を聞いたのは二度目のことでした。

「四年半、ずっと配達してくれてたの？」

彼は黙ってうなずきました。

私は、彼のことを知りませんでした。でも彼はこの四年半、まるで世界から誰もいなくなってたったひとり、取り残されたような孤独感に苛《さいな》まれていた私に、あのバイクの音と、郵便受けに朝刊が落ちるコトンという音で、「朝が来たよ」と、励まし続けてくれていたのでした。

それは、誰がかけるどんな言葉よりも、心強いものでした。

「ありがとう」

私はお礼を言いました。彼は笑って、バイクのアクセルを回しました。

彼の笑顔を、私は初めて見ました。

そして、あれは一月の深夜寄席の後のことでした。私は打ち上げに残ってくれたみんなに言ったのです。もし、東西若手落語バトルのグランプリ大会に出られたら、私の落語を観せたい人が、二人いてる。ひとりは、もちろん夏之助師匠。

もうひとりは、師匠が小学生の時に梅田の寄席で出会った、みきさんという女性の落語家。

夏之助師匠が私を弟子に取ってくれたのは、私を見たときに、みきさんのことを思い出しはって、帰すのが惜しい、と思ってくださったからでしたね。みきさんは私の恩人なのです。

私は、落語家の夢を捨てなければならなかったみきさんのためにも、頑張ろうと誓いました。そのことを、みんなに言ったのです。

すると次の二月の深夜寄席の打ち上げの後、ミヤコさんがこっそり私に、一枚の色あせた写真を見せてくれました。知らない二人が写っていました。

一人は角刈りで、ガタイのいい男の人。

もう一人は、着物を着た、可愛い女性。

「この二人、誰ですか？」

「角刈りの方が、四十五年前の、私よ。今まで言わなかったけどね。私、若い頃、てんのじ村で、漫才師目指してたの。芽が出ずにすぐに夢は諦《あきら》めたけどね。それで、隣の女性は、一緒にてんのじ村で芸人目指していた、みきっていう人。彼女は、落語家になりたかったの」

「みきさん？」

私は思わず聞き返しました。

「彼女は当時はまだいなかった女性の落語家で頑張ってたけど、やっぱり壁が厚くて、やめちゃった。そのあと、彼女が目指したのはね、板前。今もそうだけど、女性の落語家と同じぐらい、女性の板前は珍しかった。男の世界だからね。それでも彼女は頑張ったの。今ね、黒門市場《くろもんいちば》の近くで、創作和食の店を出してるのよ。自分で全部調理してね。私、この前行ってきて、甘夏ちゃんのことを言ったの。そしたら、みきさんから、伝言、ことづかったの」

「え？　なんて？」

「頑張りや。応援してる。グランプリに出られたら、私の店に来て。思いっきり、ご馳《ち》走《そう》してあげるからって」

私は思い出しました。

師匠の前で、あんなに泣いてた私が、最近は、泣いてない。

ミヤコさんのその言葉を聞いた時、涙が溢《あふ》れそうになりました。

でも、堪《こら》えました。

泣くのは、まだ早い。

それにしてもミヤコさんが、みきさんと知り合いやったなんて。

世の中は、壁一枚隔てて、意外なところにつながっているんですね。

みんなつながっていると気づかないで生きていて、でも、ふとした時に気づくことがある。あの『宿替え』のおやっさんが、壁に釘《くぎ》を打ち抜いた時のように。

今、私が打ち抜こうとしている壁の向こうは、いったい何につながってるのでしょうか。

私は、それを楽しもうと思います。

明日の予選決勝が終わっても、それがどんな結果になろうとも、私の落語人生は続きます。

これから先、頭を打つことが山ほどあると思います。進むべき道がわからなくなって、右往左往することがあると思います。

そんな時は、今も一番、私の心に残ってる、師匠の言葉を、思い出します。

「答えは、落語の中にある」

夏之助師匠へ。

おやすみなさい。どうぞ、お元気で。

エピローグ

「姐《ねえ》さん、お先に失礼いたします」

若い噺家《はなしか》たちが次々に甘夏に挨拶《あいさつ》をして楽屋を出て行く。

「お疲れさんでした」

いつものように南條亭の夜席の出番を終え、甘夏も外に出る。

十二月の北風が赤い提灯《ちょうちん》を揺らし、天満宮の境内へ吹き抜けた。

甘夏はマフラーをしっかりと首に巻きつけた。

若い男が、思い詰めた目でこちらを見ていた。男は甘夏に近づくと、うわずった声で、言った。

「甘夏師匠、弟子にしてください！」

年の頃なら二十二、三。ここ数ヶ月、何度も、舞台の上から客席に座っているのを見かけた顔だった。

「女の私の、弟子になろうっていうの」

「はい」

「やめとき。よそに行き」

「いや。私は甘夏師匠の落語が好きなんです。初めて聞いたのは小学生の時で、もう十年以上も前です」

　甘夏は若い男の顔を見た。

「何を聞いたの」

「『崇徳院』です。それから、甘夏師匠の『宿替え』も大好きです」

　甘夏はもう一度男の顔を見た。目は真剣だ。あの日、自分も夏之助の前で、こんな目をしていたのだろうか。この南條亭の前で。

「悪いけど、私の一存では、決められんわ」

「……と、言いますと」

「空を見上げてみ」

「はあ」

「ええから、見上げてみ」

　男はさらに怪訝《けげん》な顔をして、顎《あご》を上げ、視線を上に向けた。

「何が見える？」

「空が、見えますけど」

「空に、何が見える？」

「星が見えます」

「何の星が見える？」

「……オリオン座が、見えますけど」

「ふうん」

甘夏も、空を見上げて、呟《つぶや》いた。

「師匠。この子は、私より、見どころ、ありそうですね」

「はあ？」

三つ星を取り囲む四角形。その姿を抱くように幾つもの星々が大きな弧を描いて南天に広がっていた。

「ご両親は、承知してんの？」

「はい。言うてます。両親も甘夏さんのファンです」

甘夏は空に両手を広げ、冬の冷たい空気を胸いっぱいに吸い込んだ。

新しい世界の匂いがした。

「いっぺん、ご両親を連れて来なさい」

オリオン座が、笑ったように瞬いた。

謝辞

執筆にあたり、多くの方々のご協力を得ました。桂小文枝（四代目）、桂春若、桂文太、桂小枝、桂米二、桂雀々、桂あやめ、桂花團治（三代目）、桂米紫（四代目）、桂吉弥、桂二葉、笑福亭鶴太（以上敬称略、入門順）。

特に桂米二さん、桂二葉さん、桂米紫さん、桂吉弥さんには、ひとかたならぬお力添えをいただきました。

また疋田哲夫さん、大阪天満宮文化研究所の高島幸次さん、水俣病センター相思社の皆さん、そして玉出と北浜の街の方々にもお世話になりました。そのほかご協力くださったすべての方々に、心より感謝いたします。

参考文献

『米朝落語全集』一〜七巻　桂米朝　創元社
『続　米朝上方落語選』　桂米朝　立風書房
『米朝ばなし　上方落語地図』　桂米朝　講談社文庫
『桂米朝集成』第一巻　上方落語1　桂米朝　岩波書店
『落語と私』　桂米朝　ポプラ社
『四世　桂米團治　寄席随筆』　桂米朝（編）　岩波書店
『あんけら荘夜話』　五代目　桂文枝　青蛙房
『上方落語』　笑福亭松鶴　講談社
『上方落語　桂枝雀爆笑コレクション』1〜5　桂枝雀　ちくま文庫
『桂枝雀のらくご案内』　桂枝雀　ちくま文庫
『師匠、五代目文枝へ』　桂三枝　ヨシモトブックス
『吉朝庵　桂吉朝夢ばなし』　上田康介（著）、小佐田定雄（監修）　淡交社
『上方落語十八番でございます』　桂米二　日経プレミアシリーズ
『山頭火俳句集』　夏石番矢（編）　岩波文庫
『みな、やっとの思いで坂をのぼる　水俣病患者相談のいま』　永野三智　ころから
『苦海浄土』　石牟礼道子　講談社文庫
『船場　風土記大阪』　宮本又次　ミネルヴァ書房
「大阪人」二〇〇五年十二月号　特集「北船場」　財団法人大阪都市協会
「大阪人」二〇〇九年　七月号　特集「南海汐見橋線」　財団法人大阪都市協会

解説

中西若葉（ＫａＢｏＳイオンモール新小松店）

可愛らしい、素敵なタイトル。

その日、店に入荷したその本を見て、そう思いながら新刊の棚に並べたのを覚えています。南国のオレンジ色の果実と冬の夜空に輝く星座が並べられた『甘夏とオリオン』。タイトルに惹《ひ》かれて、それだけで本を買い、読み始めて、何の物語かを知り驚いたことも覚えています。

「甘夏」と「オリオン」の言葉から「落語」は、あまりにも予想外でした。


主人公の桂甘夏は、大阪の下町に住む駆け出しの女流落語家。ある日突然、師匠の夏之助が失踪してしまいます。残された三人の弟子、小夏、若夏、甘夏は一門を守るため、大好きな師匠の帰る場所を守るため奔走し、甘夏の居候先の銭湯で、ある寄席を始めることに。その名も「師匠、死んじゃったかもしれない寄席」。師匠が帰ってきやすいようにと名付けられた深夜の寄席で、師匠を待ちながら落語家として成長していく物語。

ということで、この本には落語の噺《はなし》がたくさん出てきます。

この作品の中で、私が、とっても大好きな一節があります。

ある日、甘夏は兄弟子の小夏に連れられて『落語の国』（落語の噺の舞台となった土地）を歩きながら、夏之助のどこが好きで入門したのかと尋ねます。それに小夏は、噺のひとつ『次の御用日』を演じて答えるのですが、小夏はまず、定番の風景描写を演じて見せます。

「夏のこってございます。昼下がり、人通りの途絶えた道。往来の砂が陽の光を受けて、キラキラキラキラ光っております」

美しいと思いました。キラキラキラキラ、言葉の響きが心地よくて、光にあふれる夏の昼下がりが目の前に浮かぶよう。小夏も、これで十分、美しいといいながら、次に夏之助の『次の御用日』の一節を演じます。

「夏のこってございます。昼下がり、人通りの途絶えた道。往来の砂がキラキラキラキラ、小さな光の鼓笛隊が今まさに横切った、そんな不思議な心持のする昼下がりです」

この一節を読んだ時、あまりの美しさに私は、甘夏と同様にため息が出ました。初めて知る「光の鼓笛隊」という言葉は、私の人生で見たことのないそれを一瞬で想像させ、目の前に広がっていた夏の昼下がりの風景の中にいるような感覚でした。

「落語」で「情景描写」にこんなに心が震えるなんて。

私は、落語家というのは演者だと思っていました。演目があって、登場人物になりきり、物語を伝える人。しかし、夏之助が甘夏に教えるのは落語のことだけではないのです。夜空に浮かぶ星の存在、陽の光が反射する砂の煌《きら》めきといった「世界」のこと。

小夏との『次の御用日』のエピソードの前に、甘夏と夏之助が街を歩きながらオリオン座の話をするシーンがあります。

「オリオン座が、きれいやないか」と空を見るよう促す夏之助に、甘夏は「師匠、オリオン座って、なんですか」と返す。オリオン座を知らなかった甘夏に、私もちょっと驚いて笑ってしまったけど、師匠はとても怒ります。激怒です。

「落語家は、落語のことだけ知ってたらええんと違う」「甘夏、これは大事なことや。落語のネタをひとつ覚えるよりも、ずっとずっと大事なことや」と、「人間にとって無知は罪」だと。そして続けて、オリオン座と言ったものは、本来はただの星で、それを人間が結び付けて神話の英雄に見立てている。それが、文化であり芸能だと教えるのです。

小夏から、師匠の『次の御用日』を聞いたときに甘夏は、このことを思い出します。

「見えへんもんを見えるようにする。それが、落語家の仕事やで」

甘夏がオリオン座を知らなかったことに驚いていた私も、同じだと思いました。私も、夏の昼下がりのうつくしさを知らなかった。甘夏のことを笑えない。日常の中で、いろんなものを見ようとしている人がいる。そうして、見て知ったことを高座の上から演目を通して観客に伝えてくれているのが落語家なのだ。夏之助が甘夏に、これは見えているか？ 気づいているか？ お前の世界には、こんなに素晴らしいものがあるよと教えたように、私もまた、この物語に教えられました。

知ろうとして見えてくるものは美しいものばかりではありません。

この物語には、落語という伝統芸能のなかで、女性というマイノリティの立場である甘夏の困難、兄弟子の若夏には故郷で起きた公害による偏見が描かれます。甘夏が突き当たる大きな壁、落語は男性社会であり、女性の落語家は認められないということ。甘夏がこの困難にぶつかる度に、私は何とも言えない居心地の悪さを感じていました。一番強くそれを感じたのが、甘夏の初舞台でアンケートに書かれた「女の落語家では、笑える噺も、笑えません」という一言です。意地悪な言葉と思う。でも「女の落語家では笑えない」というのが何となく分かる感覚が私にもあるのです。

若夏に「女は落語に向かへん」と言われたと話す甘夏に、小夏がこう答えます。

「落語の歴史はざっと三百年近くあるけど、その間、ずっと男が演ってきた。あらゆるノウハウは、全部、男が演じるためのもんや。女の噺家が男を演じると違和感があるのは、女が男を演じるノウハウが一切伝わってないからや」

この話を、私は技術の話だと思いました。「ないんやったら、作ったらええんちゃいますか」と言った甘夏も、そうだったのではないかと思います。けれど、次の遊楽師匠からの言葉で、そんな簡単な話ではないのだと分かります。そして「女の落語家では笑えない」理由も。

「実際の世界でどうかは、関係ないで。大事なんは、お客さんがそこにリアリティを感じるかどうか、や。落語にはな、リアルでない嘘の描写がいっぱいある。けど、客はそれを嘘やとは思わんと受け入れて観る」

このリアリティは落語家だけで作り上げただけのものではない。三百年かけて、落語家と観客で作りあげた落語の暗黙の了解。甘夏がいきなり新しいルールで演じても、観る側には伝わらない。

このように女流落語家の困難を描くこの物語を読んでいて、ずっと抱いていた違和感がありました。落語家の師匠たちは、皆、甘夏に教えてくれるのです。「女には無理」といいながら、落語は教える。このことが、ずっと不思議で仕方がありませんでした。

その理由が、終盤、竹之丞の話の中で明らかになります。

落語はこれまで何回も滅びかけている。残った噺家たちの想いを自分たちは繋いでいるのだと。

「これから噺家になろうとするやつは、宝や。大事に育てんとあかん。落語を残さんとあかんのや。それが落語の未来を作るんや」

落語を絶やさないという思いがある。だから「女流落語家」に偏見を持ちながら、甘夏に落語を教える。

甘夏の成長は、落語家の数を増やすことのほかに、大切な役割があるのではないかと思います。

『仔猫《こねこ》』という噺での女性の扱いや表現に嫌悪感を抱く甘夏。今、ものすごい速度で世の中の正しさ、価値観が変わっていっている。今まで受け入れられていたルールが、いつか通用しなくなるかもしれない。落語の中に違和感を持てる甘夏の感性は、落語の未来にとってとても大切な宝物になるのではないかと思うのです。

そして「甘夏」の由来について。師匠が若夏に付けるつもりだったけど、偏見に苦しんだ故郷に繋がる名前を若夏に拒絶され、お下がりみたいに貰った「甘夏」。それは、公害に負けず、差別に負けず、その土地で生き抜いた人たちが実らせた果実の名前でした。

女流落語家に立ちはだかる困難に負けないように、夏之助は甘夏にその名を付けたのでしょう。そして、若夏がいつか自分の背負った困難と向き合えるように、お守りみたいに傍に置いたような気もするのです。

読み終えてもう一度、タイトルを見る。改めて、素敵なタイトルと思いました。

現実は厳しく、報われることなんてそんなにない。でも稀に、本当にごく稀に、思いもよらないところで報われることがある。私にとって『甘夏とオリオン』との出会いは、まさしくそういうものでした。想像もしない素晴らしいことが起こって、今、私はこの文を書かせてもらっています。

この物語に教えられたこと。私はきっと大切なことをたくさん見落として生きてきて、まだまだ世界を知らない。無知は罪。けれど、私にとってそれは希望でした。世界には素晴らしいものがたくさんある、私が知らないだけで、ちゃんとある。

そう思えたら、いつかそれに気づく瞬間を思いながら、直向きに生きていけるように思うのです。

『甘夏とオリオン』は、落語の奥深さと、世界の美しさを教えてくれた、大切な作品です。

本書は、二〇一九年十二月に小社より刊行された単行本を文庫化したものです。

この物語はフィクションです。

甘《あま》夏《なつ》とオリオン

増《ます》山《やま》 実《みのる》

令和４年 ２月25日　初版発行
令和６年 ９月20日　再版発行

発行者●山下直久

発行●株式会社KADOKAWA
〒102-8177　東京都千代田区富士見2-13-3
電話　0570-002-301（ナビダイヤル）

角川文庫 23043

印刷所●株式会社KADOKAWA
製本所●株式会社KADOKAWA

表紙画●和田三造

ISBN 978-4-04-112054-5　C0193

◆◇◇

角川文庫発刊に際して

角川源義

第二次世界大戦の敗北は、軍事力の敗北であった以上に、私たちの若い文化力の敗退であった。私たちの文化が戦争に対して如何に無力であり、単なるあだ花に過ぎなかったかを、私たちは身を以て体験し痛感した。西洋近代文化の摂取にとって、明治以後八十年の歳月は決して短かすぎたとは言えない。にもかかわらず、近代文化の伝統を確立し、自由な批判と柔軟な良識に富む文化層として自らを形成することに私たちは失敗して来た。そしてこれは、各層への文化の普及滲透を任務とする出版人の責任でもあった。

一九四五年以来、私たちは再び振出しに戻り、第一歩から踏み出すことを余儀なくされた。これは大きな不幸ではあるが、反面、これまでの混沌・未熟・歪曲の中にあった我が国の文化に秩序と確たる基礎を齎らすためには絶好の機会でもある。角川書店は、このような祖国の文化的危機にあたり、微力をも顧みず再建の礎石たるべき抱負と決意とをもって出発したが、ここに創立以来の念願を果すべく角川文庫を発刊する。これまで刊行されたあらゆる全集叢書文庫類の長所と短所とを検討し、古今東西の不朽の典籍を、良心的編集のもとに、廉価に、そして書架にふさわしい美本として、多くのひとびとに提供しようとする。しかし私たちは徒らに百科全書的な知識のジレッタントを作ることを目的とせず、あくまで祖国の文化に秩序と再建への道を示し、この文庫を角川書店の栄ある事業として、今後永久に継続発展せしめ、学芸と教養との殿堂として大成せんことを期したい。多くの読書子の愛情ある忠言と支持とによって、この希望と抱負とを完遂せしめられんことを願う。

一九四九年五月三日